40일의 발칙한 아내

40일의 발칙한 아내

한지수 장편소설

문학사상

차
례

가족관계증명서

이런 말을 들으면 어떨까.

"당신 아내가 죽었습니다."

게다가 아내가 남긴 10억여 원의 상속자가 되었다는 말을 듣는다면?

방금 한 남자가 찾아와 내게 그런 말을 해주었다. 사망 날 짜까지 확인해주면서.

"지난 일요일에, 선생 아내가 죽었어요."

안타깝게도 나는 아직 미혼이고, 아내가 없다. 안타깝다는 건 상속자가 못되어 서운하다는 솔직한 마음이자, 고인에 대한 애도의 표현이다.

내가 막 거부의 몸짓을 하기도 전에 남자가 명함을 건넸다.

"이걸 보시면 간단합니다."

남자는 명함과 함께 서류 한 장을 내밀었다. 그건 나의 가족관계증명서였다.

'이경'이라는 외자 이름을 가진 여자가 내 처로 올라 있었다. 나도 모르는 사이 가족관계에 변화가 생긴 것이다. 그것도 결혼으로…… 게다가 그 아내가 죽었다니?

변호사는 어이없어 하는 내 얼굴을 외면한 채 자동차 전시장을 둘러보고 있었다. 내게 이 현실을 받아들일 시간을 주려는 듯이.

그때 전시장의 자동문이 열렸다. 머리색이 까만 회색점퍼 차림의 남자가 들어왔다. 남자는 주위를 둘러보지도 않고 곧장 안내 데스크로 걸어갔다. 데스크 여직원에게 질문을 하던 남자는 주변을 잠시 둘러보더니 전시된 자동차 주변으로 걸어갔다.

나는 변호사를 다시 바라보았다. 변호사는 기다렸다는 듯이 들고 있던 비닐 팩을 내게 건넸다. 팩 안에는 휴대폰과 스마트 자동차 열쇠, 그리고 '신분증'이라는 포스트잇이 붙은 카드가 들어 있었다.

"이건, 뭡니까?"

"고인의 유품입니다. 상속 절차는 진행되는 대로 연락을 드릴 테니, 모든 연락은 그 번호를 통해서 하시면 됩니다."

변호사는 그 말을 남기고 내가 명함을 바라보는 사이에 뒤

돌아섰다.

"아, 잠시만요……"

나는 비닐 팩을 들어 보이며 다급하게 입을 열었지만 변호사는 이미 문을 향해 힘차게 걸어가고 있었다. 갑자기 유품과 나만 덩그러니 남은 느낌이었다.

비닐 팩을 슬쩍 보니, 휴대폰은 S사의 최신 노트폰으로 보였다. 자동차 열쇠 네임태그에는 차량번호가 쓰여 있었고, 반대쪽 면에는 고딕체로 쓰인 '휴먼빌라'라는 스티커가 붙어 있었다. 유품이라는 사실 때문일까. 비닐을 통해 만져지는 질감이 유난히 차가웠다.

"야, 저 짭새 안 보낼 거냐?"

성만이었다. 녀석은 회색점퍼 차림의 남자를 턱으로 가리키며 복화술을 하듯이 입술을 경직시킨 채 쏘아댔다.

"형사 명함을 주더니, 널 찾더라고."

그때 회색점퍼 남자가 나에게 다가왔다.

"윤선재 씨? 아실지 모르지만, 당신 아내가 죽었어요. 석연치 않은 사실 땜에 보험금 지급 조사차 나온 거요."

형사는 자신을 '배 형사'라고만 밝혔다. 그는 얼굴선이 굵고 피부는 벽돌색을 띠고 있었는데, 퉁방울처럼 튀어나온 눈 때문인지 겨울잠에서 막 깨어난 곰을 연상시켰다. 그 눈이 나를 아래위로 스캔하고 있었다.

"당신 여자관계를 조사했는데, 이건 좀…… 안 그래요? 당신이 형사라면, 무슨 냄새가 나지 않겠소?"

형사는 자음을 둥글리는 버릇이 있었다. 'ㄷ' 발음이 확실치 않아서 얼핏 '랑신'이라고 들렸다.

나는 그제야 두 손을 내저으며 대답했다.

"착오가 있나 봅니다. 제겐 아내가 없습니다."

"이제부터 내가 하는 질문에, 육하원칙으로 대답합니다?"

"정말, 무슨 착오가 있나 봅니다. 형사님……"

"당신 아내가 죽었다고, 이 사람아! 그것도 여섯 번째 아내가."

동료직원들의 시선이 일제히 날아와 꽂혔다. 상담 받던 고객들마저 호기심 어린 눈길로 우리 세 사람을 흘깃거리고 있었다. 제기랄. 꿈이라 해도 망신스러웠다.

그때 성만이 끼어들어 제 명함을 건네며 호들갑을 떨었다.

"저는, 여기 이 윤 대리 상사인 박 과장입니다. 일단 저기로 들어가셔서 구체적인 말씀을 나누시죠, 예? 저기 회의실로……"

성만은 우리를 회의실로 밀어 넣고는, 형사 앞에 녹차를 갖다 주고 나갔다. 형사는 못마땅한 표정으로 소파에 앉았다. 엉덩이가 소파에 닿는 순간을 최대한 오래 끄는 몸짓이 소파를 의심이라도 하는 듯 보였다.

"윤선재 씨, 어디까지 발뺌할 거요?"

형사는 갑자기 범인을 취조하듯 태도를 바꾸었다.

"당신 아이피 추적해서 그간의 결혼생활을 모조리 조사했다니까. 거기 그 사이트에서, 당신 이름 마린7이잖아?"

이런, 제법 구체적이다. 제대로 답변하지 않으면 심각한 일이 벌어질 수도 있겠다 싶어서 자세를 고쳐 앉고 형사를 똑바로 바라보며 물었다.

"결혼생활이라면, 그 가상결혼 사이트 말입니까? 결혼은 연애의 시작?"

"이제 감이 잡혀요?"

"그 '결연시'는 가상 사이튼데요. 온라인 채팅으로만⋯⋯"

"실명 윤선재, 나이 만 서른여덟, 직업은 외제차 딜러. 자동차 리뷰를 쓰고, 전국에 있는 온갖 현수막만 찍어대는 무명 사진작가."

그쯤에서 형사는 서류를 흔들어 보이며 덧붙였다.

"아, 난 여기 있는 대로 읽은 거요. 아무튼, 유명하진 않은 거 같고⋯⋯"

저런 유형을 알고 있다. 말로만 상해를 입혀도, 전치 4주는 족히 나오게 할 수 있는 인간. 여기 매장에도 한 명이 있다. 나는 새우 눈을 뜬 부장이 이쪽을 바라보고 있는 것을 보았다.

"예, 보다시피 수입자동차 딜러입니다. 무명 사진작가도 맞고요."

나는 형사에게 항의하듯이 말했다.

"그런데, 왜 제가 육하원칙에 의한 취조를 받아야 하는지는 알아야겠습니다."

"어허 이 사람, 말귀를 통 못 알아먹네. 우린, 그 뭐야? 그 '결혼은 연애의 시작' 그 사이트에서 당신이 접속한 기록을 다 가지고 있다니까. 이혼 다섯 번에, 현재는 여섯 번째 아내와 별거 중이더군. 근데 그 여섯 번째 아내가, 죽었다 이 말이지, 실제로."

형사는 두툼한 손을 제 목에 대고 한 번 흔들었다. 경박하기 짝이 없는 포즈로.

"제 아이피를 조사하셨다면, 가상결혼인 것도 아실 텐데요? 그게 이런 조사를 받을……"

"여기 가족관계증명서에 당신이 그 여자 호주로 돼 있잖소!"

형사도 나와 같은 서류를 들고 있었다.

"그러니까 고인의 유산과 보험금이 법적 남편인 당신한테 넘어간다는 거요. 이건 당신이 원치 않아도 사망보험금이 지급되니까 말이요. 그래서 수사를 나온 거요. 그런데, 왜 그런 사이트에 접속했소? 여자들을 꾀기 위해선가?"

"……결혼은, 부작용이 너무 많습니다."

"약은? 약은 엄청난 부작용을 감수하고도 먹는데, 왜 결혼은……"

"저는, 한 번도 결혼을 생각한 적이 없거든요."

"그러니까 내 질문은, 왜 그런 가상결혼 사이트에 가입했느냐는 거지. 굳이 그런 데서 여자를 만났느냐는 거요."

"육하원칙 중에서 '왜'를 말하고 있는 중입니다. 제 처지에…… 결혼은 말도 안 되기 때문에, 결혼이 무섭고 싫었습니다."

"윤선재 씨, 지금 소송 중이죠?"

"이 일과는 상관없는 아버지의 소송입니다."

"당신 아버지가 80년 8월에 간첩 혐의로……, 당시에 깐깐한 법관이 무기형을 때리셨네? 깐깐하다는 잣대가 이게 참 그렇다니까. 그걸 어디다 들이대는지가 인간성이거든. 그리고 다시 20년으로 감형……, 또다시 정권이 바뀌면서 99년에 가석방. 19년을 복역하셨네? 그런데 바로 전 정권 말기에, 무고죄에 대한 소송을 시작했더군요. 그것도 대한민국 최고 로펌에서?"

"그분들이 자발적으로 나섰습니다. 47일간의 불법구금 후에 간첩 누명을 씌웠기 때문이죠. 제가 간첩의 자식이 아니라는, 그 진실만큼은 밝혀져야 하지 않습니까? 그런데 왜, 그 사실을 지금 형사님께 들어야 하는 겁니까?"

"조사하던 중 알게 된 사실……"

나는 들고 있던 변호사 명함을 보며 휴대폰을 꺼냈다.

"잠시만요. 변호사님께 무슨 일인지 더 들어보고 나서 말씀을……"

그러자 형사가 다소 누그러진 목소리로 제안했다.

"아니, 보험 사기가 아닌가 하는, 뭐 그런 형식적인 조사는 오늘로 끝나는데…… 집을 좀 보여줄 수 있겠소?"

"예?"

"물론, 수색영장을 받아오라면 받아다 드리지."

나는 한참 만에 고개를 끄덕이고 조건 하나를 말했다.

"경찰차는 타지 않겠습니다."

나는 성만의 자리에 가서 차 열쇠를 찾아들었다. 책상 위에는 내가 쓴 마린7의 리뷰 페이지가 펼쳐져 있었다.

하늘을 사선으로 비행하는 느낌을 받는 건, 바로 이것 때문이다.

마린7은 전장 4,774mm, 전폭 1,990mm, 전고 1,041mm, 휠베이스 2,700mm에 공기역학적 디자인으로 설계되었다. 사이드 펜더와 도어 뒤의 대형 흡기구에 3개의 수직 핀이 달려 있어 천사의 날개를 느낄 수 있다.

차체는 카본이 적용되어 공차중량이 1,247kg에 불과한, 지상에는 존재할 수 없는 중량을 가졌다. 차량 앞에는 엔진 룸에 공기를 공급하는 흡기구가 있고, 뒤에는 일체형 윙이 달려 있다. 이러한 공기역학적 디자인은 최적의 공기 역학적 성능과 최고 주행 속도를 달성하기 위해서 많은 시험을 거친 결과로 탄생한 것이다.

중앙에 위치한 마린7의 심장(엔진)은 배기량 5,000cc 알루미늄으로 제조되었다. 이놈의 심장은 어찌나 역동적인지, 0~60마일까지의 순간가속 3.5초, 최대 시속 354.1km/h에 이른다.

마린7은 가히 폭발적인 기세로 FIA GT 챔피언십에서 20회 이상 우승했다. 그러나 이것은 인간 세상에서의 기준일 뿐이다.

당신은 이 녀석의 심장에 손을 얹기만 해도, 이미 다른 차원으로 들어서게 될 것이다.

성만이 녀석은 한 쌍의 고객에게 차를 팔면서, 내가 리뷰에 썼던 선동적인 말들을 총동원하고 있었다.

"이 차는 악마의 영혼을 가졌습니다. 엔진에 자체의 영혼을 장착했다니까요. 하하, 똑똑하게 진화한 녀석이죠!"

두 남녀는 한눈에 봐도 불륜이었다. 남자가 차를 가리키며 현금으로 하면 어떻게 되느냐고 묻자, 성만이 되받아쳤다.

"왜요 사장님? 돈 아니면 뭐, 금이나 쌀로 하시게요?

부장의 신조에 따르면, 두 남녀는 불륜을 저지르는 것보다 더 크나큰 죄를 짓고 있었다. 바로, 차 값을 깎는 일이었다.

낙타사막

집에 도착하기 전부터 비가 부슬부슬 내리기 시작했다. 나는 집으로 올라가기 전에 카페 '낙타사막' 앞에 서서 형사를 기다렸다.

낙타사막의 위치는 조계지 계단의 중간쯤에 있어서 층수의 개념이 애매하다. 계단 몇 개를 더 오르면 커다란 공자 동상이 서 있고, 계단 끝에서 왼쪽으로 가면 차이나타운으로 이어진다. 그래서인지 내 집을 말할 때도 그냥 낙타사막이라고 말한다. 어차피 같은 주소니까.

담배를 꺼내 입에 물고 주머니 속에 손을 넣었다. 비닐 팩에 든 유품이 만져졌다. 차갑고도 뭉클한 이 감정은 모두 유품의 주인으로부터 오는 것이리라. 일 년 동안이나 가상결혼 아내였던 내 여섯 번째 아내로부터……

낙타사막 주인이 카페 문을 열고 나왔다. 스스로를 '중늙은이'라 부르는 집주인이다. 그는 1층 카페를 직접 운영하면서 2층 작업실에서는 학생들에게 데생을 가르치는 화가다. 데생 수업이 있는 화요일에는 그의 작업실에서 내 동인 모임에서 진행하는 사진 수업도 있다.

원래 2층뿐이던 이 낡은 건물 옥상에 15평짜리 이동주택을 설치한 건 나 때문이었다. 인천항이 보이는 옥상에서 살게 해주면 월세를 톡톡히 내겠다며 몇 달을 졸랐던 것이다. 이곳에서 항구의 일몰을 찍고 난 다음부터였다. 그는 내 청을 들어주느라 대출을 받았고, 한동안 관공서를 들락거렸다.

"윤 작가, 뭔 일 있어? 불도 없이 담배만 물고 있잖아?"

"아내가 죽었답니다……"

"에이, 그 인터넷 아내?"

"한 달 전엔가, 여행 떠난다는 쪽지를 남겼는데요…… 실제로는 유산을 남겼어요."

"뭐야? 둘 중 하나는 진실인 것 같은데?"

그때 형사의 벌건 얼굴이 계단 중간쯤에 불쑥 나타났다. 형사는 나를 따라 3층 계단을 오르면서 주차 때문에 애를 먹었다며 투덜거렸다. 그러다 옥상에 올라 주변 풍경을 보더니 말투가 달라졌다.

"햐, 비가 오는데도 인천항이 보이는 동네라…… 노을 지면 아주 볼만하겠어요?"

형사는 인천항을 내려다보며 탄식하듯 말했다.

나는 대답 대신 현관문을 열고 기다렸다. 그는 나를 힐끔 보더니 재빨리 담배꽁초를 바닥에 짓이겼다.

집 안에 들어선 형사는 빠른 시간에 거실을 휘둘러보았다. 그리고 침실로 들어가더니 한참 만에 나왔다. 거실로 나온 형사는 망설임 없이 식탁 의자에 앉았다. 그러고는 깨진 식탁 조명등을 올려다보며 물었다.

"죽은 이경 씨와는 무슨 관계였소?"

"조사하셔서 다 안다고 하지 않았습니까? 온라인 세상에서 만나, 가상결혼 사이트에서 가상부부가 되었다고요."

"에이, 그건 서류상 그런 거고, 실제로는 어떤 사이였느냐는 거지. 이런 거액을 남기고 죽는 게 말이 되느냔 말이오?"

"그러니까 저도 지금 정신이 반쯤 나가 있잖습니까? 죽었다는 그 얘기도 오늘 알았으니까요…… 근데 좀 특별한 사람이긴 했습니다. 그 여섯 번째 아내라는 사람."

형사가 식탁을 손바닥으로 찰싹 치면서 맞장구를 쳤다.

"그래요, 바로 그런 얘기를 해달란 거요."

"그게 답니다. 조사해보시면 아시겠지만……"

"그래요? 윤선재 씨, 그럼 두 가지만 더 묻겠소. 이 식탁 조명은 깨진 지 오래된 거 같은데, 왜 아직 갈지 않았습니까?"

"……"

호기심으로 번뜩거리는 형사의 눈은, 식탁 등이 없어도 빛이 날 지경이었다. 그는 내 침묵을 잠시도 견딜 수 없다는 듯 질문을 퍼부었다.

"그리구 저 침실 벽에 말이요. 하얀 스프레이로 그린 사람 실물 크기, 그거 데드라인 아니오?"

나는 말없이 담배에 불을 붙였다.

"사고현장 재현한 거 같은데, 저런 게 왜 집 안에 있지? 벽화도 아니구."

"……"

"윤선재 씨, 진짜 당신 정체가 뭐요?"

"……글쎄요."

"아내들을 저 벽에 가둬서 죽인 거요?"

나는 대답 없이 일어나 냉장고로 걸어갔다.

냉장실에서 보드카를 꺼내 머그컵에 반쯤 따르고는 단숨에 마셨다. 그리고 다시 반쯤을 채워서 형사에게 건넸다. 그는 기다렸다는 듯 잔을 비웠다. 나는 다시 그 잔에 보드카를 가득 채우고 식탁에 앉았다.

"형사님, 묻는 말에 대답만 하면 되는 거죠? 그러니까 진술 비슷하게……"

"그냥 배 형사라고 불러요."

"그 두 가지 모두, 한 여자와 관련이 있습니다."

"여자가 있다는 거요?"

"기다리는 여자가 있습니다. 여름부터……"

"그땐 이 여섯 번째 아내와 결혼 중 아니었소?"

"신은 섹스를 만들었고, 성직자들은 결혼을 만들었다죠? 저는 성직자보다는 신을 더 좋아합니다."

"이런 제길, 난 아내를 두고 딴짓한 적 없어. 근데, 우리 집 사람은 빚만 잔뜩 남기고 죽었지. 아, 내 얘긴 나중에……"

형사는 자연스럽게 보드카 잔을 들고 빠르게 두 모금을 마셨다.

"형사님, 제 말이 진술서가 되는 건가요?"

나는 재떨이를 형사 앞에 놓아주고 입을 열었다.

힘든 이야기였다. 그런 만큼 익명의 누군가에게 털어놓고 싶은 일이기도 했다.

리뷰를 쓰기 위해 자동차를 몰고 나갔다가 새벽에 돌아오던 날이었다. 거칠게 질주하면서 차의 성능을 체크하기 때문에 도로 시범주행은 주로 차량이 뜸한 시간에 해야 했다.

그날은 집 쪽으로 가기 전에 자유공원을 한 바퀴 돌았다. 그리고 대로로 내려왔다가 급브레이크를 밟았다. 형이 죽었던 자리에 무언가 있었다. 서행으로 운전하면서 전조등을 비출 수 있는 거리쯤에 주차를 하고 차에서 내렸다.

사람이었다. 데드라인 안에 형이 죽었을 때와 똑같은 자세로 여자가 누워 있었다. 그 흰 선의 모양대로 다리와 팔을 구부린 채였다. 부풀린 치마와 맨다리로 보아 분명 여자였다. 내가 다가갔을 때 여자가 빤짝 눈을 떴다. 너무 놀라서 심장이 뜯겨나가는 줄 알았다.

여자의 빛나는 눈알과 마주쳤다고 느낀 순간, 이상하게 꼼짝할 수가 없었다. 여자가 부스스 상체를 일으켰다. 그러고는 대략 삼백이십 살쯤 먹은 듯한, 그래서 뭐든 다 알고 있다는 듯한 눈으로 나를 조용히 올려다보았다. 목덜미로 소름이 흘러내렸다.

여자의 몸에는 소름 대신 알 수 없는 희열이 번쩍이는 찬서리처럼 돋아 나오더니 차차 비늘로 변해갔다. 여자가 팔을 쓰다듬더니 손등에서 비늘 한 개를 뜯어내어 멀리 보이는 불빛에 비추어 보았다. 그러고는 자리에서 일어나 옷을 훌훌털었다. 여자가 입은 원피스에서 비늘이 후드득 떨어졌다.

일어선 여자는 절룩이지 않고 똑바로 걸었다. 그렇게 몇 걸음 걷더니, 멈춰 서서 나를 빤히 바라보았다. 나는 데드라인과 여자를 번갈아 바라볼 뿐이었다. 그제야 바닥에 떨어진 비늘들이 여자의 옷에 매달렸던 색색의 스팽글이라는 걸 알았다. 내가 다시 여자 쪽으로 고개를 돌렸을 때, 여자는 이미 저만치 걸어가고 있었다.

"그게 끝이요?"

"저도 담배 좀…… 예, 그리고 며칠 뒤에 다른 차종 리뷰를 위한 시험주행을 마치고 오는 길이었습니다. 개항장 아래 식당거리 아시죠?"

"진도식당, 거긴 이미 다녀왔어요. 어머니 솜씨가 좋으시더구만."

"그러셨군요. 거기 엄마 식당으로 갔는데, 이미 문을 닫은 후였어요. 그래서 천천히 집 쪽으로 방향을 틀어 언덕을 올라가다가 문득, 대로 쪽으로 핸들을 돌렸습니다. 제가 왜 그랬는지 알게 되기까지는 얼마 걸리지 않았어요. 형의 데드라인 안에 누워 있는 여자를 발견한 순간 알았으니까요. 거기에 카메라 앵글을 갖다 댄다고 생각해보세요. 그게 바로 현수막입니다. 아무튼 가슴이 뛰기 시작하자, 이상한 예감이 밀려왔어요. 왜 그런 거 있잖습니까. 운명 같은 거……"

"운명 같은 건 됐고, 그냥 리얼 스토리만 하는 걸로 합시다."

나는 집 근처 언덕에 주차를 해놓고, 누워 있는 여자 곁으로 걸어갔다. 나도 모르게 영역 표시하는 동물처럼 입을 열었다.

"여긴 내 구역인데…… 여긴 우리 형이……"

아무 표정도 없는 여자를 보니, 저절로 언성이 올라갔다.

"이것 봐요, 당신 미친 거 아닙니까? 이 새벽에 여기 누워
있으면……"

그때 여자가 일어나더니 나를 빤히 바라보았다. 혹시나 싶
어서 나도 여자 얼굴을 살폈다. 사진 수업을 듣는 학생이거
나, 내 리뷰를 보고 차를 샀다면서 항의를 하던 여자는 아닌
지…… 아무리 봐도, 처음 보는 얼굴이었다. 나는 더 이상 할
말이 없어서 집 쪽으로 천천히 걷기 시작했다.

잠시 후 규칙적인 발걸음 소리가 들려 뒤를 돌아보니, 여
자가 따라오고 있었다. 여자는 그렇게 내 집에 오게 되었다.

여자는 집 안에 들어서자마자 내 공간을 기웃거렸다. 그러
고는 성지에 온 순례자처럼 발뒤꿈치를 살짝 든 채 경건한
자세로 집 안을 돌아다니기 시작했다.

다음 날 일어나 보니, 여자는 쪽지를 남기고 사라진 후였다.

거리가 조용해지는 시간…… 내일 자정에 다시 와도 될까요? 그
래도 좋다면 현관을 열어두세요.

우리 집 현관은 그날 밤부터 열려 있었다. 특별한 밤손님

을 위해 낮에는 잠기고 밤에는 열려 있는 것이다.

그녀의 장점은 놀랍게도 나를 사랑할 줄 안다는 것이었다. 나를 어떻게 사랑해야 하는지 나보다 더 잘 아는 것 같았다. 그게 아니면, 내 착각이거나 내가 미친 것이다.

아침에 일어나면 그녀는 가고 메모가 남아 있었다. 그 포스트잇은 늘 냉장고의 디지털 불빛이 나오는 곳에 붙어 있었다. 간단한 음식을 만들어놓고 간 뒤였다. 내 시계의 알람과 동시에 음식이 완성되도록 해놓을 때도 있었다.

오븐에서 소리가 나면, 드세요. 수요일에 올게요……

가끔 늦은 시간에 집으로 돌아오다가 데드라인에 누워 있는 그녀를 발견하기도 했다. 그녀는 처음 본 날처럼, 부스스 일어나 집으로 따라오곤 했다. 나는 진지하게 말했다. 데드라인에 누워 있는 건 위험하다고, 그처럼 무모하기에는 당신이 너무 젊다고. 그녀는 아무 말 없이 그저 듣고만 있었다. 정신을 차리고 보면 그녀가 이미 내 살을 만지고 있었다.

그리고 다음 날 아침에 포스트잇으로 그녀의 대답을 들었다.

당신은 무모함의 맛을 알아요? 난 그 맛이 좋아요.
당신, 볼레로를 들으며 사랑해본 적 있나요? 토요일에는 라벨의 볼레로를 틀어주세요.

무모함의 맛을 아는 여자. 나는 그녀를 '마린'이라고 불렀다. 내가 판매하는 자동차 이름으로 불러도 좋으냐는 말에 여자는 웃으면서 내 품을 파고들었다.

지루한 일상을 견디다 못해 사람들은 종종 이벤트라는 것을 한다. 내게는 마린과 지내는 밤이 이벤트였다. 그녀는 종종 영화 속 주인공 흉내를 내기도 했다. 라벨의 볼레로를 들으며 사랑을 나누고 싶다니……

나는 시디를 준비해놓고 초초하게 토요일을 기다렸다.

그 음악은 13분 53초쯤 연주된다. 처음에는 작은북 소리가 등장해 점점 커지면서 박자가 빨라진다. 여린 피아니시모로 시작해서 웅장해지는 그 패턴을 계속 반복하다가, 마지막 두 마디에서 정열적으로 폭발하고는 정전이 된 듯 멈추는 것이다.

마린은 음악을 들으면서 몇 분이 지났는지 알고 있었다. 그녀의 몸이 리듬에 정확하게 반응했으니까. 음악을 눈으로 맛보고 촉각으로 듣는 것 같았다. 입체 화면으로 보는 3D를 넘어서 냄새와 소리, 촉각으로 체감하는 4D 같은 여자였다.

볼레로는 3분이 지나면 음이 한 단계 높아지고, 5분, 6분 단위로 달라진다. 그녀는 마치 내 몸을 빌려서 그 음악과 사랑을 하는 것 같았다. 5분이 지나고 6분이 지나갈 때, 그리고 심벌즈가 울릴 즈음, 그런 매 순간마다 그녀의 몸은 확연히 다르게 반응했다.

실제로 6분이 지나면 박자가 더 빨라지고 음이 깊고 중후해진다. 그러면 그녀의 몸 전체가 더욱 집요한 반응을 보이기 시작한다. 내 몸이 볼레로를 대신하는 듯 느껴질 때가 바로 그때쯤인 것이다.

11분이면 리듬이 더 빨라지고, 이때부터는 그녀가 자세를 바꾸었다. 11분 50초에는 갑자기 한 음이 더 올라가는데, 그때 그녀는 자신을 활짝 열어젖혔다. 12분 40초에는 음악과 함께 그녀의 몸이 더욱 격렬하게 흘러갔다. 13분 15초쯤에 드럼이 더욱 큰 소리를 낼 때부터 그녀의 목은 뒤로 젖혀지고 흐느낌이 시작되었다. 그리고 13분 34초에 심벌즈가 간격을 두고 5번 울릴 때, 그 순간 내 몸도 긴 숨을 토해내며 절정으로 내달렸다.

이 음악의 마지막을 위해 심벌즈 주자가 13분 넘게 대기하고 있었던 것처럼, 내 몸도 그 순간까지 인내하면서 기다리는 것이다. 그리고 13분 45초에 마지막 심벌즈가 꽝, 하면 그 울림과 우리의 움직임도 53초에서 멈추었다.

어느 날 마린은 내 침실 벽에 데드라인을 그렸다. 벽을 초록색으로 칠하고 나서 며칠 후였다. 입을 꼭 다문 채 자신의 양팔로 길이를 가늠하면서, 도로에 있는 형의 데드라인과 똑같이 정교하게 그렸다.

얼핏 생각하면 기괴하기 짝이 없었다. 자정이 넘은 시간에 불현듯 찾아와서는 내 침실 벽에 데드라인을 그리는 여자. 그리고 뱀파이어처럼 아침이 오기 전에 사라지는 여자. 하지만 마린의 미소는 정말 굉장했다. 소리도 없이 웃는 모습이 그처럼 많은 말을 하는 건 처음 보았다. 그녀의 콧등이 아주 살짝 찡그려지고 꼭 다문 입술 끝이 아치형으로 올라갈 때면, 나는 그 순간을 더 오래 보고 싶어서 매번 허둥거렸다. 웃음에도 특허를 받아낼 수 있다면 마린의 미소에 특허를 내고 싶을 정도였다.

침실 벽에 그녀가 완성한 그림은 아스팔트에 있던 데드라인이 벌떡 일어나 벽에 서 있는 것 같았다. 그리고 나는 그곳에서 그녀에 의해 자주 사고사를 당하곤 했다. 물론 볼레로를 들으면서⋯⋯

볼레로가 시작되는 초반부에 그녀가 나를 벽의 데드라인 안에 세워놓을 때가 있었다. 나는 그 선의 모양과 똑같이 다리를 구부정하게 구부리고, 왼손은 올리고, 오른쪽 팔꿈치를 약간 구부린 채 그녀의 다음 공격을 기다릴 뿐이었다.

그녀의 손은 원초적이고 대담하면서 때로는 교활하기까

지 해서 공격이라고 느낄 때가 많았다. 지금까지 나를 만졌던 여자들의 손길은 전혀 기억도 나지 않을 만큼…… 오로지 그녀에 대해 느끼고 반응하면서 매 순간 기다려지는 건 마린, 그녀의 살이었다.

나를 행운아라고 생각했다. 그때까지의 내 인생에서 행운이라고 느낀 사건은 처음이었다. 정말이지 어떤 음식도 마린과 먹으면 달콤했다. 사실, 어떻게 먹었는지도 모를 만큼 정신이 없기도 했다. 그렇게 두 달이 되기 전이었을 것이다.

어느 날부터 그녀의 발길이 뚝 끊어졌다. 나는 말 그대로 미친놈이 되어 갔다. 안절부절 못하고 중얼거리는 버릇까지 생겼다. 마약이나 담배를 끊을 때 오는 것처럼, 마린에 대한 금단현상이 생긴 것이다.

드디어 이 믿을 수 없는 행복에 균열이 시작되었구나, 그런 행운이 내게 지속될 리가 없겠지, 어쩌면 긴 꿈을 꾸었을지도 모르지……

내가 방심한 탓이었다. 미리 받을 상처에 대한 배수진을 치느라, 누구에게도 열지 않았던 마음이 나도 모르는 사이 마린에게로 건너가 있었던 것이다. 이미 주어버린 마음은 내 뜻대로 할 수 있는 차원의 것이 아니었다. 마음을 가져간 상대방의 선처를 기다리는 수밖에 없었다.

밤이면 더욱 잠을 잘 수가 없었다. 누웠다가도 벌떡 일어나 현관문이 열렸는지를 확인하고는 계단을 올라오는 발소리를 듣기 위해 귀를 기울였다. 들리지 않는 소리를 기다리면서 아침을 맞았던 날, 내가 미쳐가는 단계를 밟고 있다는 생각에 정신이 아찔했다.

어느 날 새벽에 마린이 찾아왔다.

그녀가 현관을 들어서던 순간이 지금도 눈에 선하다. 마린은 그녀를 처음 발견할 때 입었던 스팽글 원피스를 입고 있었다. 피로하고 지쳐 보였지만 눈빛은 이상하리만치 빛이 났다. 완전한 이별을 통보하러 나타난 것일까.

나는 선뜻 다가가지 못하고 물을 따라서 조심스레 그녀에게 건넸다. 마린은 기다렸다는 듯 물을 받아 마시고는 내 침실로 들어갔다. 그리고 다시 나오더니 식탁 앞에 주저앉았다.

우리는 누가 먼저랄 것도 없이 서로를 향해 손을 뻗었다.

미치게 그리웠던 그녀의 눈을, 눈동자를 보려고 애를 썼다. 그러나 그녀는 내게 눈길을 주지도 않고 내 몸을 만지는 데에만 열중했다. 나는 자꾸만 그녀의 얼굴을 두 손으로 감싸고 들어올렸다. 그녀의 눈과 아찔한 미소를 보고 싶었다. 그러나 그녀의 눈은 취한 듯 감겨 있었다.

우리는 그때 한순간도 떨어지지 않은 채 비단뱀처럼 서로의 몸을 휘감고는 풀었다가, 다시 휘감고 늘어지기를 반복했다. 이 식탁, 여기 이 의자에서…… 그리고 서로의 몸이 다 식기도 전에 그녀가 나를 밀어냈다.

그녀는 눈에 힘을 주고 싸늘하게 나를 바라보았다. 처음 보는, 낯선 표정이었다. 나는 어쩔 줄을 몰랐다. 그녀의 어깨 위에 카디건을 걸쳐주고 일어났다. 그 순간이었다.

그녀가 상체를 일으키는 동시에 머리로 식탁의 형광등을 들이받았다. 그때, 그녀 위로 쏟아져 내리는 백색 가루들…… 흰색, 흰 파편들. 그것들을 보면서 나는 공포를 느꼈다. 그녀의 광기가 그런 색이었으니까.

그녀는 형광등 가루를 뒤집어쓰고서 오래도록 나를 바라보더니, 스르르 눈을 감았다. 마치 상점의 문을 닫고 셔터를 내리듯이. 그리고 현관으로 걸어 나갔다. 마린은 거기에 서서 나를 한참 바라보더니 그대로 뛰쳐나갔다. 나는 맨발로 뛰어나간 그녀의 샌들을 들고서 뒤쫓아 나갔다.

옥상을 다 벗어나지 못한 그녀를 붙잡고 샌들을 신겨주었다. 그녀는 내가 샌들을 다 신겨줄 때까지 순순히 서 있었다. 나는 그녀의 발등을 잡고서 천천히 고개를 들었다. 그때 마린의 표정이 내게 알려주었다. 더 이상 그녀를 붙잡을 수도, 잡아서도 안 된다는 걸……

그녀의 발등을 잡고 있던 내 손에 힘이 빠졌다. 그러자 마린이 뒤돌아섰다.

＊　＊　＊

"그게 끝이오? 그 후론 못 본 거요?"

"예, 우리 집 현관은 아직도 밤새 열려 있습니다."

마린과의 추억을 모조리 털어놓고 나자, 고해성사라도 한 것 같았다. 왜인지 형사는 웃고 있었다.

"어 저기, 윤선재 씨. 나는 아직 의심스럽지만, 보험회사에서는 돈을 내줄 수밖에 없을 거요."

말은 그렇게 했지만, 그의 얼굴에서 혐의 따윈 사라진 지 오래였다.

"형사님, 혹시 세상에 빚진 기분 아세요?"

"우리 마누라가 이 세상에 빚을 지고 갔지."

"저는 어떤 평화적인 시위에도 참석할 수 없었습니다. 그게 또 빚이 되었지요. 어린 내 손에 붉은 깃발을 쥐어준 어떤 정권 때문에 원치 않는 비겁자로 살았거든요……"

"그나저나 거액을 상속받았으니 축하를 해야 하는데, 아내가 죽었으니 위로도 해야 하고…… 참 대략난감이오."

"저는 아직 꿈꾸는 중 같습니다. 형사님한테 여자문제 수사를 당하고……"

"꿈 깨고 나면, 언제 개인적으로 한번 봅시다."

"형사님과 그럴 일은 없을 거 같습니다."

"사실은 고인이 당신 알리바이를 증명해준 거나 마찬가지요. 죽음으로 남편을 미리 변호한 셈이지. 솔직히 말하면, 이 집까지 온 건 순전히 내 개인적인 호기심이요. 이런 희한한 사건은 첨이거든."

"그럼……?"

"보험회사에서 왜 손해사정인을 안 보내고 수사관을 슬쩍 보냈겠소? 캐봤자, 라는 거지. 근데 말이요, 난 당신한테 질투가 났어. 어떤 마누라는 빚더미를 남기고 죽었는데, 어떤 아내는 돈더미를 남기고 죽으니."

"……"

"내 마누라 얘길 원한다면 언제든 해드리지. 남자 땜에 죽었는지, 돈 땜에 죽었는지 참. 내 명색이 형산데 아직도 그걸 몰라……"

형사는 중얼거리면서 조계지 계단을 내려갔다.

"

모든 연애가 그렇지 않은가.

처음 만난 상대를 '선물'이라고

여기는 순간들이 지나가면, 선물이 부채로 변하는

시간이 찾아온다. 그 난감한 부채를 아무런 부작용 없이

해결할 수 있는 인터넷 세상에서의 결혼.

내가 '결혼은 연애의 시작'에서의 가상결혼을 선택한 건,

그런 이유였다.

"

마린7

나는 형사를 보내고 '결연시' 홈페이지를 열었다.

'결혼은 연애의 시작'에서 환상적인 신혼을 즐겨보세요~♡

내가 이 사이트를 알게 된 건 성만이 때문이었다. 녀석은 돌
싱이 되자마자 이 가상의 세계에서 아내들을 만난다고 했다.
원하는 배우자를 기호대로 고를 수 있어서 만족스럽다며 호
들갑을 떨었다. 싱글 세를 물리는 법안이 국회에서 발의되었
다며 싱글의 아픈 가슴을 정부에서 후벼 판다고 징징거렸다.
그때 홈 화면 상단에 떠 있는 인용구가 내 눈길을 끌었다.

만약 어떤 식당의 음식이 손님 절반에게 식중독을 일으켰

다면, 또는 태권도를 하는 사람 중 대다수가 손가락이 부러진다거나, 롤러코스터를 타는 사람의 귀에 이상이 생긴다면, 시민들은 즉각 정부에게 대책을 내놓으라고 촉구했을 것이다.

그런데,

가장 흔한 재앙인 결혼에 대해서는 다들 묵인하고 있다.

사이트를 재방문하던 날, 나는 회원가입을 했다.

가상공간에서의 결혼생활이라니! 어차피 가상세계일 뿐이므로 현실적으로 나를 흠집 내는 것은 없으리라는 계산에서였다.

기혼자는 가입할 수 없었다. 가입신청 시, 최근의 등본을 스캔해서 올려야 했다. 실명은 공개되지 않고 철저히 아이디끼리 만나는 공간이지만, 현실에서도 싱글이어야만 가상결혼이 의미 있다는 주장이었다. 게다가 서로의 동의가 이뤄지지 않으면 사진을 올리지 않는 게 원칙이었다. 철저히 정서적 만남의 자리를 지향한다는 것도 꽤 그럴 듯했다.

아이디는 '마린7'로 정했다. 내가 팔고 있는 차 중에서 제일 타고 싶은 차종이었다.

결혼은 연애의 시작. 그 공간은 온라인상에서의 동사무소 같은 곳이었다. 디지털과 아날로그를 적절히 배합해서 결혼과 연애를 맛볼 수 있는 서비스 업체였다.

스마트폰에 로그인을 해놓으면 하루 종일 그 결혼 안에서 지낼 수도 있었다. 가상의 집에서 아내와 애완동물이 반겨주었고, 선물이나 음식배달도 가능했다. 다른 장소에 있는 두 사람이 동시에 같은 것을 보고, 먹고, 들으면서 대화할 수 있었다.

'배달의 민족'이나 '요기요', '카카오 기프트 쿠폰' 등 배달이 가능한 모든 음식과 선물 업체, 심부름 업체 등이 연동되어 있었다. 집뿐만 아니라 사무실이나 야외 어디라도 모든 배달이 가능했다. 만약 치킨을 주문하면 동시에 현실 속 각자의 집으로 배달이 되는 시스템이었다. 물론 두 사람은 현실 속에서 서로의 집을 알 수는 없었다.

결혼식 비용이나 집을 사고 가구를 사들이는 것도 아이템 스토어에 돈을 지불하고 구입하면 되었다. 신용카드로 사이버머니를 채워놓으면 그것으로 모든 결제를 할 수 있었다.

성만이 녀석은 점심을 매장으로 배달시켜 결재를 했는데, 점심치고는 진수성찬이었다. 실제로 그 점심 메뉴 이름이 '진수성찬'이라는 것은 나중에 알았다. 성만은 "마누라가 꼭 진수성찬을 먹는다"고 투덜댄 지 일주일 후에 이혼했다.

가상결혼 사이트에서는 집을 장만하는 것도 평수대로 선호하는 유형을 고르면 되었다. 가구나 가전제품을 사들이고,

원하는 음악이나 영화를 다운받아 저장해놓으면 가상부부가 공동으로 이용할 수 있었다. 물론 사이버머니로 결재를 해야만 그것들을 소유하고 결혼생활을 누릴 수 있는 것이다.

이웃 블로거들을 초대해서 집들이도 할 수 있었는데, 배우자를 잃는 일도 있었다. 초대받은 이웃들과 채팅으로 파티를 벌이다가 눈이 맞는 경우였다. 물론 성만의 여러 아내들도 그렇게 해서 떠나갔다.

성만은 바람난 아내를 찾으려고 사이트 내의 모텔과 카페, 연동된 배달 업체의 이용자 명단까지 뒤지고 다니다가 결국 이혼을 당했다. 성만은 이 공간에서 툭하면 별거를 하고, 이혼을 식은 죽 먹듯이 되풀이했다.

물론 이곳에서 만나 실제로 결혼을 한 커플도 있었다. 홈페이지에 그들의 리얼 웨딩스토리가 심심치 않게 올라왔다. '우린, 진짜로 결혼 했어요.'

한마디로 실제의 결혼을 인터넷상으로 슬쩍 옮겨놓은 모양새였다. 그 '결연시' 사이트에서 혼인신고를 하고 부부가 되어 그곳의 주민으로 살면서 약간의 회비를 내면 되었다. 일종의 주민세 같은 것이었다.

모든 연애가 그렇지 않은가. 처음 만난 상대를 '선물'이라고 여기는 순간들이 지나가면, 선물이 부채로 변하는 시간이 찾아온다. 그 난감한 부채를 아무런 부작용 없이 해결할 수 있는 인터넷 세상에서의 결혼. 내가 '결혼은 연애의 시작'에서의 가상결혼을 선택한 건, 그런 이유였다.

자기소개를 작성하고 나면 질문지에 대답을 해야 했다. 그러면 내 답변과 유사성이 높은 회원을 추천받는 것이다. 추천받은 회원과 채팅으로 서로의 취향을 확인한 다음 프러포즈를 한다. 그리고 상대가 수락하면, 곧 결혼이 성사되었다.

이혼은 어느 한쪽에서 원하면 자연히 이루어졌다. 법원에 들락거릴 필요도, 얼굴을 붉힐 필요도 없었다. 그리고 아무런 조치 없이 한 달 이상 사이트에 입장하지 않으면, 별거 상태로 들어갔다. 그 상태가 100일이 지속될 경우 자동으로 이혼이 성립되었다.

내 결혼 기간은 언제나 한 달을 넘기지 못했다.

아이디가 '러블리'인 첫 번째 아내는 외국인이었을 것이다. 국어사전으로 공부했을 가능성이 높았다. 채팅 대사는 짤막하게 끊어 먹는 경우가 많은데, 첫 번째 아내는 어미까지 다 쓰면서 문장을 거의 완성하는 편이었다. 그러다 보니 예의 바른 남자 말투로 느껴질 때도 있었다. 그리고 어느 날 대화 도중에 확신하게 되었다.

러블리: 지금 비가 옵니까?

마린7: 아니오. 여기는.

러블리: 창가에 비가 박멸합니다.

마린7: 박멸요……?

러블리: 여기 비가 많이 옵니다.

마린7: 혹시, 한국어 공부 하시나요?

러블리: 예,?

마린7: 사전으로 공부하시나요?

러블리: ……좋습니다. 어떻게 알았지요?

마린7: 비가 창가에 부딪친다고 말하죠. 대개는……

러블리: 미안합니다.

마린7: 미안할 일은 아닙니다. 그저……

러블리: 로그아웃입니다.

첫 번째 아내의 작별인사는 '로그아웃'이었다. 기분이 살짝 이상했다. 상처받지 않고 아무렇지도 않을 거라던 예상도 빗나갔다.

나는 채팅 상대가 외국인이어도 상관은 없었다. 단지 무료하지 않을 만큼의 소통을 원했을 뿐이었다. 어디에서 만나든 간에 남녀의 만남은 서로의 가려운 곳을 긁어주면 되는 일이라고 생각했다. 가려운 곳은 주로 팔딱이는 심장일 테니까. 그러나 내 예상은 첫 결혼부터 빗나가고 있었다.

* * *

다시 매칭 상대를 추천받으려면 또 몇 개의 질문에 대답해야 했다. 반복되는 질문도 있었다.

결연시 일문일답

질문은 계속 업로드 됩니다. 어떤 질문은 회원님께만 드리는 질문일 수도 있습니다. 이 또한 정확한 매칭을 위한 단계입니다.

최소한 40문항 이상 답변을 해주셔야, 회원님께 이상적인 분을 추천드릴 수 있습니다.

회원님이 입고 계신 사회적인 옷을 벗어 놓으시고, 최대한 객관적으로 답변해주시기 바랍니다. 답변은 순서대로 하지 않으셔도 상관없으니, 대답하기 편안한 질문부터 기입하시면 됩니다.

회원님은 정말로 싱글이신가요?

혹시 제출하신 등본과 달리 기혼자이시면, 저희는 정중히 사양합니다. 이곳에 들이는 시간을 배우자에게 사용하신다면 좀 더 바람직한 결과를 얻으리라 생각합니다.

자, 그럼 질문에 대답을 하면서 여러분 내면의 깊은 곳으로 여행을 떠나봅니다.

* * *

1. 저희 '결혼은 연애의 시작'에 회원으로 가입하신 가장 큰 이유는 무엇일까요? 문장으로 나열이 힘드시다면 아래의 보기 중에서 고르셔도 좋습니다.

   (*호기심 *이성과의 직접적인 교류를 원해서 *현실과 얽히지 않는 정신적인 대화를 지향)

2. 어떤 상처를 갖고 있나요?

3. 하루 중 몇 시를 가장 좋아하시나요?

4. 혹시 용서해야 할 사람이 있나요?

5. 실연당한 경험이 있나요?

6. '절망'이라는 단어에서 떠오르는 사건이 있다면?

7. 술을 즐기시나요?

8. 당신은 어떤 사람인가요? 객관적인 표현도 좋습니다. 예를 들어, MBTI 성격유형으로 답하셔도 좋습니다.

9. 좋아하는 꽃이나 식물이 있나요? 그 이유는 무엇일까요?

10. 화가 나고 괴로울 땐 주로 어떻게 하나요?

11. 결혼은 ○○이다. 저 ○○은 무엇일까요?

12. 가까운 지인의 죽음을 본 적이 있나요?

13. 운동을 즐기시나요? 즐기신다면 어떤 운동인가요?

14. 반려동물과 함께 하시나요? 어떤 동물인가요? 혹시 아니시라면, 그 이유는 무엇인가요?

15. 영화, 드라마, 웹툰, 웹소설 등등에서 선호하는 콘텐츠는 무엇인가요?

16. 독서를 좋아하시나요? 그렇다면 문학인가요? 자기계발서인가요?

17. 최근에 이별한 경험이 있으신가요? 누구와 무슨 이유 때문인가요?

18. 최근에 다녀온 여행지는?

19. 가장 기억에 남는 여행지는 어디이며, 동행한 사람은 누구인가요?

20. 5년 후, 10년 후의 계획이 있으신가요?

21. 오감(시각, 청각, 후각, 촉각, 미각) 중에서, 회원님은 어느 감각이 가장 발달됐다고 생각하시나요?

22. 흔히 개인기라고 할 만한 것이 있나요?

23. 휘파람을 부시나요? 그렇다면 휘파람으로 부를 수 있는 노래는 어떤 것이 있을까요?

24. 정치적 성향은 어떠신가요? 특정한 정당을 지지하시나요? 그 이유는 무엇인가요? 지지하는 후보는 이니셜로 밝히셔도 좋습니다.

25. 좋아했던 동화나 기억에 남는 책은 무엇인가요?

26. 단것을 좋아하시나요? 초콜릿이나 과일 종류는 어떤가요?

27. 자동차를 소유하고 계신가요? 혹시 소유하고 싶은 차종이나 그 이유는 무엇인가요?

28. 우정과 애정 중에서 선택이 가능하신가요?

29. 종교가 있으신가요? 모태신앙이 아니라면, 그 이유는 무엇인가요?

30. 당신의 10대는 어떤 사람이었나요? 혹은 어떤 사람이었다는 말을 듣는 편인가요?

31. 그렇다면 20대에는 어떤 목적을 갖고 살았나요?

32. 당신의 30대는 과거의 영향을 받았나요? 어떤 방식으로 받았을까요?

33. 당신은 현재 어떤 사람으로 살고 있나요? 혹은 어떤 사람으로 사람들에게 인식되고 있다고 생각하시나요?

34. 당신은 어른이라고 생각하시나요?

35. 당신은 겁이 많은 사람인가요? 아니면, 비겁한 사람인가요?

36. 잠 잘 때 주로 어떤 꿈을 꾸나요?

37. 음식 만들기를 좋아하는 편인가요? 주로 어떤 음식인가요?

38. 즐기는 운동을 모두 알려주세요. 특히 좋아하는 운동이 있는지요?

39. 좋아하는 음악 장르는 무엇인가요? 그중 추천하고 싶은

음악이 있는지요?

40. 가족을 사랑하시나요?

41. 지금 주변에 있는 친구(폭 넓은 교류)의 종류는? 그중 우정을 나누는 사람은 몇 명인가요?

42. 가까운 지인과는 얼마만큼 터놓고 지내시나요?

43. 운명을 믿으시나요?

44. 억울한 일을 당한 적이 있나요? 그 일로 보상을 받았는지요?

45. 질병을 앓은 적은 있나요?

46. 존엄사에 관해 어떤 생각을 갖고 계신가요?

47. 신체 중에서 어디가 취약한 부분인가요? 혹은 정신적으로 어느 부분에 약하신지? (원치 않으면 안 밝히셔도 됩니다.)

> 여섯 번째 아내: 아, 그런가요?
> 세탁비치고는 보수가 좋은 편이에요.
> 의뢰인들의 절박함이 지갑을 활짝 열게 하거든요.
> 또 디지털 장례식도 하는 걸요.
> 마린7: 장례식이요?
> 여섯 번째 아내: 예, 죽은 후 고인의 디지털 삭제
> 서비스예요. 우리는 모두, 잊힐 권리도 있기 때문이죠.
> 마린7: 잊힐 권리, 그 말 참 좋은데요!

디지털 아내들

누군가 말했듯이, 사랑은 회전목마였다. 돈을 집어넣어야만 계속 돌아가는 것이다.

사이버 공간에서 만난 아내들도 현실에서와 크게 다르지 않았다. 물건을 고르는 취향은 하나같이 고급스러웠고, 당장에라도 모니터 밖으로 뛰쳐나올 준비를 하는 듯 보였다. 집 안의 가구와 생활용품 등을 모두 사들이고 집들이까지 끝나고 나면, 현실에서의 내 실제 정보를 얻으려고 혈안이 되었다.

두 번째 아내는, 애완견 다섯 마리와 살고 있는 돌싱이라고 자신을 소개했다.

도그채널을 신청해서 다섯 마리 모두 티브이를 시청할 때 이런 여가 시간을 갖는다는 것이다. 그래서 30초짜리 도그채널을 둘러보았는데, 온통 개 세상이었다. 길거리에서 마주친 애완견들이 서로에게 이끌려 애달파하는 장면과, 벤치 위에 앉아 하염없이 연인을 기다리며 눈시울을 적시는 모습을 오랜 시간 반복해서 보여주고 있었다. 어쨌든 이 아내와는 세 번의 대화 끝에 이혼했다.

첫 번째 대화는 웨딩홀 유형과 가구를 고르는 데에 반나절을 허비했고, 집들이에 부를 이웃 명단을 내게 요구하면서 오프라인에서의 내 영향력을 은근히 떠보는 것으로 두 번째 대화를 끝냈다. 그리고 세 번째 대화에서는 사이버머니를 웨딩 비용과 집들이에 쓰는 대신에 자신의 집으로 명품 가방을 배달시키는 건 어떠냐고 물었다.

내가 진심이냐고 묻자마자, '뭐야, 이거 초짜네'라는 대답이 떴다. 그리고 대화창이 사라지면서 화면이 까맣게 바뀌었다.

잠시 후 화면 아래쪽에서 하얀 손바닥이 나타나 좌우로 흔들리더니 말풍선이 둥실 떠올랐다. 말풍선 안에는 진한 이탤릭체로 'Bye~'라고 쓰여 있었다.

세 번째와 네 번째 아내도 별반 다르지 않았다. 여자들은 그 가상의 공간을 현실에서의 실제 관계를 가지기 위한 징검다리쯤으로 여기는 듯했다. 나처럼 그 공간을 완전한 디지털 세계로 대하려는 상대를 만나는 건 쉽지 않은 듯했다.

결혼과 이혼이 가볍고 빠르게 흘러갔다. 그리고, 다섯 번째 아내…… 나는 그 결혼의 후유증으로 결연시를 완전히 탈퇴하려고 했었다. 만약 그랬다면, 여섯 번째 아내는 만날 수 없었을 것이다.

다섯 번째 아내는 세실리아였다. 그녀는 '아이디가 세례명 이냐'고 두 번을 물었을 때에야 겨우 그렇다고 대답했다. 그 냥 대충 지은 이름이라서 그것이 세례명인지 몰라 당황했는 지도 모른다. 내가 다시 모태신앙이냐고 물었을 때, 대화창 에 떠오른 건 '신앙은 없구영~'이었다. 나는 질문하지 않고 기다리기로 했다.

세실리아는 그런대로 대화를 매끄럽게 이끌어갔다. 아주 일상적인 단어들을 늘어놓는 것으로 보아 전문 직업을 가진 사람은 아니라고 생각했다. 대화가 2주째로 들어설 때, 세실 리아는 스스로를 암컷이라고 표현했다. 그녀의 끈끈한 언어 는 날이 갈수록 수위가 높아졌다. 내 얼굴이 보고 싶어서 몸 살이 났다는 둥, 나를 아날로그로 만나고 싶다며 적극적인 구애를 해왔다.

나는 그 채팅 자체가 의심스러웠다. 바로 세실리아의 수상 한 질문들이었다. 대화 도중에 내 모습을 보고 있기라도 한 듯이 '집에서 운동도 하네요?'라고 묻다가, 집 안에서도 그렇 게 옷을 꼭 챙겨 입느냐고 묻기도 했다.

어느 날은 땀을 많이 흘리느냐고 물었다. 그때 나는 사골 국물을 막 들이켜던 참이었다. 그 순간 어떤 예감으로 어깨에 소름이 지나갔다. 일거수일투족을 감시당했다는 걸 깨달은 순간이었다. 내 컴퓨터가 털렸구나!

나는 서랍을 열어 슬그머니 포스트잇을 꺼냈다. 그리고 노트북의 카메라 렌즈를 노려보며 포스트잇의 끈끈한 부분을 작게 찢어서 렌즈에 붙였다. 그 순간, 계속되던 그녀의 질문이 멈췄다.

세실리아: ……

마린7: 세실리아?

세실리아: ……

마린7: 세실, 거기 있어요??

세실리아: ……아, 네네.

마린7: 내가 집에서 뭐하는지 궁금해요?

세실리아: 네? 아, 그거야…… 뭐하고 계세요?

마린7: 진짜 몰라요?

세실리아: 뭔데요??

마린7: 방금 카메라 렌즈에 포스트잇 붙이는 거 봤을 텐데?

세실리아: ……

마린7: 혹시 너희들인가?

세실리아: ……

마린7: 돈키호테 컴에도 바이러스 심었던 건가?

세실리아: 아주 탐정을 하세요~

모니터에 'Bye~'를 담은 풍선이 두둥실 떠올랐다.

나는 로그아웃을 한 후에 사이버 수사대에 수사 요청을 했다. 그리고 바탕화면에서 '결혼은 연애의 시작' 사이트의 바로가기 아이콘을 삭제했다. 지독히 외롭거나 미치게 무료하지 않으면, 로그인하지 않을 작정이었다.

여섯 번째 아내를 만난 건, 작년 추석이었다. 연휴의 무료함 끝에 사이트를 방문한 날이었다. 그 사이 홈페이지 화면은 산뜻하게 변해 있었다. 이국의 바다 풍경이 환상에 빠질 만큼 매혹적으로 바뀌어 있었다. 피서철의 바다가 아니라, 지평선과 맞닿은 조용한 바다였다. 홈피 바탕색도 옅은 베이지색으로 바뀌어서 차분하면서도 평온한 느낌이었다. 긴 여행 끝에 집에 돌아온 느낌이랄까.

로그인을 하고 나니, 알림 창에 새로운 메시지가 떠 있었다. 매칭 상대 추천이었는데, '회원님과 85퍼센트의 유사성을 가진 가을신부 님'이라고 쓰여 있었다. 그 상대로부터 온 쪽지도 있었다.

순간 헛웃음이 나왔다. 서로 다른 인간이 85퍼센트나 유사할 수 있을까? 지금까지 추천받은 상대와의 유사성은 기껏해야 15퍼센트 안팎이었다. 나는 호기심을 누를 수 없어 '가을신부'의 쪽지를 클릭했다.

마린7 님의 결혼관에 대해 전적으로 공감한다는 말과 함께 간단한 자기소개가 올라와 있었다. 그녀는 자신을 인터넷 청소부라고 소개했다. 조건란에는 디지털 안에서의 정서적, 문화적 만남일 것 등이 쓰여 있었다. 나는 그 조건에 흔쾌히 수락했다.

내가 보낸 인사말 쪽지에 몇 번째 결혼이냐는 질문이 올라왔다. 나는 다섯 번 이혼했다고 했다. 그러자 곧 자신의 아이디를 '여섯 번째 아내'로 바꾸어도 되겠느냐며 동의를 구했다. 그렇게 해서 그녀의 아이디는 '가을신부'에서 '여섯 번째 아내'가 되었다.

마린7: 흔치 않은 직업이시라, 호기심도 있었습니다.

여섯 번째 아내: 직업이라고 생각하지 않는 분야라서요……

마린7: 직업상 만나는 사람들도 평범하진 않을 거라는 생각이 드는데요?

여섯 번째 아내: 제 고객들은 스스로 작성한 SNS에 발목을 잡힌 사람들이에요. 인터넷 청소부는 주로 그걸 지워주

는 일을 해요.

마린7: 그럼, 디지털 세탁소 직원이시네요? 고객들의 과거를 세탁해주는 거잖아요?

여섯 번째 아내: 아, 그런가요? 세탁비치고는 보수가 좋은 편이에요. 의뢰인들의 절박함이 지갑을 활짝 열게 하거든요. 또 디지털 장례식도 하는 걸요.

마린7: 장례식이요?

여섯 번째 아내: 예, 죽은 후 고인의 디지털 삭제 서비스예요. 우리는 모두, 잊힐 권리도 있기 때문이죠.

마린7: 잊힐 권리, 그 말 참 좋은데요!

여섯 번째 아내: 그런데 제 얘기만 해서 어쩌죠?

마린7: 제가 질문을 계속 해대서 불편하신가요?

여섯 번째 아내: 아뇨, 제 얘길 들어주셔서 즐겁고 감사한 걸요.

마린7: 아, 무료한 명절에 선물을 받은 기분입니다.

첫 대화가 채팅 식의 짤막한 단어들로 도배되었던 이전과는 달랐다. 어쨌든 여섯 번째 아내는 그때까지 내가 겪은 여자들과는 달리 좀 별난 구석이 있었다.

여섯 번째 아내는 그 가상의 보금자리에 어떤 가구도 들이지 않았다. 대신에 애완견이나 새, 거북이 등의 동물들을 암

수로 키우고 싶어 했다. 인간은 우리 두 사람뿐이어서 마치 노아의 방주 같았다.

나는 우리 집의 호칭을 '노아의 방주'로 부르자 했고, 그녀는 그 안의 모든 생물들에게 다산을 기원했다. 우리는 가상 결혼계의 효시가 되겠다면서 농담을 주고받았다. 그날 나는 오랜만에 웃었다.

여섯 번째 아내는 필요한 아이템을 살 때에 자신의 신용카드를 충전해서 처리했다. 그리고 내가 '결혼은 연애의 시작'을 방문할 때마다 늘 '노아의 방주'에 입장해 있었다. 마치 퇴근하는 남편을 맞이하는 아내처럼.

여섯 번째 아내의 장점은, 차분히 경청하고 그에 알맞은 대답을 하는 일이었다. 대화를 벗어난 필요 이상의 질문은 하지 않았다. 그러다 보니 어느새 나는 꽤 많은 말을 하고 있었다. 잘 꺼내지 않는 가족사까지 마음 편히 늘어놓았다. 내가 새롭고 불편한 사실을 말해도 그녀는 별로 놀라는 기색 없이 곧바로 대답했다. 죽마고우라도 그렇게 속 아픈 얘기를 세밀히 늘어놓기는 쉽지 않았을 것이다.

마린7: 난 아직 간첩의 자식으로 살고 있어요. 그 누명을 벗어야죠. 아버지는 만기 출소가 아닌, 가석방 상태거든요.
여섯 번째 아내: 네……

마린7: 아버지는 폭력으로 세워진 어떤 정부를 구성하기 위한 재물로 쓰인 거니까요. 그때 엄마는 진도항에서 생선을 받아 파셨는데, 간첩의 아내에게 더 이상 생선을 주려는 사람은 없었죠. 형이 다치고 나서야 이 도시로 이사와 시장에서 좌판을 차리셨어요.

여섯 번째 아내: 어머니가 힘드셨겠네요.

마린7: 형은 간첩의 자식이라는 이유로 매일같이 돌팔매질을 당했죠. 머리에 돌을 맞은 형이 논둑으로 굴러 수로에 빠지는 바람에, 6살짜리 아이로 변했어요. 그렇게 단팥빵을 지독히 밝히는 뚱보로 살다가…… 얼마 전에, 뺑소니 사고로 죽었습니다.

여섯 번째 아내: 아…… 힘드셨겠네요.

마린7: 6살 지능의 형이 학습한 것 중 하나가 내 집을 찾아오는 거였어요. 차라리 그 길을 알려주질 않았으면 좋았을 걸…… 모든 학습이 다 좋은 건 아닌 거죠. 문제는 빵이었어요. 형의 비만 때문에 부모님은 빵을 감추셨지만, 나는 집에 단팥빵을 사두었거든요. 낙타사막 카페에 맡길 때도 있었어요.

여섯 번째 아내: 아, 낙타사막.

마린7: 알아요?

여섯 번째 아내: 아뇨…… 이름이 좋아서요.

마린7: 정말 낙타가 사는 사막 같습니다. 아, 언젠가 형이 날 찾으러 왔다가 없으니까, 1층에 가서 단팥빵을 내놓으라고 떼를 썼나 봅니다. 그 이후로 거기에 빵을 맡겼죠.

여섯 번째 아내: 아~ 그렇군요. 그럼, 며칠 전에 빵을 샀다는 말씀은?

마린7: 그건…… 형이 죽었어도, 딱 그만둬지질 않아서요. 지금도 계속 단팥빵을 사다 카페에 둡니다.

여섯 번째 아내: 그럴 수도 있겠네요.

마린7: 문제는 빵을 사는 사람은 나뿐만이 아니라는 거죠. 우리 엄마도 빵을 삽니다. 형이 살았을 땐 못 먹게 말렸던 빵을…… 형이 죽은 지금은 사다놓고 바라보고만 계신 거죠.

여섯 번째 아내: 예…… 요즘 아버님은 어떠셔요?

마린7: 19년을 교도소에서 운동만 하셔서 그런지…… 청년 같으십니다ㅎ.

여섯 번째 아내: 아, 건강하시군요!

나는 엄청나게 많은 말을 했다. 썩어나가는 단팥빵들, 그것들이 피워내는 곰팡이에 대해서도 많은 얘기를 했다. 거의 지난날의 절반을 쏟아낸 듯했다. 아물지 않은 상처 딱지를 내 손으로 잡아 뜯는 기분이었지만, 시원한 가학의 쾌감도 있었다.

　그날, 우리는 각자 살고 있는 집의 현관 비밀번호를 통일하기로 합의했다. 어딘가에 사는 두 사람이 각자의 집으로 들어갈 때, 누군가와 공유한 번호를 암호처럼 누르고 입장하는 일도 괜찮을 것 같았다. 서로에 대한 유대감은 얻고, 외로움은 덜어낼 수도 있으니까.

　비밀번호는 우리들이 가상부부가 된 날로 정했다. 9월 18일이니, 0918이 우리들 각자의 현관 비밀번호가 되었다.

“

버스를 타고 서류와 함께 흔들리면서 집으로

돌아오는 내내 울었던가? 델 정도로 뜨거운 눈물줄기가

목덜미를 타고 가슴팍으로 흘러 옷을 적셨다.

내 의지로는 멈출 수 없던 눈물이

버스 종점에 도착해서야 수습이 되었다.

아마도 그날부터였을 것이다.

세상이 더 불편해진 것이.

”

아내의 부활

　인터넷 위성지도에서 휴먼빌라를 검색해보니 그리 멀지 않은 곳에 있었다. 자동차 열쇠에 붙은 그 휴먼빌라가 맞는 다면 낙타사막 뒤 어디쯤에 있는 게 확실했다.

　나는 중구관광안내소 쪽으로 걸어 올라갔다. 두 갈래로 갈라지는 지점에 안내소가 보였다. 한쪽은 자유공원으로 올라가는 길이어서 나는 반대 방향으로 걸었다.

　얼마 후 오래된 빌라 두 동을 지나자, 산뜻한 5층짜리 빌라가 나타났다. 요즘 유행하는 아파트형 빌라로, 5층이지만 제법 단지가 컸다. 입구에 '휴먼빌라'라는 금빛 글씨가 양각으로 붙어 있었다.

　여섯 번째 아내는 여기에 살았던 걸까?

　승강기에 오르고 보니, 주차장이 지하 2층까지 있었다. 나는 지하 2층을 누르고 주머니를 뒤졌다. 비닐 팩에서 자동차 스마트 키를 꺼내들었다.

주차장은 그리 넓지 않았다. 스마트키의 차량 찾기 버튼을 누르면서 몇 발작 걸었을 때 어디선가 경적이 들려왔다. 나는 열림 버튼을 누르면서 조금 더 걸었다. 잠시 후 앞쪽에서 경쾌한 음과 함께 조명이 두 번 깜빡였다.

예상대로 마린7이었다. 차량 색상은 오션블루였고 모든 옵션을 갖춘 최고급사양이었다. 내가 판매했던 차일 가능성이 높았다. 차 문을 열고 보니, 내 예감이 맞았다. 실내의 대시보드 색상이나 와인색의 가죽시트도 내가 견적서를 작성하고 주문한 그대로였다.

한 달 전이었나? 여자 두 명이 와서 시운전을 나간 적이 있었다. 견적서를 작성할 때에 차 주인이라는 여자는 휠체어에 조용히 앉아 있었다. 얼굴도 전혀 기억 나지 않고 두루뭉술한 실루엣만 떠올랐다. 그 여자였나? 여섯 번째 아내는 그렇게 걷지도 못할 만큼 아픈 사람이었나? 그리고 보니, 차를 인계할 때도 대리 기사를 보내서 받아갔던 기억이 났다.

나는 성만에게 전화를 걸었다.

"성만아, 내 고객노트 좀 열어볼래?"

"야, 좆만아. 출근 안 해? 진짜 유산 받아서 차 안 팔아도 되는 거냐?"

"지금 생각해보니, 위로도 받았어."

다시 생각해보니, 여섯 번째 아내에게서 받은 건 위로뿐이 아니었다. 그런데 나는 마린을 기다리는 일에 모든 에너지를 집중하고 있었다. 그로 인해 여섯 번째 아내와의 대화에 균열이 생기고 있었는데도 전혀 신경 쓰지 않았다.

그때 나는 '결혼은 연애의 시작'에 로그인하는 횟수가 현저하게 줄었고, 나중에는 어쩌다 한번 접속했을 뿐 쪽지를 남기지도 않았다. 두어 달 동안 몸으로 교감한 상대 때문에 정서적 유대를 나눈 일 년여의 시간 따위는 안중에도 없었던 것이다.

다행인 건 여섯 번째 아내 역시 그곳에 입장을 했어도 내게 쪽지를 남기거나 채팅을 요구하지 않았다. 가끔 '노아의 방주' 거실의 그림이 바뀌어 있을 뿐이었다. 모네에서 클림트로, 고흐에서 에곤 실레로……

내게는 마린의 방문이 이어지던 그때의 하루하루가 천국이고 지옥이며 모든 것이었다. 그런 내 자신이 얼마나 낯설었는지 모른다. 사람이 사람에게 하는 기대가 어떤 비극을 가져올지 겁이 났다. 씻다가 문득 거울을 보면 처음 보는 낯선 얼굴이 있었다. 초초하고 달뜬 수컷의 얼굴이었다. 당황스러웠지만 달콤했다.

결국, 여섯 번째 아내가 '결연시'에 로그인하지 않은 지 한 달이 되었고, 우리의 가상결혼은 별거 상태로 접어들었다.
그런데도 내 몸과 마음은 오로지 마린에게 집중되어 있었다.
내가 그렇게 미쳐 있는 사이에 여섯 번째 아내는 죽음을 향
해 가고 있었다는 말인가.

성만의 재촉이 들려왔다.

"만만아, 노트 열었어."

"그럼, 저번 달에서 계약 건수만 읽어줘."

"저번 달이면…… 너, 세 대 팔았네?"

"고객 이름하고 차량, 경로, 특이사항 좀 읽어봐."

"가만 있어봐, 최영겸 재규어F페이스, 경로는 비교견적방
문 12회, 특이사항은 계약과 동시 불법 저지름. 이게 뭐냐?"

"튜닝, 그거 불법이잖아. 또?"

"아, 방문 때마다 다른 여자 데려와서 깝치던 놈?"

"성만아, 백 번 깝쳐도 차 사주면 감사하지. 너한테 점잖게
사기 친 놈 생각해봐라."

"어허, 또…… 다음, 김신애, F페이스, 경로는 소개, 비구니
스님, 누구 소개냐?"

"스님 소개. 엄마랑 백팔 배 하러 다녔을 때."

"근데 이 비구니스님 특이사항 이거 맞냐? 스키드마크로
그림 그릴 태세, 크크."

"스피드광이야. 그리고도 남을 분이셔. 그다음은?"

"그 담에 이경, 마린7, 경로는 방문……"

"특이사항은?"

"특이사항은, 시승 직후 계약, 외환 계좌로 입금, 미리내 성지, 그다음엔 물음표 두 개? 이 물음표는 뭐냐?"

확실하다. 그날 두 여자가 왔었다. 한 여자는 휠체어에 앉아 있었고, 중년쯤 되는 여자가 그 휠체어를 밀고 들어왔다. 두 사람은 두리번거리며 내게 다가와 상담을 신청했다. 당직 근무자들끼리 방문 고객을 맞는 순서가 있어서 영업 2팀으로 보내려 안내를 했다. 그러자 영업 2팀에서 팀컬러가 별로라는 몸짓 손짓을 보내왔다. 그래서 내 고객이 되었다.

두 여자는 미리내 성지로 시승을 다녀왔다. 그리고 1억이 넘는 마린7을 풀 옵션으로 계약했다. 그런데 계약금을 굳이 내 계좌로 송금하겠다고 했다. 너무 쉽게 계약을 하고 현금을 내 계좌로 입금하겠다는 것도 그렇고, 뭔가 찜찜한 구석이 있었다. 나는 잠시 망설이다가 안 쓰는 계좌를 알려주었다. 그때 판매한 바로 그 차가, 내게로 상속이 된 마린7이었다.

"성만아. 중간 서랍 열고 맨 아래 보면, 투명파일 있어. 그 안에 외환통장 계좌번호 좀 불러주라."

확인해본 결과, 두 곳으로부터 입금 내역이 있었다. 십삼억이 넘는 금액이었다. 보험회사에서는 화요일에 입금이 돼 있었다. 여섯 번째 아내는 죽은 지 3일 만에 내 통장에서 부활한 것이다.

조수석의 대시보드를 열고 보니, 짐작대로 차량등록증이 들어 있었다. 차 주인은 역시 '이경'이었다. 나는 비닐 팩에 든 카드를 꺼내 '신분증'이라고 쓰인 포스트잇을 제거했다. '이경'의 사진을 기대하면서. 그런데, 거기에 내 얼굴이 있었다.

그 신분증은 내 주민등록증이었다. 주민증 사진을 보니 풋풋한 느낌이 들 만큼 오래전에 찍은 사진이다. 저 얼굴보다 조금 더 통통했을 무렵 아버지에 대한 진실을 알았다.

고등학교 졸업을 앞둔 어느 날, 한 지방대학의 조교라는 남자가 학교로 찾아왔다. 그는 내 무릎 위까지 올라올 만큼의 서류를 주고 가면서 말했다. 네 아버지 윤희동 씨는 간첩이 아니라고, 거기에 그 증거가 있다고, 그러니 힘을 내서 뭐든 해보라고……

그때 찾아간 곳이 진상규명위원회였다. 그날 나는 세 개의 보자기에 담긴 서류를 다시 꼭꼭 묶었다. 뭐든 해보리라 다짐하면서…… 그것이 내 이마에 들러붙은 간첩의 자식이라는 주홍글씨를 떼어줄 수 있다면, 그럴 수 있다면 뭐든 할 작정이었다.

버스를 타고 서류와 함께 흔들리면서 집으로 돌아오는 내내 울었던가? 델 정도로 뜨거운 눈물줄기가 목덜미를 타고 가슴팍으로 흘러 옷을 적셨다. 내 의지로는 멈출 수 없던 눈물이 버스 종점에 도착해서야 수습이 되었다. 아마도 그날부터였을 것이다. 세상이 더 불편해진 것이.

여섯 번째 아내는 채팅으로도 많은 말을 하도록 만들었는데…… 죽은 후에는 내 신분증으로 아픈 기억을 불러내고 있었다.

나는 마린7의 브레이크 페달을 밟고 스마트 전원 버튼을 눌렀다. 시동이 걸리자, 청아하면서도 묵직한 엔진 소리가 잔잔하게 퍼져나갔다. 리뷰에 쓴 것처럼 녀석의 심장소리는 고독하고 강인한 재규어의 울음소리에 가까웠다. 재규어는 교미 중에 깊고 거친 소리를 내지만, 대형 고양이류 중에서 포효하지 않는 유일한 종이다. 그렇게 포효하지 않으면서 깊고 거친 소리를 내는 사람으로 살고 싶었다. 고독하지만 강인하게.

차는 운전석 외에는 비닐도 뜯지 않은 상태였고, 주행 기록은 500킬로가 조금 넘었다. 가장 궁금했던 내비게이션 주행목록에는 아무런 기록이 없었다.

나는 운전석 시트에 머리를 기대고 생각을 정리했다. 형사가 두고 갔다는 채팅기록에서의 여섯 번째 아내 실명은 '이경'이다. 그 '이경'이 현재 내 법적 아내다. 그리고 그녀는 죽었다. 문득 그녀가 너무도 궁금해졌다.

나는 '이경'의 휴대폰을 꺼내 전원 버튼을 눌렀다. 내가 알고 싶은 내용의 상당 부분이 이 안에 있지 않을까. 아무리 기다려도 휴대폰의 전원은 켜지지 않았다.

상속절차 의뢰를 맡았다는 변호사는 뭔가 알고 있을 것이다. 변호사의 휴대번호로 전화를 걸었지만 받지를 않았다. 사무실로 걸자, 사무장이라는 남자가 꼬치꼬치 묻고는 전화를 다시 걸어준다며 끊었다.

한참 후에 변호사의 전화를 받았다. 그는 내가 뭘 묻기도 전에, 무조건 모른다고 했다. 의뢰인의 신상에 대해서는 함구하는 게 원칙이라는 말을 두 번이나 반복했다.

"그럼, 내 아내라는 사람은 지금 어디에 있는 겁니까? 무덤이라도 알아야 찾아갈 거 아닙니까?"

"……의뢰인의 무덤을 찾아주는 게 제 임무는 아닙니다."

"고인의 유품을 받아서 저한테 주신 거 아닙니까?"

"의뢰인을 본 건, 의뢰인이 병원에서 살아 있을 때였어요. 상속절차를 부탁할 때, 사망 후 5일째에 진행해달라는 것과 유품을 같이 전달해달라는 것뿐이었어요. 그 유품은 나중에 간병인한테서 받은 겁니다."

변호사는 그 병원이 닥터헬기까지 있는 병원이라는 말도 해주었다. 병원은 내가 근무하는 자동차 전시장에서 멀지 않았다.

"혹시 도움이 될지 모르겠지만, 그때 의뢰인이 이렇게 말했어요. 그 상속금은 자기 돈이 아니라고요. 가족이 남긴 유산이라나?"

변호사는 퀴즈 문제의 힌트를 주듯이 말하고는 전화를 끊어버렸다. 끊어진 전화기를 귀에 대고 있자니, 수임료를 선불로 주는 걸 고려해봐야 한다는 생각이 들었다.

그 밖에 또 누가 그녀를 알고 있을까? 그녀 스스로 혼인신고를 했을까?

구청의 업무가 끝나갈 시간이었다.

주차장을 나오니, 비가 부슬부슬 내리고 있었다. 멀지 않은 거리라 그냥 걷기로 했다. 넥타이를 타고 흘러내리는 빗물을 보면서 중구청까지 쉬지 않고 걸었다. 늦가을의 비는 생각보다 차가워서 진저리가 쳐졌다. 날은 이미 어두워지고 있었다.

구청에서는 내 요구를 거부했다. 퇴근을 앞둔 직원들의 눈길이 모두 나에게 향해 있었다. 업무 종료시간에 웬 남자가 비를 맞고 뛰어 들어와서는 자기 혼인신고 장면을 보여 달라는 일이 흔한 건 아닌 모양이었다. 실랑이가 계속되자, 민원 데스크 뒤쪽 자리에 앉아 있던 남자가 걸어 나왔다.

나는 가족관계증명서를 남자에게 들이밀었다. 그리고 내

신분증을 꺼냈다.

"원하는 모든 증명을 해줄 테니……"

남자는 잠자코 내가 하는 대로 내버려 두었다. 나를 증명할 수 있도록 아예 지갑을 열어 남자 앞으로 밀었다.

"아내가 혼인신고를 했는지, 어떻게 했는지, 그것만 보고 싶어서 이러는 겁니다."

"신고는 돼 있잖아요, 그 증명서에."

"그러니까 나는 혼인신고한 사람을 모른다니까요……"

남자가 정색을 하더니, 낮은 소리로 말했다.

"그러면 경찰에 신고를 하세요. 수사 목적이 아니면, 불법이라는 거 모릅니까?"

나는 내가 펼쳐놓은 것들을 주섬주섬 챙겨서 밖으로 나왔다. 법과 절차 앞에서 내가 누구인가를 증명한다는 게 이토록 하찮은 일이라니……

나는 성만에게 다시 전화를 했다. 형사가 두고 간 서류에 담당자 인적사항이 있을 것이다. 성만은 곧 문자로 명함 사진 한 장을 보내왔다.

중부 경찰서 배창훈 형사과장.

"거 봐요. 내가 도움이 될 거라고 했잖수."

배 형사는 내 전화를 받자마자 기다렸다는 듯 큰 소리로 떠들었다.

"사진작가 양반, 이제야 수사할 생각이 드시나 본데?"

배 형사는 계속되는 내 침묵에 목소리를 조금 낮추었다.

"앞으로 자주 보게 될 텐데, 흐흠, 거 내 번호도 좀 저장하시구."

사무실에 도착하니, 퇴근시간이었다. 성만이 다가와 내 몰골을 보며 팔짱을 끼고 투덜거렸다.

"짭새가 두고 간 서류뭉치 좀 봐라. 결연시 채팅 목록인데, 아우, 진짜 무서운 세상이다. 네 숨소리까지 다 보여 그냥."

녀석은 대화목록을 내게 주고는 물물교환을 하듯이 내 주머니를 뒤졌다. 그리고 비닐 팩을 꺼내 들고 안의 내용물을 살폈다.

"그러니까 이 키가 마린7 풀 옵션이네? 전화기는 터지냐?"

"아직…… 전원이 안 들어와."

성만은 이경의 휴대폰 전원 버튼을 누르다가 충전기에 연결했다. 그러고는 유품에서 내 신분증을 발견하고는 소리쳤다.

"내 추리가 맞았네! 이런 걸로 너 몰래 혼인신고를 한 거라고 내기를 했거든."

성만은 직원들에게 달려가서 몇 만원씩을 받아냈다. 언젠가는 방문한 고객이 불륜인가에 대한 내기를 해서 재규어 엠블럼을 따오기도 했다. 성만의 차는 국산이지만, 그 재규어

엠블럼을 보닛 앞에 전리품처럼 달고 다닌다.

성만은 '이경'의 휴대폰을 만지작거리더니 소리 질렀다.

"야, 이거 침수 폰이다. 바닷물에 들어갔었나? 이거 데이터 다 날아간 거 아냐?"

나는 잠시 그대로 서 있었다.

머릿속은 빈 거 같은데, 도무지 생각이 들어차지를 않았다. 어떤 생각을 하려고 해도 실체 없이 스러져서 다음 순간에는 그것이 무엇인지도 까마득해졌다.

눈앞에 '결혼은 연애의 시작' 대화 목록이 보였다. 형사가 두고 간 것이었다. 나는 그것을 들고 빈자리에 주저앉았다.

여섯 번째 아내와의 대화 페이지를 찾아 펼쳤다. 언제 몇 시에 무슨 말을 했는지 한눈에 들어왔다. 성만이 말대로 '결혼은 연애의 시작'에 로그인해서 내가 내뱉은 숨소리까지 모두 기록돼 있는 것 같았다.

성만이 갑자기 새된 소리를 질렀다.

"이럴 때가 아냐. 나 이거 공대 후배들한테 복구시킨다."

성만은 이경의 휴대폰을 흔들면서 밖으로 달려 나갔다.

이경의 다이어리

눈을 떠보니, 성만이가 A4용지 한 묶음을 흔들어대고 있었다.

"선재야, 내가 뭘 가져왔는지 봐라."

"너 뭐야? 들어오는 소리도 못 들었는데?"

어제 찬비를 맞고 돌아다닌 탓인지 머리가 지끈거렸다. 그나마 몸살 약 덕분에 짧고 깊은 잠에 빠졌던 모양이다.

"선재야, 너는 아무래도 이 형님을 너무 잘 됐다."

"우린 만만이 형제라며? 넌 성만이, 난 좆만이."

"이런, 좆만이."

성만은 들고 있던 걸 침대 위에 던지고 나가며 소리쳤다.

"난 진도식당에서 밥 먹고 출근한다."

나는 흩어진 용지들을 낚아채고 몸을 일으켰다.

우선, 사진 두 장이 보였다. 한 장은 나무벤치였다. 벤치와 거기 앉은 사람의 그림자가 뒤로 길게 늘어진 사진이었다. 그림자의 테두리를 따라 베이지색 실선으로 스프레이가 칠해져 있었다. 다른 한 장은 밝은 주황색 바탕에 무슨 전원 버튼 모양이 그린 듯이 찍혀 있는 모양이었다. 그것뿐이었다. 무슨 사진인지 알아볼 수가 없었다.

성만이 주고 간 복구용지는 전체적으로 분량이 꽤 되었지만, 많은 페이지가 비어 있었다. 아마도 메모장이나 사진, 다이어리 등의 앱에서 무작위로 복구된 것 같았다.

101213:42

가을이 오기 전에 죽을 거라던 의사의 선고에 저항이라도 하듯, 나는 아직 살아 있습니다. 여러 개의 튜브를 몸에 매달고 전투적으로 버티고 있어요. 나의 무엇이 의학적 선고를 오래도록 빗나가게 만들고 있는 걸까요. 가끔 내 욕망이 무서워요. 그래도 하루하루 살아내는 게, 이번 생에서의 내 임무인 것처럼 최선을 다해서 오늘을 견뎌내고 있어요.

6인실인 우리 병실에 오늘은 침상 두 개가 비었습니다. 새벽에 내 옆 침대 아주머니가 갑자기 돌아가셨어요. 미처 햇살방으로 옮기지 못해 병실에서 임종을 맞으셨지요. 한밤중에 소집된 고인의 가족들과 병원 스텝들이 부산하게 드나들었죠.

문제는 그 장면을 보고 놀란 맞은편 침대 할머니에게 심정지가 왔어요. 그분은 바로 어제 아침에 들어오셨는데…… 너무 서둘러 돌아가신 거예요. 할머니는 입원하자마자, 틀니를 빼고는 한숨 주무시고 일어났어요. 그러고는 울기 시작했어요. 부끄럽다고…… 자신도 모르는 사이에 침대에 소변을 보신 거예요. 몸의 기능이 정신의 지배를 벗어나기 시작한 거죠.

할머니를 모셔온 아들 내외가 잠깐 나간 사이에, 할머니가 미카엘라에게 말하는 걸 들었어요. "간병인 양반, 나두 다 알어요. 여기 들어오면 죽으러 오는 거라던데?" 아마도 할머니는 희망적인 대답을 듣고 싶으셨던 거 같아요.

미카엘라는 할머니 침대로 가서 눕혀 드리고는 쉬셔야 한다는 말만 반복했어요. 그러고는 휠체어에 나를 태우고//

한 페이지에는 '아내 0918'만 덩그러니 있었다. 현관 비번과 같은 걸 보면, 여섯 번째 아내가 '결혼은 연애의 시작'에 로그인할 때의 비밀번호일 것이다.

부분 복구된 다이어리는 전문이 모두 복구되지 않았다. 날짜나 시간으로 보아 순서가 뒤죽박죽이었고, 일기도 부분만 있거나 중간 중간 끊겨 있었다. 사진이나 동영상, 인터넷 검색 사진들까지 복구되려면 시간이 걸릴 것 같았다.

* * *

022822:56

······오늘도 나는 윤선재라는 세상의 창문을 기웃거린다. 그의 문을 두드리고 신호를 보낸다. 소리 없이, 온 마음을 다해서, 쉬지 않고, 계속······ 내가 열 수도 열어서도 안 되는 문이라는 걸 알기에, 이토록 마음껏 두드리는지도 모른다.

아프기 전에는 왜 사랑이라는 걸 하지 않았을까. 지금처럼 대책 없이 무작정 사랑할 수 있는 가슴이 내게도 있었는데······

그래, 사랑이라는 질병에는 백신이 없다. 특히 짝사랑이라는 이 병의 특징은 마리아의 수태고지처럼 처녀 잉태로 태어나고, 동방박사들의 축복 없이도 무럭무럭 자라나 예수의 사랑보다 더 크게 자란다는 데에 그 비극성이//

031219:44

운명이 베푸는 선물이 있다면, 내가 받은 최고의 선물은 그 사람이 될 것이다. 오늘 일도 그의 깜짝 선물이었다.

그의 제안은 실로 짜릿했다. 현실에서 만나 실제로 부딪치는 건 부담스러우니, 한 장소에서 각자 어딘가에 앉아 같은 음악을 듣는 건 어떠냐고 물었다. 참 고마운 제안이었다.

우리는 각자 공연 티켓을 구입하고, 각자의 자리에 앉아서 콘서트를 즐겼다. 아무런 부담 없이 같은 문화를 한 공간에서 즐길 수 있다는 것, 같은 공간 어디쯤에서 그 사람이 뜨거운 숨으로 리듬을 탄다는 사실은 정말이지 꿈같은 일이었다. 어쩌면 그에게는 불공평할 수도 있겠지. 나는 그를 알고 있으니까. 어디에서든 그 사람의 음성을 알아들을 수 있고, 또 그를 찾아낼 수도//

······나는 콘서트장으로 입장해서 카메라 망원렌즈로 조심스럽게 주변을 둘러보았다. 객석이 거의 들어찼는데도 그를 찾을 수 없었다. 지휘자를 마주보는 3층 객석 앞 두 자리가 시간이 지나도 비어 있었다. 어쩌면 뒷모습에 너무 익숙한 나머지 그를 못 찾는 건 아닐까.

잠시 후 그의 얼굴이 나타났다. 시간에 쫓긴 듯 약간 상기된 표정으로 옆자리 사람에게 살짝 고개를 숙여 보이고는 자리에 앉았다. 그 사람이 정면에서 보였다. 나도 모르게 두 손을 내리고 카메라를 정리했다.

3층 가운데 자리에서 지휘자의 뒷모습을 보고 있는 나는, 악단과 지휘자를 마주보고 앉은 그 사람을 볼 수 있었다. 나는 휴대폰의 녹음 버튼을 눌렀다. 두고두고 오늘을 기억해야 할지도 모르니까.

첫 곡은 〈4분 30초〉였다. 이 곡은 악기를 연주하지 않고, 4분 30초 동안 공연장의 소리를 라이브로 듣는 것이다. 연주자들이 준비 자세로 서 있고 지휘자도 양팔을 활짝 올린 채 지휘하는 자세로 서 있었다. 그런 상태로 시간이 흘렀다. 객석에서 들려오는 기침소리, 숨소리, 속삭임, 의문 섞인 한숨소리들이 4분 30초 동안 고스란히 들려왔다. 그대로 조금만 더 귀를 기울이면 그 사람의 심장소리도 들릴 것 같았다.

그 사람은 깍지 낀 양손을 무릎 위에 올려놓고 고개를 오른쪽으로 살짝 기울인 채 지휘자와 악단을 바라보고 있었다. 그렇게 꼼짝하지 않고 악단과 객석이 연출하는 4분 30초간의 생생한 연주를 보고 들었다//

아, 그날인가 보다! 따로, 또 같이 콘서트를 경험하던 날……

기분이 아주 묘했다. 그 4분 30초 동안에도 여섯 번째 아내가 나를 지켜보고 있었다는 것이. 호기심과 기대감에 들뜬 어린아이 같은 내 표정을 보면서 그 순간을 녹음하고 있었다는 사실도. 내가 기억하는 여섯 번째 아내는 그런 모험을 즐기는 사람은 아니었다.

사실 그런 식의 라이브 연주에 참여한 건 처음이었다. 〈4분 30초〉라는 제목이 악기를 동원하지 않고 현장의 소리를 담는 곡이라는 것을 모르는 상황에서 경험한 특별한 순간이었다. 연주하지 않는 악단을 바라보며 시간이 어느 정도 흘렀을 때에서야 그 곡의 특성을 이해했다. 나는 자세를 한 번 고쳐 앉고는 되도록 숨을 적게 쉬려고 노력했다. 그렇게 소심한 움직임으로 그 음악에 참여했다.

'결혼은 연애의 시작'에서 우리가 합의한 내용은, 모두 내가 제안한 것이었다. 그녀는 내게 어떤 요구도 하지 않았다. '따로 또 같이' 식의 데이트도 내 아이디어였다.

그날 나는 변호사들을 만나 아버지 대신 기억을 더듬느라 기진맥진해 있었다. 허기를 달래기 위해 공연장 1층에 있는 이탈리안 레스토랑으로 들어갔다. 샐러드와 와인 한 잔을 주문해서 천천히 마시고 일어났다. 그리고 공연장 입구에서 시간을 보냈다.

공연 포스터를 여러 컷으로 나누어서 찍어 보기도 했다. 전국에서 찍어온 현수막과 공연 포스터를 조합하는 것도 의미 있는 작업이 될 것 같았다. 그러다가 카메라 앵글 안에 들어온 피사체를 보고 숨을 멈추었다. 여자였다. 느닷없이 가슴이 뛰었다.

여자는 단발머리에 베이지색 에코백을 어깨에 걸치고 재색 스웨이드 앵클을 신고 있었다. 혹시, 여섯 번째 아내가 아닐까. 그 후로 혼자 지나가는 여성을 세 명쯤 더 보았다. 규칙에 철저한 내가 여섯 번째 아내의 그림자를 찾고 있다니, 어이가 없었다.

그날 여섯 번째 아내의 공연 소감이 생각났다.

'정말, 정말이지 대단했어요!!'

091821:56

윤선재, 그는 나를 '디지털 세탁소 직원'이라고 불러주었다. 내 직

업이 SNS에 남긴 의뢰인들의 흔적을 지우는 인터넷 청소부라는 말에
선뜻 그렇게 불러주었다. 생각보다는 훨씬 유쾌한 사람이다.

사실 나는 고객의 절박함을 담보로 수수료를 챙기는 인터넷 청소
부 이상은 아니다. 웹프로그래머일 때가 훨씬 인간적이라고나 할까.

데이터 서칭로봇이 키워드를 통해 자료를 모으긴 하지만, 변형된
데이터는 수작업으로 찾아야 하기 때문에 나 같은 사람이 존재한다.
이런 디지털 세탁을 하면서 알게 된 사실은, 행복했던 한때를 지워
야 하는 미래가 올 수 있다는 것이다. SNS를 통해 일상을 공유하는
즐거움을 맛보았다면, 그 대가를 치러야할 때도 분명히 온다는 것.

나는 이런 디지털 세상에 감사하고 있다. '결혼은 연애의 시작'에서
그를 만나 가상부부가 된 것도, 내 직업 덕분일 테니//

040308:12

오늘은 그 사람이 출근하는 모습을 보았다. 3층에서 내려온 그가
조계지 계단을 내려가 골목길로 접어들고, 다시 대로 쪽으로 사라질
때까지 숨을 멈추고 바라보았다. 우리의 결혼이 가상결혼이 아니라면
매일 출근길을 배웅해주었을 텐데…… 그 사람과 함께할 수 있다
면, 아무 말 없이 그냥 벅찬 가슴만 안고 걸어도 여한이 없을 텐데//

051118:22

이 도시는 예술영화전용관이 있다. 오전에 보러 가면 관객이 나 혼

자인 날도 있다. 좋은 영화를 나 혼자 보는 건 미안한 일이다. 한 사람의 관객을 위해 필름을 돌려준다는 게 고맙고, 황송하다.

오늘 상영한 '스틸 앨리스'는 관객이 좀 들었다. 주제는 묵직했는데 영화관은 산만한 분위기였다.

앞자리 남녀는 음료와 팝콘을 한 아름 안고 앉아서 키득거리다가, 영화가 시작되자 팝콘을 바닥에 내려놓았다. 그런데 이번에는 남자가 여자의 긴 머리카락을 집더니 그것을 손가락에 감았다. 그러고는 여자의 머리카락을 감았다 풀기를 반복했다. 놀라운 건, 영화가 끝나고 엔딩자막이 올라갈 때까지 계속해서 그 동작을 반복했다는 것이다. 아마도 남자는 무슨 결핍을 앓고 있거나, 여자를 매우 사랑하는지도 모르겠다.

영화관을 나와 엘리베이터로 걷다가 문득 걸음을 멈추었다. 나도 모르게 내 머리카락을 손가락으로 돌돌 말고 있었던 것이다. 헛웃음과 함께 그 사람에 대한 허기가 덮쳐왔다. 엘리베이터 앞까지 거의 걸어가서는 스르르 주저앉고 말았다. 엘리베이터 안에 탄 사람들이 나를 기다리며 문을 열어놓고 있었다. 그 친절한 시선이 부담스럽고, 부끄럽고, 난데없이 서러웠다.

영화에서 앨리스가 말했다.

"나는 매일 상실의 기술을 익힌다…… 차라리 암이었으면 좋겠다."

조기치매에 걸린 앨리스는 노란 형광펜을 이용해서 연설(읽은 부분을 지우는)을 하며 그렇게 상실의 기술을 익히는 중이다. 그런데, 기억의 상실이 죽음보다 나쁠까? 죽는 기술을 익히는 나보다, 상실의 기술을 익히는 게 더 힘이 들까?

가끔씩 정신이 돌아오더라도, 나는 살아 있고 싶은데…… 그렇게라도 그 사람을 훔쳐볼 수 있는 시간을 벌고 싶은데//

090423:47

나는 오늘 윤선재를 보았다. 그와 나 사이에 일어난 단 한 번의 우연이 오늘 일어난 것이다. 그러니 우리는 만난 게 아니라, 내가 그를 발견한 게 된다.

그 사람은 바로 내 맞은편에서 오른쪽 자리에 앉아 있었다. 나는 눈길을 술잔에 던지고 주변의 왁자지껄한 소리들을 듣고 있었다. 그의 친구인 듯한 남자가 가상결혼에 대해 말하기 시작했다. 그러고는 "여러분, 우리 선재가 결혼을 다섯 번이나 했습니다"라고 말했다. 주변에서 웃음이 터져 나왔다. 나는 그제야 고개를 돌려 윤선재를 보았다.

맥주잔을 막 입으로 가져가던 그 사람과 눈이 마주쳤다. 잠시 후 다시 그 사람과 눈이 마주쳤을 때, 그 순간 나는 몇 가지를 동시에 깨달았다. 아, 그 사람이다! 내 인생이 지금까지와는 다른 방식으로 전개되리라는//

100529:24

아마도 나는 벌을 받고 있나 봅니다. 계모와 두 자매를 대했던 내

행동이 이렇게 사무치는 날이 올 줄은 몰랐습니다. 누군가를 미워하고 곁에 오지 못하도록 담을 쌓았던 일…… 아프기 시작하면서부터는 내가 아프게 한 사람들을 떠올리기 시작했어요.

나는 그들을 철저히 무관심으로 대했거든요. 세 사람은 내 눈치를 보면서 무척 조심스러워했어요. 자매는 물론이고 계모도 내게 무척 살갑게 굴었죠. 동화 속에 나오는 계모와는 아주 달랐어요.

계모는 내 아버지를 사랑했는지도 모릅니다. 때리기만 하던 첫 남편보다는 훨씬 다정한 사람이라고 말하는 걸 자주 들었거든요. 그런데, 왜 그랬을까요?

나는 그들이 오기 전보다 훨씬 더 외로워졌어요. 내 눈치를 보면서 노력하는 그 세 사람의 유대가 어린 나를 더 고립시키고 못되게 만들어갔나 봅니다. 결국, 두 자매는 캐나다에 있다는 계모의 동생 집으로 보내졌어요.

두 자매가 짐을 싸던 날 내 진심을 알게 되었어요. 내가 원한 건 그들이 떠나는 게 아니라는 걸.

자매 중 언니는 떠나기 전날 내게 미안하다고 말했고, 동생은 그냥 울었어요. 자기는 잘못한 게 하나도 없다면서…… 계모가 그 딸을 달래면서 하는 말이 들려왔어요. "나 살자고, 남을 불편하게 하는 게 잘못이다." 그때부터였어요. 내가 목 놓아 울기 시작한 건.

내가 너무 서럽게 우는 바람에, 작은딸이 울음을 뚝 그치고 짐을 싸더군요. 내가 울면 안 갈 줄 알았는데, 가지 말라는 말 대신 그토록 서럽게 운 거였는데……

그 후 계모마저 캐나다에 있는 딸들에게로 가버렸어요. 아버지는 가끔 그들에게 다녀오는 눈치였어요. 내가 대학을 졸업할 무렵, 아버지는 내 결혼을 서둘렀거든요. 아버지로서의 의무를 그쯤에서 덜고 싶어서였는지도 몰라요.

내가 흔쾌히 계모를 받아들였으면, 우리는 행복했을까요?//

082711:25

이제 그곳을 정리하고 호스피스 병동으로 들어왔어요. 체중이 현저하게 줄고 있어요. 이곳에 와서야 슬픈 소식 한 가지를 더 알게 되었네요. 암 환자의 장기는 기증하지 못한다는 사실…… 대학 동아리에서 이미 장기기증을 약속한 상태인데, 그 약속조차 지킬 수 없게 된 거죠. 내 몸을 돌보지 않은 탓에 세상에 주고 갈 것이 얼마 없더군요.

이렇게 서둘러 떠나면, 당신을 미워할 수 있는 기회를 영영 놓치고 말겠죠. 평범한 모든 사람들처럼 같이 살면서 다투고, 보살피고, 사랑하다가 다신 안 볼 것처럼 미워하기도 하면서, 그렇게 살아보고 싶었는데…… 그 누구도 아닌 당신과.

오늘 디지털 세탁소를 그만두었습니다. 남의 과거를 지워주는 일이, 지금의 나에게 무슨 소용일까요. 이제는 내 장례식을 디자인해야 하는데……//

*　*　*

091848:21

오늘은 우리의 혼인신고를 하고, 당신의 계좌번호를 변호사에게
주었습니다. 아마도 당신은 내가 죽고 난 5일 후에야 변호사의 방문
을 받을 거예요. 보험회사 약관에는 피보험자의 사망 후 3일 이내에
보험금을 지불하도록 되어 있어요. 그건 약관에 의한 거니까 저절로
지켜질 거라고 믿어요. 그렇게 해서, 이미 죽은 내가 당신 인생에 부
활하는 셈이죠. 당신은 나를//

내 심장이 미친 듯 날뛰고 있었다.

상상도 못한 드라마 같은 일이, 나도 모르는 새에 벌어지
고 있었다. 여섯 번째 아내는 이미 오래전에 현실에서의 나
를 찾아냈던 것이다. 날짜로 보면 나를 발견한 게 9월 4일로
되어 있다. 아마도 올 가을은 아니고, 작년 가을일 것이다. 그
때부터 나를 계속 관찰해왔다는 말이다. 스토커라고 하기에
는 내가 전혀 알아채지 못할 만큼 소극적이었다는 것인가?
아니면 그만큼 지능적이었다는 말인가! 정말이지 내가 알고
있는 여섯 번째 아내와는 거리가 있었다.

어쨌든 이제 내가 찾아 나설 사람이 적어도 몇 명은 더 늘
어난 셈이다.

여섯 번째 아내, 이경의 다이어리에서 '미카엘라'라고 불

렀던 간병인을 찾아야 한다. 어쩌면 그녀가 여섯 번째 아내의 임종을 지켜준 사람일 것이다. 그리고 차를 계약할 때 같이 온 그 여성일 가능성이 높았다.

햇살방

이경이 마지막에 머물렀던 병원은 이 도시에서 가장 큰 종
합병원이었다. 내가 근무하는 자동차 전시장에서 멀지 않은
곳이었고, 산책이 가능한 거리였다. 여섯 번째 아내가 이렇
게 가까이에 있었다니……

호스피스 병동은 본관 5층에 있었다. 본관으로 연결된 복
도를 찾아 두리번거릴 때 전화가 걸려왔다. 엄마였다.

"니 아버지가 좀 이상혀. 그렇게 총명한 사람이 어째……
겉은 저리 멀쩡해 뵈도, 속이 고장 난 거 아닌가 모르것다."

고장 난 사람이 어찌 아버지뿐이겠는가.

"나이 들면 다들 조금씩 그러신대요. 인지검사 받아 보시
도록 제가 설득할게요."

나는 엄마를 안심시켰다. 형의 머리가 고장 났을 때 엄마

도 제정신이 아니었다. 어린 나는 그때가 제일 무서웠다.

아버지는 수감되기 직전에는 미역 양식업자였지만, 전직은 청량리 정보과 경찰이었다. 그런 자부심이 오히려 독이 되었는지도 모른다. 19년의 수감생활 동안 모든 욕망을 거세당한 사람 같았다. 간첩 혐의로 연행되던 마흔 후반 어디쯤에 머물러 있는 듯 보일 때가 많았다. 아버지는 지금 가석방 상태이지 만기 출소가 아니다. 교도소 밖에 있을 뿐 자신은 여전히 죄수라고 말하곤 했다.

석방된 직후에는 의욕이 넘쳤는데, 소송을 시작하고 법정에 드나들면서 눈에 띄게 소심해졌다. 변호사들 앞에서도 기억이 안 난다는 말만 되풀이했다. 그 끔찍했던 고문들을 잊으려고 작정한 사람처럼 굴었다. 아버지가 잊으려 하는 그 기억들을 복원하기 위해서 내가 할 일은 더 많아졌다.

엘리베이터에서 내리자, '완화병동'이라고 쓰인 입구가 나타났다. 내가 알아본 바로는 죽기 전에 머무는 '햇살방'이 있는 곳이었다. 회복이 아니라, 고통을 완화시키면서 죽음을 잘 맞이하는 호스피스 병동이다.

입구 바로 앞에 간호사 스테이션이 있고, 맞은편에 휴게실이 있었다. 한 무리의 사람들이 휴게실에서 나오더니 서로에게 욕설을 퍼부었다. 부르는 호칭을 들어보니 가족들이었다. 아버지 통장이 어디로 사라졌느냐며 서로에게 소리치고 있었다. 그 바람에 차트에 뭔가를 쓰고 있던 간호사가 고개를 들었다.

나는 재빨리 간호사의 시선을 붙들었다.

"혹시 미카엘라 님을 만날 수 있을까요?"

고개를 갸우뚱거리던 간호사가 되물었다.

"여기 완화병동 환자인가요?"

그때 비상벨이 울렸다. 간호사는 내 대답도 듣지 않고 잽싸게 빠져나오더니, 안쪽 복도를 향해 달려갔다.

나는 병동의 소란이 가라앉기를 기다렸다. 의외로 병실은 많지 않았다. 복도를 가운데 둔 복식 건물로, 오른쪽은 병실이고 왼쪽은 화장실과 계단, 휴게실 등으로 이어지고 있었다.

잠시 후, 분홍색 앞치마를 입은 여자 두 명이 걸어왔다. 한 사람은 플라스틱 바구니를 들었고, 나이가 좀 들어 보이는 사람은 젖은 수건을 두 손으로 감싸들고 있었다. 나도 모르게 두 사람 앞으로 다가섰다.

"저, 혹시 미카엘라 님이라고 아십니까? 여기 간병인이신데……"

두 사람은 내 얼굴과 서로의 얼굴을 번갈아보더니, 무언가 알아차렸다는 표정을 지었다. 나이가 좀 들어 보이는 여자가 내게 말했다.

"우리는 간병인이 아니고 자원봉사자들인데요, 간병인들 얼굴은 알아도 이름은 몰라요. 저희는 그냥 환자분들 발마사지나 목욕 정도만 해주고 가거든요."

"그럼, 환자에 대해선 아시나요?"

여자는 간호사 스테이션이 비어 있는 걸 보고는 내게 물었다.

"환자분 가족이신가요?"

여자는 수건을 젊은 여자에게 주고는 앞치마 주머니에서 수첩을 꺼냈다.

"환자분 성함은요?"

그때 간호사가 뛰어 들어갔던 병실에서 침상 한 개가 나왔다. 여러 사람에게 둘러싸인 침상은 곧 복도 끝에 있는 방으로 들어갔다. 이경의 다이어리에 의하면, 아마도 햇살방일 것이다. 다시 여자의 질문이 들려왔다.

"환자분 성함을 알려주시면 병실을……"

"이경, 입니다."

두 여자는 놀란 표정으로 서로의 얼굴을 마주보았다. 나는 다시 덧붙였다.

"죽었습니다……"

바구니를 들고 있던 젊은 여자의 눈자위가 서서히 붉어졌다. 나이 든 여자는 내게 보호자 휴게실을 가리키더니, 젊은 여자를 데리고 먼저 들어갔다.

잠시 후에 나는 소파에 앉았고 두 여자는 전자레인지가 놓여 있는 싱크대 앞에 서 있었다. 규정상 어쩔 수 없었다. 나이 든 여자가 젊은 여자를 가리키며 말했다.

"나는 호스피스 자원봉사를 7년째 하고 있지만, 이분은 그 이경 씨가 첫 번째 환자였어요. 처음엔 나도 후유증이 오래 갔어요. 생각해보세요. 마사지를 받고서 해맑은 얼굴로 감사하다며 웃던 사람이, 다음 주에 와보면 흔적도 없고, 그 침상에 다른 환자가 누워 있는 거예요. 그 기분이 어떻겠어요?"

젊은 여자 얼굴에서 눈물이 툭 떨어졌다.

"나는 이 기분 이해해요. 이경 씨는 더 특별한 사람이었거든요. 다른 환자들보다 더 많이 감사를 표현했고요, 더 많은 미소, 그렇게 웃음이 진심으로 느껴지는 얼굴도 드물 거예요. 그러니까 여기, 이 젊은 분이 정을 준 거죠. 그냥 봉사만 해야 하는데……"

여섯 번째 아내는 늘 손을 가슴에 댄 채 인사를 했고, 자원봉사자들에게 직접 만든 꽃바구니를 선물했다고 한다. 호스피스 병동 환자가 그럴 수 있다는 게 쉽지 않은 경우라며 두 여자는 한숨을 쉬었다. 여자들이 휴게실을 나간 다음에도, 죽은 사람을 그리던 한숨소리는 오래 남아 있었다.

나는 한참 후에 소파에서 일어났다. 대기실 문을 열고 나가니, 간호사들이 여러 명 보였다. 나는 그 앞으로 가서 조금 큰 소리로 말했다.

"간병인 미카엘라 씨를 찾아왔습니다."

간호사 세 명이 동시에 나를 바라보았다. 그중 한 명이 나를 빤히 바라보더니 물었다.

"아까 오셨던 분이시죠?"

"예, 미카엘라라는 간병인을 찾고 있습니다. 죽은 이경 환자의 간병인인데요."

"지금은 간병 중이 아니신데요?"

"그럼, 연락처라도 알려주십시오."

간호사는 나를 빤히 처다보더니 다시 말했다.

"연락처를 줄 수는 없고요, 통화는 하게 해줄 수 있어요."

잠시 후 내게 수화기가 건네졌다. 내가 몸을 돌려 그곳으로부터 멀어지려는 바람에 전화기가 들썩거렸다. 나는 간호사의 싸한 눈길을 받으며 다시 제자리로 돌아갔다.

수화기에서는 예상대로 중년 여성의 목소리가 들려왔다. 나는 재빨리 내 소개를 했다. 이경의 법적인 남편이 된 것과, 상속받은 자동차에 대해서도 말했다.

"혹시 그때 차를 사러 같이 오신 분 맞으시죠? 시승하러 미리내 성지로 같이 가셨던, 그분 맞으세요?"

"……"

"이경 씨 다이어리에 나오는, 미카엘라 님, 맞으시죠?"

"……예, 맞아요."

"이경 씨 임종을 지켜주셨나요?"

"예, 제 직업이기도 하니까요."

"변호사한테 유품을 전달하셨다면, 제가 찾아올 줄 아셨겠지요?"

"직업이기는 하지만, 제게도 나름의 원칙이 있어요. 저는 죽음까지만 함께해요. 자매님의 눈을 감겨드리고, 청각이 살아 있을 동안은 편히 가라고 속삭여주는 일을 하지요…… 그다음은 하느님이 인도하시니까요."

"왜 제가 죽은 사람을 찾아다니도록 하신 겁니까?"

"……"

간병인은 말을 아끼는 사람 같았다. 내가 더 많은 말을 하는 수밖에 없었다.

"저는 이경이라는 사람한테서 이유 없이 받은 게 많습니다. 모르는 사람이나 마찬가진데 말이죠……"

"저도, 자매님한테 받은 게 너무 많아요. 화분을 36개나 받았고요, 고양이 두 마리에, 마지막으로 살던 전셋집까지 받았답니다. 자매님이 키우던 고양이 두 마리와 36개의 화초를 잘 키워주는 조건으로 받은 대가치고는 너무 많지요."

"전셋집이라면, 휴먼빌라 말인가요?"

나와 간병인은 말없이 서로의 침묵을 지키고 있었다.

잠시 후 간호사가 다가와 표정 없이 나를 바라보았다. 통화를 빨리 끝내라는 신호였다. 나는 마음만 다급해졌다. 새롭게 알아낸 것도 없었다.

"그런데 이경 씨 무덤은 어디에 있는 겁니까?"

"저도 아직은 몰라요."

"남편이라는 사람이 아내의 무덤은 알아야 추모를 하든가……"

전화기 저편에서 울음을 삼키는 기침소리가 들려왔다. 나는 입을 다물고 기다렸다. 한참 후에 간병인의 야무진 목소리가 다시 들렸다.

"……아까도 말씀드렸듯이, 저는 임종까지만 함께합니다."

"그런데요, 휴대폰은 왜 젖었나요?"

"그건 섬망증 때문에, 목욕하러 갔다가 난리가 났었거든요. 휴대폰은 일주일 후에나 찾았어요. 자원봉사자들이 욕실 물탱크를 청소하다가요. 전 그때까지도 모르고 있었어요. 워낙 자매님 상태가 안 좋아서요……"

주머니에서 휴대폰이 진동했다. 배 형사였다.

간호사는 자리를 뜨지 않고 여전히 나를 바라보고 있었다.

"저, 제게 연락처를 좀 알려주실 수 있을까요?"

"병원으로 오시면 저를 만날 수 있어요. 모레부터 다시 간병을 맡게 됐어요."

"혹시, 이경 씨도 가톨릭 신자였나요?"

"유아세례를 받았지만, 성당에 다니진 않은 걸로 알고 있어요. 베로니카라는 세례명은 돌아가신 어머니가 지어주셨다고 해요. 참모습이라는 뜻인데, 이름처럼 살다 가셨어요. 대모님이 자매님의 마지막을 처리하셨을 거예요. 자매님의 어머니가 돌아가셨을 때도 그분이 도와주셨다고 들었어요."

"그 대모님이라는 분을 어디로 가면 뵐 수 있나요?"

"글쎄요, 수녀님이니까…… 그리고 이유는 모르겠지만, 자매님이 죽기 전에서야 그분께 연락을 한 거 같아요. 그냥 대모님이라고만 불러서, 그분 세례명도 모르겠네요."

"……감사합니다."

"……"

"나중에 제가, 병동으로 찾아뵙겠습니다."

나는 간호사에게 수화기를 건네며 고개를 숙여보였다.

완화병동을 나와 엘리베이터를 탔을 때, 다시 휴대폰이 진동했다.

배 형사였다.

"혼인신고 시시티브이 영상 확보했는데, 구청에 가서 확인할까요?"

"배 형사님, 제가 지금 출발해도 거기 도착하려면, 시간이 좀 걸릴 거예요."

"수사상 필요한 장면은 CD로 요청할 수도 있는데, 어때요?"

"아, 그럼 부탁드리겠습니다. 또 부탁드릴 게 있었는데요, 친구 녀석이 휴대폰 복구를 다른 곳에 맡겨보라고 해서요. 아무래도 동영상이나 녹음 파일 등은 무리가 있나 봅니다. 형사님은, 데이터 정밀 복구하는 곳 아시죠?"

"포렌식? 내가 아는 곳은 법원 앞에 있어요. 복구 성공 시 청구요금이 꽤 센데?"

"형사님, 저 십억 대 상속남입니다."

"생각보단 유머가 있으시구만."

배 형사는 깜짝 놀랄 만큼 유쾌하게 웃더니, 전화를 끊기 전에 덧붙였다.

"허긴, 고인한테 받은 돈이니 고인을 위해 써야지. 안 그렇수?"

나는 성만에게 전화했다. 이경의 휴대폰을 가지고 법원으로 날아오라는 말만 하고는 전화를 끊었다. 그리고 배 형사가 알려준 포렌식 회사 주소를 문자 메시지로 전송했다. 녀석의 잔소리를 피하는 방법이다.

성만은 문자로 앙탈을 부렸다. '좆만이, 내가 네놈 비서냐??'

나는 택시를 타고서 답장을 보냈다. '전생에 네놈이 내 상전이었으니, 이번 생에서는 내 비서 몇 번 해줘야지?!!'

배 형사는 벌써 건물 앞에 도착해 담배를 피우고 있었다. 포렌식 회사는 5층에 있었다. 엘리베이터가 없는 건물이었다. 우리가 막 층계를 오르려 할 때 오토바이 한 대가 요란하게 멈춰 섰다. 뒷자리에서 성만이 헬멧을 벗으며 소리쳤다.

"퀵 배달을 시켰으면, 물건을 받아가야지."

5층 사무실에 들어서자, 대표라는 사람이 나와서 배 형사와 인사를 나눴다. 여러 칸막이들 안에 탁자가 놓여 있었다. 한 곳에서는 상담이 진행되는 모양이었다. 얼핏 보니, 개량한복 저고리를 입은 여성이 무언가를 열심히 설명하고 있었다.

우리가 앉은 자리에서 복구비용 안내문이 보였다. 휴대폰 일반 복구 서비스와 증거 복구 서비스가 있었다. 증거 복구는 경찰서 제출용과 법원에 제출하는 증거감정서로 구분되었다. 각각의 서비스 아래 깨알 같은 글씨로 이렇게 적혀 있었다.

*휴대폰 분석 복구 서비스는 포렌식 절차에 의해 복구 서비스를

진행합니다.

* 기본 작업비용 및 데이터 수령 비용은 선결제하여야 하며, 감정결과에 상관없이 환불되지 않습니다.
* 증거감정 복구 결과는 데이터 수령 비용 결정 후 CD 또는 메일로 수령 가능합니다.
* 보고서(확인서 및 감정서)는 데이터 수령 및 검토 후 결정하시면 됩니다.
* 긴급 복구 서비스는 작업비 50,000원, 일반 복구비용의 1.5배, 타 업체 복구실패 건은 일반 복구비용의 2배가 적용됩니다.(2차 정밀 분석복구 작업비용은 10만원 추가 비용이 발생합니다.)

모두 내게 적용되는 내용이었다. 대표라는 사람이 우리 앞에 커피를 한 잔씩 놓고는 맞은편 자리에 앉았다. 그는 배 형사에게 물었다.

"이번에는 어디 제출용입니까?"

배 형사는 나를 보며 말했다.

"제출용은 아니고, 아마 복구 데이터 기본이면 될 겁니다. 전화번호부, 사진, 동영상, 일정관리, 메모, 음성파일, 인터넷 방문기록 등등. 아, 인터넷 방문기록도 필요할까?"

배 형사는 대표에게 묻더니, 내게 다시 물었다.

"인터넷 방문기록도 필요할까요? 그건 양이 엄청난데……

쇼핑한 곳에서 본 사진 한 장 한 장이 다 나오는데? 남자 범인들 잡아서 복구해보면, 거 이상한 그거 있잖수? 여자들 사진이 막……"

나는 되도록 많은 정보를 복구해달라고 주문했다. 성만이 끼어들었다.

"나 같은 사람 거 정밀 복구하면 볼만하겠네요? 전 세계 여성이 다 나올 텐데, 크크."

그때 울음소리가 들려왔다. 우리는 웃다가 정색을 하고 서로를 바라보았다. 칸막이 너머에서 흐느낌 소리가 들려왔다. 대표가 난처한 표정을 지으며 우리에게 양해를 구했다. 배 형사는 눈짓으로 무슨 일인지를 물었다.

대표가 목소리를 낮추어 말했다.

"이미 재판 끝난 사건인데, 어머님이 아들 휴대폰을 들고 찾아왔어요. 아들이 죽었는데요, 그게…… 맞아서 죽었거든요."

칸막이 너머에서 울음 섞인 여성의 목소리가 새어나왔다. 울고 있었지만, 차분하고 분별 있는 어조였다.

'……사고사가 아니라, 맞아 죽었어요. 아무리 재판이 끝났어도, 어미인 나는 진실을 알아야 하지 않겠어요? 부탁드립니다. 메신저만이라도 복구해주세요. 내 아들 한이라도 풀어주려고 그럽니다……'

배 형사 얼굴에서 웃음기가 싹 걷혔다. 우리들은 자리에서 조용히 일어섰다. 배 형사는 대표에게 슬그머니 속삭였다. 마치 바둑알을 슬그머니 내려놓는 것처럼. 상대도 알고 있지만 확고한 쐐기를 박듯이.

"각자 할 일 하면 되는 거네? 어머니는 어머니 역할하고, 당신들은 복구하는 역할 제대로 하고."

셋이 층계를 내려오는데 성만이 먼저 입을 열었다.

"배 형사님 멋있으시다?"

배 형사는 성만의 말을 못들은 척 내게 물었다.

"내일 법원 가는 날 아뇨?"

"제가 말씀드렸었나요? 안 잊으셨네요, 아버지 기일……"

"기일이라…… 하하, 거참, 재판 날짜가 꼭 제삿날처럼 들리는구먼."

성만이 또 끼어들었다.

"사람들은 선재 아버님을 준 국가공무원이라고 부르잖아요? 정부에서 먹여주고, 재워주고, 일도 시켜준다면서요. 그런 말 들을 땐 제가 그러죠. 너를 준 국가공무원으로 취직시켜줄 테니 따라오라고요."

건물 밖으로 나와 배 형사가 담배를 피워 물자, 성만이 또 옛날 얘기를 떠들어댔다.

"형사님, 선재는요, 담배 필 때 벽에다 연기를 심어요. 얘네 아버님이 교도소에서 하던 흉내를 내는 거래요."

배 형사가 내게 담배를 건네며 말했다.

"자, 아버님이 어떻게 피웠는지 봅시다."

아버지는 수감생활 중에 부싯돌을 피워 올려 담배에 불을 붙였다고 했다. 담배를 한 모금 깊게 빨아들이고는, 그 연기를 입 안에 가득 머금은 채 감방 벽에 대고 서서히 아주 조금씩 뿜어낸다고 했다. 그러면 연기가 벽에 스미듯 배어 들어가서 천천히 벽을 타고 오르다가 도중에 스러진다는 것이다.

"그렇게 몰래 피는 담배 맛이 어땠을까, 혹은 그때의 심정이 어땠을까를 상상하면서 가끔 그렇게 해보는 겁니다……"

배 형사가 피식 웃으며 말했다.

"우리 큰아버지도 준 국가공무원으로 사셨지. 그쪽 부친이랑 비슷한 시기에, 아마 다른 방에서 고문 받았을 거요."

"우리 아버지와 같이 당했다는 말씀이세요, 그 당시에요?"

"재일교포간첩단조작사건……"

"그럼, 장기수가족협회도 아시겠네요?"

"내가 왜 윤선재 씨한테 흥미를 가졌겠수? 난 한가한 사람이 아니요."

성만이 옆에서 "헐, 대박"을 반복했다.

"

피고 대한민국은, 자신의 지휘감독을 받는
수사 공무원들의 불법행위로 인하여
원고들이 입은 손해를 배상할 책임이 있습니다.
그 책임의 이행을 위하여 이 소를 제기하는 바입니다.

"

재판

　법무법인 '수평'에서는 세 명의 변호사가 아버지의 변호를
맡았다. 대표 이사와 노회한 여성 변호사, 그리고 국보법 전
문인 노민호 변호사가 참여했다. 검사의 공소사실에 대한 반
박문을 읽는 것도 노 변호사 몫이었다. 판결을 앞둔 마지막
변론이었다.

　"원고 윤희동은, 얼굴도 본 적 없는 10촌 형 박양민과 접
선하여 공작금을 수수하고 전남 진도마을 해안가 상황을 박
양민에게 보고하였다는 혐의로 1980년 8월 21일에 연행되
었습니다. 이른바 1차 '진도간첩단조작사건'입니다.

　당시 서울 지방검찰청 검사는 중앙정보부 수사관들이 이
같이 조작한 기록을 토씨 하나 틀리지 않게 그대로 베껴서,
같은 해 10월 25일에 원고를 국가보안법 위반 혐의로 기소

하였습니다.

귀 서울형사지방법원도 고문으로 날조된 조서들을 증거로 인정하여, 원고 윤희동에게 무기징역을 선고하였습니다. 서울고등법원은 1981년 6월 4일 원고의 항소를 기각하였고 (81노691호) 대법원 상고도 기각되었습니다(81도1944호).

원고 윤희동은 중앙정보부에 불법으로 체포된 때로부터 무려 19년이 지난 1999년 8월 15일 가석방으로 출소하였습니다.

위에서 본 바와 같이 원고 윤희동은, 피고 대한민국 산하의 중앙정보부 수사관들과 서울지방검찰청 검사 등 수사에 종사하는 공무원들의 불법행위로 인하여 허위자백을 하고 유죄판결을 받아 간첩의 너울을 쓴 피해자입니다. 무려 19년에 걸친 수감생활 끝에 석방된 원고 윤희동은 가혹한 고문과 장기간 수감의 후유증으로 인해 악화된 건강상태와 노령으로 더 이상 사회생활을 할 수 없는 상태가 되었습니다.

원고의 가족들은, 남편 또는 아버지의 갑작스런 구속과 '간첩'이라는 유죄판결로 정신적 충격을 받았고, 가장의 부재 속에서 경제적 어려움을 겪었습니다. 그뿐 아니라, 이들은 중앙정보부와 경찰의 끊임없는 감시와 핍박을 받았으며, 이웃과 친지 사회로부터 간첩의 가족 혹은 간첩의 자식이라는 손가락질과 따돌림을 받아야 했습니다. 학업을 중도에 포기해야 하는가 하면, 공무원이나 공기업 시험을 치를 기회조차 주어지지 않았습니다. 심지어 따돌림과 구타가 사고로 이어져 지적장애아로 퇴행하여 살다가 교통사고로 사망에 이르기도 했습니다.

피고 대한민국은, 자신의 지휘감독을 받는 수사 공무원들의 불법행위로 인하여 원고들이 입은 손해를 배상할 책임이 있습니다. 그 책임의 이행을 위하여 이 소를 제기하는 바입니다.

원고의 아들, 윤선재를 증인으로 신청합니다."

나는 증인선서를 하고, 증인석에 앉았다. 노 변호사는 재판 기간 내내 수도 없이 물었던 질문을 다시 시작했다.

"증인은, 아버지가 연행된 날을 기억하십니까?"

"유채꽃을 베고 난 다음에 씨앗을 맺게 하는 시기였던 것으로 기억됩니다……"

이 질문을 받으면 자연스럽게 노란 유채꽃 밭이 떠올랐다. 유채꽃은 파랄 때 수확을 하므로 이런 기억은 왜곡되었을 것이다. 아버지가 지독한 고문을 받고 진짜 간첩으로 착각할 때처럼…… 그때 아버지는 수사관들이 읽어주는 진술서대로 아버지 자신이 간첩이 되어 움직이는 게 눈앞에 훤히 보이더라고 했다.

노 변호사는 내 표정을 살피더니 다시 물었다.

"증인, 이 재판은 증거 채택의 어려움을 겪고 있습니다. 원고에 대한 불법연행과 불법구금의 증거가 확실해야 합니다."

"확실합니다. 그 당시 집에는 하루 종일 티브이가 켜져 있었어요. 그해 8월 16일에 최규하 대통령의 공식 사임이 있었고요, 9월 1일에는 전두환 대통령 취임식이 있었습니다. 그러니까 아버지는 8월 21일 오후에 연행되신 게 확실합니다. 대통령 취임식 날 어머니는 제 손을 잡고 경찰서를 드나들면서 우셨고요, 동네 어른들을 만나서 아버지를 도와달라고 빌던 모습이 눈에 선합니다……"

"고문을 어떻게 받았는지 들은 적이 있습니까?"

"처음에는 아버지를 면회한 어머니의 편지로 알았습니다. 고문관은 6명, 2조 3교대로 2명이 8시간씩 고문을 했다고 합니다. 고문에 의한 상처나 멍을 가라앉힌 뒤에 의사를 불러서 보이는 등의…… 누구나 알고 있는 일반적인 고문 외에도 성기에 볼펜심을 밀어 넣어……"

내가 더 이상 말을 잇지 못하자 방청석에서 웅성거림이 들렸다. 노 변호사는 내가 못한 말을 대신해주었다.

"……그러니까, 고문으로 생긴 상처 부위에 소고기를 얇게 썰어서 붙였다는 거죠? 그렇게 사흘쯤 지나 붓기와 멍이 싹 가라앉으면, 그때 의사를 불러서 고문이 없었다는 사인을 받아가기도 했다는 겁니까?"

노 변호사는 너무도 잘 알고 있는 고문의 예를 내게 묻는 식으로 증인심문을 마치고는 다른 질문을 계속 이어갔다.

"증인의 아버지는, 국립경찰학교를 졸업하고 서울특별시 경찰국 정보과 청량리 분실에서 간첩 색출에 대한 현지교육을 이수한 베테랑이셨죠?"

"예, 아마도 그런 경력 때문에 간첩 접선에 용이하다는 점에 착안해서 조작이 된 것 같습니다."

"이와 같이 중정 수사관들은 원고 윤희동을 1980년 8월 21일에 미란다원칙이나 영장 없이 체포하여 중앙정보부 지하실에 감금함으로써 형법 제124조 제21항을 어겼습니다. 원고는 불법으로 체포된 후 구속영장이 발부된 9월 30일까지 47일간 중앙정보부 지하실에 감금되어 허위자백을 강요당하며 위와 같은 가혹한 고문을 당하였던 것입니다."

노 변호사는 몇 개의 질문을 더 하고 내려갔다.

검사 측에서 나와 내게 질문을 시작할 때, 이미 나는 아무 말도 하고 싶지 않았다. 어차피 끝난 사건을 재탕 삼탕 하는 것이나 마찬가지였지만, 증인석에 올라올 때마다 탈진상태가 돼버렸다.

검사는 한 가지만 묻겠다면서 입을 열었다.

"인지동행 보고서를 보면 임의동행으로 되어 있습니다. 갑 제6호 중의 3, 4, 5 각 인지동행 보고서 및 수사기록 144,

834, 1,358쪽에 의하면 원고 윤희동은 1980년 9월 23일에 임의동행을 한 것으로 되어 있습니다."

"……잠시만요."

나는 갑자기 온몸의 피가 활발히 도는 것을 느꼈다. 그것은 분노가 아니었고, 잠에서 막 깨어나는 듯한 느낌이었다.

"아버지에 대한 모든 것은 과거사위원회에 접수했고, 이미 조사가 된 것으로 압니다. 과거사정리위원회가 변호인들에게 전달한 내용 그대로입니다. 잠시 판결문을 살펴보고 답변을 드려도 될까요?"

검사는 흔쾌한 표정을 지으며 한 걸음 뒤로 물러나 보였다. 나는 가지고 있던 재심 판결문을 찾아 노 변호사에게 보였다. 노 변호사가 판결문의 일부를 읽었다.

"증인을 대신해서 제가 판결문 일부를 읽겠습니다. 귀 법원은 원고에 대한 다음과 같은 사실을 인정한 바 있습니다. 여기 재심판결 12쪽에서 13쪽에 걸쳐 그 사실이 나와 있습니다. 그 인정 사실에 의하면, '피고인 윤희동은 1980년 8월 21일 경에 구속되었다고 봄이 상당하다. 그런데 그로부터 48시간 내에 석방하지 않고, 한 달이 훨씬 지난 1980년 9월 30일에 이르러서야 구속영장이 발부되었으므로, 윤희동에 대한 강제연행 및 구금은 '긴급구속'으로써의 적법성을 갖추지 못한 것으로 위법하다고 할 것이다.'"

나는 증인석에서 내려왔다. 바로 그 순간 내 머릿속에서 법원이 요구하는 물적 증거가 생각났다. 노 변호사에게 다시 증인석에 올라도 되는지 물었다. 노 변호사가 판사에게 동의를 구하고 나서, 나는 다시 증인석에 앉았다.

"제 아버지 윤희동의 후원회 통장을 증거로 제시해도 될까요? 그 통장의 비밀번호가 0821인데요, 제가 군 입대를 앞두고 아버지의 후원회 통장을 개설하면서 비밀번호를 정한 것이, 아버지가 체포되던 날이었어요. 제가 오늘 이 자리에서 쓰일 증거를 만들기 위해서, 그때 0821이라는 비밀번호를 만들 수 있었을까요? 저는 그때 절박한 심정으로……"

변호인단의 얼굴에 미소가 피어났다. 나는 매 재판 때마다 했던 말로 웅변을 마무리 지었다.

"저는 군 생활을 최전방인 철원에서 했습니다. 그건 내가 위험인물이 아니라는 증거입니다. 간첩의 자식을 철책 앞으로 보내는 정권이 있을까요?"

나머지는 노 변호사가 마무리했다.

"또한 윤희동의 무죄를 입증하는 장영선의 진술을 고의로 누락한 행위, 그 밖에 아무 관련 없는 물건들을 압수하여 간첩행위의 증거로 날조한 행위는, 국가보안법 제10조에서 정한 범죄에 해당합니다."

증인석에서 굿이라도 한 판 벌인 기분이었다. 어떻게 마무리를 짓고 증인석을 내려왔는지 기억이 나지 않는다.

마지막으로 검사 측의 구형 요청이 있었다. 검사가 앞으로 걸어 나와 판사 앞에 섰다. 아는 얼굴이었다. 과거사위원회에서의 기록을 가지고 검토하던 검사였다. 30년 전에 아버지를 간첩으로 둔갑시킨 검사들과는 다른 사람이었다.

어느 날 그는 고문관과 아버지를 조사실에 둘만 남겨두고 자리를 피해주었다. 30분 동안 담배를 피우고 오겠으니, 알아서 하십시오, 라고 아버지를 보며 말했다. 정확히 그렇게 말했다. 그때 나는 그 말뜻을 알아차렸다. 아버지에게 고문관을 때릴 수 있는 시간을 삼십 분간 주겠다는 뜻이었다.

47일 동안 생사를 오가도록 만들고, 사형까지 받도록 조서를 꾸몄던 고문관을 이제라도 때려주라는 뜻이었다. 30분으로 그때의 한을 다 갚을 수는 없지만, 그래도 시간을 주겠다는 말이었다. 밖으로 나오기 전에 나는 아버지를 바라보았다. 아버지는 아무런 표정도 없이 굳어 있었다. 그건 떨고 있다는 표시였다.

그날 집으로 오면서 아버지에게 물었다. 그 고문관을 때렸는지…… 아버지는 끝내 대답이 없었다.

그 검사가 양복 단추를 여미고 판사에게 말했다.

"판사님 재량에 맡기겠습니다."

그때 방청석에서 박수소리가 들려왔다. 주변을 개의치 않

고 제 흥에 겨워서 내는, 당당하고 외로운 한 쌍의 박수소리
가 사이를 두고 이어졌다. 방청석의 눈길이 그쪽으로 쏠렸다.

배 형사였다. 나와 눈이 마주친 걸 확인한 배 형사는 품에
서 무언가를 꺼내 흔들었다. CD케이스였다.

> 각기 다른 행선지로 향하는 버스들이 수도 없이 정차했다
> 떠나가는 그곳에, 내가 앉아 있다.
> 코트 속에 몸을 숨기고서, 나를 태워줄 버스를 기다리듯
> 하염없이 그 사람을 기다린다.
> 윤선재, 당신이라는 버스를 타고 미친 듯 질주할 수 있다면!
> 이번 생에 당신이라는 숙제를 다 하고 떠날 수 있다면……

그림자들

낙타사막에 도착하니, 성만은 배 형사가 앉은 자리에 술상을 차리고 있었다. 알바생은 하루치 일당을 계산해주고 퇴근을 시켰다고 했다.

배 형사는 내 얼굴을 보더니, CD를 꺼내 흔들며 소리쳤다.

"카페지기 양반, 여기 이것 좀 틀어주시오."

화가라 부르는 건 본인이 싫다 하고, 중늙은이라 부르는 건 배 형사가 버릇없다 해서 낙타사막 카페지기로 부르자고 했다. 그렇게 부르고 보니 이름이 꽤 그럴 듯했고, 카페 사장님과도 잘 어울렸다.

나는 배 형사의 손에서 CD를 받아들고는 카탈로그를 내놓았다.

* * *

젊은 사진전: 목격자를 찾습니다
인천문화예술회관 대전시실, 오전 10시부터 6시

이번 공동 사진전 카탈로그였다. 원래는 내 사진에 어울린
다며 카페지기가 장난삼아 지은 제목이었다. 그런데 '목격자
를 찾습니다'에 동인 모두의 사진이 그럴듯하게 들어맞는다
며 만장일치로 정한 제목이다.

배 형사는 카탈로그를 보며 크게 웃었다.

"제목이 맘에 드는구만. 내 인생에 절반은, 목격자를 찾아
다녔지. 하하."

"형사님, 제 인생의 절반은 배우자를 찾아 헤매고 있습니
다, 크크."

성만은 휴대폰에 사진 한 장을 띄우더니 우리에게 보이며
자랑스럽게 말했다.

"방금 전송받은 따끈따끈한 사진을 공개합니다. 현재의 제
아내입니다."

사진 속 얼굴은 머드팩을 잔뜩 처바른 채 눈만 치뜨고 있
었다. 마치 선크림의 자외선 차단지수를 보여주는 홈쇼핑 화
면을 캡처한 것 같았다. 성별은커녕 사람인지 인형인지도 구
분할 수 없었다.

나는 소리를 빽 질렀다.

112

"야, 이 성性령충만한 놈아. 이 얼굴이 여자라는 보장은 있냐?"

"당근~ 여자지."

"머릿속에 섹스, 가슴엔 여자로 꽉 찼다 해도 이건 좀 아니지 않냐?"

"내 아랫도리가 반응하면 여자인걸."

"네 번식력이 중국산 콘돔보다 뛰어난 이유지? 넌 사진 찍을 때도 치즈나 김치가 아니고, 섹스를 외치잖아."

"선재야, 내 아이디가 '성령충만'인 건 이름 때문이 아냐. 성性스런 영혼이 깃든 거라구, 이 몸한테……"

성만은 아주 오래전, 첫사랑 얘기를 꺼내 우리 앞에 늘어놓았다.

"여름이었어요. 저는 아직 순수한 2학년생이었습니다. 1학기 축제가 끝나는 날이었지요. 동아리방에서 3학년 선배가 나를 부르더라고요. 드물게 예쁜 선배였어요. 걸치고 있던 남방을 벗은 그녀는 담배를 꺼내 물었어요. 그리고 입고 있던 민소매 티셔츠의 어깨끈을 내렸어요. 결론부터 말하자면, 저는 그녀가 담배 한 대를 다 피기도 전에 사정해버렸어요. 뭐, 끝난 거지요."

"성만아, 네 얘기는 언제 끝나는데?"

"좆만아 기다려 봐. 너 그렇게 참을성 없다간 내 꼴 난다?

"왜? 난 풀 옵션을 장착한 인간이라며?"

"지금은 좀 아니다. 아무튼 그녀가 창틀에 담배를 비벼 끄더니, 어깨끈을 올리고는 가버렸어요. 그런데 그게 끝이 아닙니다. 방학이 끝나고 2학기에 그 선배랑 같은 수업을 듣게 되었는데, 제 옆자리에 앉더니 그러더군요. '네 아이를 임신한 거 같아.'"

"성만아, 오늘 메뉴만 얘기해라 제발."

"아우, 요즘은 말이죠, 매뉴얼대로 안 하는 인간들이 너무 많아요. 하다못해 차를 길들인다네요. 그 방법을 여자 길들일 때 쓰는 놈들도 있다니까요. 뭐, 차는 시동을 켠 채로 정차했다가 출발을 해야 한다는 둥, 처음 탈 때는 고속도로를 초고속으로 한 번 달려줘야 길이 난다는 둥. 나 참, 차는 말이죠, 그냥 그 차에 맞는 매뉴얼대로 타면 되는 겁니다. 예? 여자도 그 여자처럼 대하면 된다니까요. 여자는 말이죠, 드라이브 테스트라는 게 없거든요. 오직 실전이다, 이겁니다. 그냥 매뉴얼대로……"

"난 매뉴얼대로 했는데도, 차가 제 방향으로 안 가던데?"

카페지기였다. 그는 여간해서 농담을 하지 않는 사람이었다. 그 순간 나는 그의 아내에게 문제가 생겼다는 걸 알았다.

카페지기는 배 형사를 바라보며 자백하듯이 말했다.

"그래서 오늘 알바생도 일찍 보냈어요. 미성년자가 듣기에는 민망한 대화가 될 거 같아서 말이죠. 아무리 대학생이라도 결혼 안 하면 다 미성년자잖아요. 그걸 해야 성인식을 치르는 거죠. 결혼이라는 그 시뻘건 쇳물에 담금질을 당해봐야…… 그래야 세상을 겪는 거라니까요."

카페지기의 인상착의가 그제야 눈에 들어왔다. 객관적으로 보이는 그는 이랬다. 이마에 두 줄기 주름, 애매한 중간 정도의 키, 뭐라 딱 꼬집기 어려운 특징 없는 얼굴, 그래서 아무 맛도 없는 과자 같은 맛, 그 맛을 본 사람이면 중독되는 맛……

카페지기는 기러기아빠 생활을 몇 년째 버티고 있는 중이었다. 그 몇 년 동안 아내라는 사람은 현지의 한국인 부동산업자와 사귀는 중이라고 했다. 이미 일 년 전에 그 사실을 알았지만 자식들 때문에라도 모른 척하고 있었다.

웬일인지 배 형사는 아무 말 없이 고개만 끄덕거렸다. 그러다 문득 생각났다는 듯 카페지기의 잔에 술잔을 부딪쳤다. 그러더니 낮은 음성으로 입을 열었다.

"나는 거, 아내가 죽고 나서야 내연남이 있었다는 걸 알게 됐다니까. 근데 그놈이 바로, 내가 교도소에 보낸 놈이더라고."

이번에는 카페지기가 배 형사의 잔에 술을 따르면서 물었다.

"그럼 예전부터 그런 관계였던 건가요?"

"아니지. 출소하고 나서, 집사람의 정부가 된 거겠지. 그렇겠지?"

"그럼, 그럴 겁니다."

카페지기는 자기의 잔을 배 형사의 잔에 부딪치며 맞장구를 쳤다.

"나한테 복수하러 찾아와서는, 내 아내를 이용한 거라는 말이지."

배 형사는 또 한참을 생각하다가 술잔을 비우고는 다시 입을 열었다.

"난 그, 우리 집사람이 그렇게 많은 빚을 진 것도 이해할 수 없어. 어디에 돈을 쓴 데가 없는데 말이야. 다들 자살이라고 하는데, 나한텐 아직도 타살이야. 카페지기 양반, 그놈이 우연히 우리 집사람의 내연남이 됐을 거라고 생각하시오? 천만에요. 철저히 계획된 거라니까요. 설령 내 마누라 스스로 죽었다고 칩시다. 물리적으로…… 그래 약을 먹었어. 그래도 난 타살이다, 이거지."

고흐의 마지막이 떠올랐다. 고흐는 배에 박힌 총알을 안고 죽었지만, 아직도 그 총알을 쏜 게 누군지는 모른다. 고흐가 끝내 말하지 않았으니까. 그래서 타살 같은 자살이고, 자살 같은 타살로 남았다.

나는 작은 소리로 중얼거렸다.

"맞아요. 물리적으로는 총알이 죽였다고 해도, 방아쇠를 당기게 한 존재는 있을 거니까요. 지나가는 바람이었든, 실수로 건드린 누군가의 손가락이었든, 어쨌든……"

성만이 화장실을 다녀와 비칠거리며 의자에 앉았다. 녀석은 취한 눈으로 내 휴대폰을 빤히 들여다보더니 손가락으로 쓱 화면을 열었다.

"너한테, 뭐가 많이 들어왔는데?"

몇 개의 카톡 알림과 밴드 알림, 그리고 이메일이 도착해 있었다. 이메일을 열었을 때 술이 확 깨는 느낌이었다. 내가 자세를 고쳐 앉자, 성만도 덩달아 몸을 곧추세웠다.

"포렌식 복구 서비스가 도착하기 시작했다, 성만아."

첨부된 파일들이 꽤 되었다. 나는 모두 다운로드로 내려받았다. 사진들과 동영상 1개, 음성녹음 파일도 있었다. 복구가 되는 대로 계속 보내겠다는 메시지가 있었다.

다이어리 복구가 이번에는 제대로 된 모양이다. 얼핏 봐도 문단이 잘리지 않은 듯 보였다.

030720:45

나는 가끔씩 자동차 전시장 앞 버스정류소에 앉아 있다. 운이 좋으면 그 사람을 볼 수 있기 때문이다. 그는 전시장 앞의 벤치에 앉아 담배를 피운다.

각기 다른 행선지로 향하는 버스들이 수도 없이 정차했다 떠나가는 그곳에, 내가 앉아 있다. 코트 속에 몸을 숨기고서, 나를 태워줄 버스를 기다리듯 하염없이 그 사람을 기다린다. 윤선재, 당신이라는 버스를 타고 미친 듯 질주할 수 있다면! 이번 생에 당신이라는 숙제를 다 하고 떠날 수 있다면……

오늘은 그 사람이 벤치에 오래 머문 날이다. 겨울바람이 오후의 지는 해 속에서 잠시 주춤하는 듯했다. 해가 저물면서 그가 앉은 벤치 뒤로 그림자가 길게 늘어졌다.

나는 벤치 뒤를 걸어가면서 슬쩍 그 사람의 그림자를 밟아보았다. 그의 어깨, 벤치 위에 올려놓은 팔, 바람에 날리는 머리칼에도 내 발끝을 대보았다. 그리고 왼손은 단전 위에 올리고, 오른손은 심장 위에 얹고서 그를 바라보았다. 내가 원하는 사람을 부르는 방법이다. 그런 상태로 진심을 다해 대상을 바라보면 반드시 반응이 온다. 내 간절한 목소리를 듣기라도 한 듯한 표정으로 돌아보는 것이다. 그러나 그는 아직 한 번도 뒤를 돌아본 적이 없다.

나는 그의 그림자 형태를 사진으로 찍었다. 내 발이 놓인 위치와 몇 가지 단서들을 동원해서 그의 그림자를 그릴 것이다. 벤치와 같은 베이지색 실선으로 그려놓으면 그다지 주위의 시선을 끌지는 않을 것이다. 아마 그는 여러 날이 지나도록 모르겠지. 그 선이 자신의 그림

자라는 걸. 그 안에 내 마음을 가두어 놓았다는 것도!pm

　이경의 휴대폰을 처음 복구했을 때 보았던 사진의 정체를 알았다. 그건 내 그림자였다. 가슴 아래로 싸한 바람이 지나갔다. 누군가가 나를 그토록 염원했다는 사실이 낯설었지만, 동시에 뜨거운 연민을 느꼈다. 내게 배려 있는 위로와 웃음을 주던 사람이었는데……

　잠시 후에 동영상을 열었다.

　길고양이 두 마리가 거리를 어슬렁거리는 장면이 계속되었다. 털 색깔이나 무늬 등 하나도 닮은 점이 없는 것으로 보아 부모 자식 간은 아닐 거라는 생각이 들었다. 그렇다고 연인 사이라고 보기에도 석연치 않았다. 둘은 계속 적당한 거리를 유지할 뿐 한 번도 가까이 붙어 다니지 않았다.

　음성 파일은 한 시간 단위로 된 녹음 파일이 여러 개 있었다. 사람들 소리가 왁자지껄하게 들렸다. 길거리의 소음 같았다. 계속 걷는 발걸음소리와 가끔씩 작은 한숨 같은 바람소리도 들렸다.

　어느새 배 형사와 카페지기가 다가와 녹음소리를 듣고 있었다. '백짜장입니다, 티비에 나온 그 집, 네 맞아요~' 여기까지 듣던 배 형사가 외쳤다.

　"차이나타운이네."

계속 들어보니, 정말 그런 것 같았다. 옥팔찌라는 말도 들리고, 어딘가에서 커피를 주문한 듯, '아메리카노 드릴까요?'라는 소리가 들렸다. 정말 차이나타운인가 보다.

혹시 그날인가? 차이나타운을 따로, 또 같이 걸어보자던? 아마도, 그날인가 보다.

추모공원

    잠에서 깼을 때, 나는 거실 소파에서 자고 있었다. 낙타사막에서 어떻게 집으로 올라왔는지 어렴풋이 기억이 났다. 배형사는 대리기사를 불렀고, 나는 졸고 있는 성만을 데리고 네 발로 계단을 기어올랐던 것이다. 침실로 가보니, 성만이 웅크린 채 잠들어 있었다.

    거센 빗소리가 들렸다. 이 비야말로 겨울을 재촉하는 비가 될 것이다. 낙엽들을 사정없이 도로 위로 내동댕이칠 것이고, 그다음에는, 그다음에는 눈을 불러오겠지. 하얗고도 어둡고, 차갑고도 따스한 깊은 눈…… 그 생각만으로 까닭 없이 울컥, 목이 멨다.

    냉동실을 열고 북어해장국 두 덩어리를 꺼내 싱크대에 놓았다. 물을 틀고 살짝 해동시킨 후에 비닐을 뜯어내고 냄비 안에 넣었다.

가스 불을 켜자, 푸른 인광처럼 어젯밤에 본 동영상이 떠올랐다. 뒤이어 차이나타운 거리의 부산스런 소리들도 생각났다.

나는 휴대폰에서 다운로드 앱을 다시 열어보았다. 어제는 못 보았던 다이어리 한 개가 더 있었다.

041821:46

오늘은 3시부터 차이나타운을 각자 걸어보기로 한 날이다. 나는 종아리까지 오는 청색 원피스를 입고 베이지색 야구 모자를 눌러썼다. 복조리 모양의 바디 크로스백에 소지품을 모두 담고 손에는 카메라만 들었다. 그의 모습을 놓치지 않기 위한 만반의 자세를 갖춘 셈이다. 그러고는 2시쯤에 낙타사막으로 내려갔다. 밖이 보이는 1인용 의자에 앉아서 그가 나타나기를 기다렸다.

크림을 듬뿍 올린 카페모카를 마시면서 그를 기다리는 시간. 단지 기다리는 그 시간에도 내 심장은 제멋대로 팔딱거려서 자꾸만 숨을 몰아쉬었다. 사실, 내가 가장 좋아하는 시간은 어쩌면 그런 시간인지도 모른다. 극적인 상황을 앞둔 충만한 상태를 그저 누리고만 싶어 하는 건지도……

그 사람은 2시 30분쯤 카페로 들어왔다. 예상하던 기다림인데,

122

왜 그리 가슴이 높이 뛰던지! 모자를 썼다는 것도 잊은 채 고개를 숙이고 말았다. 짝사랑도 참 많은 에너지를 소비한다. 나는 그때부터 휴대폰의 음성녹음을 눌러놓았다. 일전에도 시험 삼아 녹음을 해보았는데, 카페 안에서 나는 소리는 거의 다 들렸다.

그는 카페 사장님과 십 분쯤 대화를 하고는 일어섰다. 두 사람의 대화는 아주 유쾌하게 들렸다. 격의 없이 친밀한 사이 같았다. 나는 조금 더 앉아 있다가 밖으로 나왔다. 그를 놓칠 염려는 없다. 그가 산책하는 동선을 훤히 알고 있으니까.

자유공원으로 들어서는 그의 뒷모습을 바라보며 멀찌감치 떨어져 걸었다. 그는 청바지에 살구색 셔츠를 입고 운동화를 신었다. 아마도 많이 걸어 다닐 작정을 한 것 같았다. 그런 그의 뒷모습이 지금도 눈에 선하다. 그의 뒷모습은 내 얼굴을 거울에서 보는 것만큼 익숙하다고나 할까.

시계를 한 번 본 그는 맥아더 동상 쪽으로 갔다가 돌아 나와서 팔각정으로 올라갔다. 나는 화단 앞에서 그를 기다렸다. 팔각정을 올라갈까 하는 생각도 생각했는데, 그렇게 가까이에 가는 건 도저히 용기가 나질 않았다. 팔각정 안에 오밀조밀 서 있는 사람들 틈에 끼어서 그의 숨결을 느낄 수도 있었지만, 보는 것만으로 만족했다. 아마 팔각정 안으로 들어갔다면 나는 숨도 제대로 쉬지 못했을 것이다.

화단 앞에서 꽃과 그의 뒷모습을 번갈아보며 서성거렸다. 그때 누군가의 애완견이 달려오더니 내 구두코를 건드리고는 장난을 걸어왔다. 화려하게 치장한 귀여운 시추였다. 주인이 뛰어와서는 미안하다며 곧 데려가 버렸다. 그 순간 반려견을 입양할까 하는 생각을 하다가 고개를 저었다. 내게는 몇 개월간 위로가 되어줄, 말 그대로 반려견이 되겠지만 너무 빨리 주인을 잃게 하는 것도 못할 짓이니까.

그는 눈앞에 펼쳐지는 정경을 한동안 바라보고는 다시 시계를 보았다. 그러고는 차이나타운으로 통하는 계단을 내려갔다. 3시가 된 거였다.

차이나타운은 휴일을 즐기러 온 사람들로 소란스러웠다. 내가 일요일을 택한 건 이런 이유였다. 복잡하고 시끄러운 장소에서 그 사람을 바라보기가 훨씬 수월하니까.

그는 길게 늘어선 사람들 행렬 앞에서 멈추었다. TV 맛집에 소개된 짜장면 집 앞이었다. 그는 다시 사람들 사이를 뚫고 계속 걸어갔다. 옥팔찌를 파는 상점 앞에서 잠시 발길을 멈춘 그는 뭔가를 물어보고 다시 걸었다.

그는 동화마을이 있는 쪽으로 방향을 틀었다. 사실 나는 한적한 동화마을 쪽이 좋다. 조용하게 산책할 수도 있고 편안한 매점 형태의 커피숍도 맘에 든다. 역시나 그 사람은 그 편안한 커피숍으로 들어갔다. 나는 곧 뒤를 따라 들어가서 그의 뒷자리에 앉았다. 우리는 서로 등을 마주하고 앉았다…… 오늘 우리는 두 번이나 같은 공간 안에서 커피를 마셨다. 그렇게 따로, 또 같이 있었다.pm

* * *

여섯 번째 아내는 나를 그렇게 지척에 두고서 '따로 또 같이'라는 규칙을 지키면서 걸을 때 어떤 심정이었을까. 생각해보니, 그녀가 내게 건넨 건 단순한 위로가 아니었다. 여섯 번째 아내라는 그 아이디 자체가 내게는 배려의 손길이었고 자유롭게 숨 쉴 수 있는 장소이기도 했다.

이메일 도착 알림이 떴다. 포렌식 회사에서 보내온 것이었다. 모바일 메신저와 내비게이션 앱이 복구되었다는 메시지였다. 내비게이션 앱에서 복구된 최근 목적지는 한 개였다. 여섯 번째 아내는 휴대폰의 내비게이션 앱을 이용했던 것이다. 그것도 단 한 번.

주소지는 안성이었다.

나는 성만을 깨워서 휴먼빌라까지 태워달라고 했다. 상속받은 마린7을 타고 가도 될 것 같았다. 여섯 번째 아내를 찾아가는 길이니까.

차에 올라 시동을 켜는데 가슴이 또 불규칙하게 뛰었다. 단 하나의 주소는 무슨 의미일까. 여섯 번째 아내는 도대체 어디를 다녀온 것일까. 또 지금은 어디로 나를 데려가는 것일까……

나는 마린7의 내비게이션에 주소를 입력했다. 그러자 몇 개의 이름이 내비게이션 화면에 주르륵 떠올랐다. 떠오른 모든 키워드가 안성추모공원을 중심에 두고 있었다.

그 순간 여섯 번째 아내와의 숨바꼭질이 끝날 시기가 다가온다는 예감이 들었다.

나는 '안성추모공원 주차장'을 선택하고, '안내 시작' 버튼을 눌렀다.

빗속을 달린 지 한 시간이 훨씬 넘었다. 흩뿌리던 가랑비가 고속도로를 벗어나면서부터는 안개비로 변했다. 뿌연 우연雨煙 때문에 가시거리가 짧아지고 점점 앞을 분간하기 힘들었다. 길옆으로 이어지는 산줄기의 푸른빛도 무섭게 느껴질 지경이었다.

한적한 일차선 시골길로 들어서자, 착잡한 심정마저 들기 시작했다. 심지어 나를 이끌고 있는 내비게이션의 음성안내마저 의심스러운 순간, 눈앞에 커다랗고 길쭉한 바위가 불쑥 나타났다. 나도 모르게 브레이크를 밟았다.

내비게이션에서 도착했다는 메시지가 흘러나왔다. 정신을 차리고 보니, 커다란 바위에 음각으로 조각된 궁서체 글자가 눈에 들어왔다. '안 성 추 모 공 원', 여섯 번째 아내가 방문한 곳이었다.

자동차를 타고 달리다 보면 '절대감속' 구간이 있게 마련이다. 절대로 감속하라는 곳에는, 반드시 절대적인 이유가 있는 법이다. 오늘 이 지점이 내게는 절대감속 구간이 아닐까 싶었다.

나는 시동을 끈 채 잠시 눈을 감았다 떴다. 바위를 오른쪽으로 끼고 올라가는 길이 보였지만 선뜻 출발할 수 없었다.

휴대폰을 열어 보니, 성만이 보낸 메신저와 이메일 몇 개가 도착해 있었다. 포렌식으로 새로 복구된 다이어리와 사진, 동영상 등이 있었다.

복구된 사진은 꽤 되었다. 인터넷에 접속했던 기록들 때문에 양이 많은 것 같았다. 얼핏 보니 검색했던 흔적은 주로 병과 치유에 관한 것이었다. 민간요법에 관한 것도 보였고, 옷과 구두 등 여성용품 등의 사진도 보였다. 인터넷 접속 사진은 양이 너무 많아서 컴퓨터 화면으로 다시 확인해야 할 것 같았다.

일단 다이어리부터 읽기 시작했다.

021502:36

성균관 유생들도 내신 성적을 채우느라 요절했다고 한다. 엄마는 좌절과 분노를 뱉지 않고 삼켰기 때문에 요절했을 거라는 생각을 했다. 그런데 나는? 나는 왜 죽어야 하지? 내신 성적 따위는 신경도 쓰지 않았고, 내게는 분노의 찌꺼기조차 없는데!

대모님을 만나러 성당으로 가다가 되돌아왔다. 죽음이 무슨 자랑

거리라고, 요절하는 병을 대물림했다고 널리 알리고 싶지 않았다.

엄마의 고통은 심정지가 왔을 때에서야 끝이 났다. 그제야 엄마의 얼굴이 평화로워졌다. 눈을 뜨고 죽었어도 고통의 흔적은 보이지 않았다. 그래서 그토록 죽음을 원했던 거라는 생각이 들 정도였으니까.

엄마가 떠나는 걸 처음부터 지켜봐서 그런지, 죽음 자체가 두렵지는 않다. 다만 고통의 순간순간들이 두려울 뿐이다. 고소공포나 폐쇄공포처럼 죽을 것만 같은, 바로 그 순간의 고통 말이다.

엄마는 매일 '빨리 가고 싶다'고 했지만, 나는 더 살고 싶다. 정확히 말하면 더 살고 싶어진 것이다. 그 설명할 수 없는 가슴의 소용돌이를 맛본 이후로 세상과 삶이라는 것에 대해 심각하리만큼 애착이 생겼다.

이대로 그 사람을 훔쳐보기만 하다가 사라져야 하는 걸까? 나 같은 존재는 잊힐 권리를 주장할 일조차 없이, 서둘러 잊히게 될 텐데!

이제 '노아의 방주'에서 그 사람과의 대화도 성에 차질 않는다. 문자로 서로의 안부를 묻다가, 곧 그에게 잊힐 테니까. 얼마 뒤에는 그런 대화조차 불가능한 날이 올 테고, 우리의 가상결혼도 별거 상태로 접어들 것이다. 그러다가 내가 죽고 나면, 그러고 나면 우리는 온라인 세상에서 마저도 남남이 될 텐데…….am

040223:54

오늘도 나는 그 사람이 있는 곳에 다녀왔다. 해 질 녘에 그 사람이 앉았던 벤치에 앉아서 시간을 보냈다. 내가 그려 놓은 그의 그림자 옆으로 내 그림자가 길게 늘어졌다. 마치 그와 내가 나란히 앉아 있는 것 같았다. 그것만으로도 가슴이 낮게 뛰었다. 죽어가면서도 철이 없다는 생각이 들어서 설핏 웃음이 나왔다.

나는 엄마의 입에서 흘러나오는 가련한 세상사를 피부로 느끼며 자랐다. 그래서인지 서른 몇 해를 살면서도 세상에 그다지 애착을 가진 적이 없다. 어릴 때에도 그 흔한 인형이나 장난감조차 사달라고 조른 적이 없다고 한다. 그때 이미 내 운명을 짐작한 걸까? 누구에게도 부탁하거나 조를 수 없는 처지가 되리라는 걸?

언젠가는, 이렇게 사느니 평화롭게 죽는 것도 괜찮다는 생각을 한 적이 있었다. 그런데, 지금은 그 죽음이 낯설어졌다. 이제야 삶이라는 것에 대한 욕심이 생긴 것이다. 그 사람 때문에?

나는 조금 더, 오래 살아야겠다. 그래, 이번 생에서는 죽음을 유예시키고 싶다. 그래서 꼭 그 사람을 만나고 싶다. 남들이 말하는 그 불운한 운명이라는 존재에게 이렇게 당하고 물러나지는 않을 것이다. 내가 하고 있는 사랑이, 그 운명이라는 후광을 입고서 비로소 제값을 할 때까지 버틸 것이다.

이제 내 머릿속의 생각이라는 것은, 윤선재라는 필터를 거르지 않고 진행되는 것은 없다. 어떻게 하면 그 사람을 더 느끼고, 누리다가 떠날 수 있을까. 그것만을 하루 종일 생각한다. 이토록 빠른 시간 안에 누군가를 간절히 원하게 되다니!

죽음이라는 반전으로 얻어지는 게 이런 것일까.

난 아무래도 그의 곁으로 가야겠다. 그 사람이 사는 곳으로, 그를 매일 볼 수 있는 그곳으로 이사를 해야겠다. 더 늦기 전에……

오늘 사랑에 대한 정의를 다시 내린다.

나는 디지털 세상에서 일하지만, 사랑은 여전히 아날로그라는 것!pm

다이어리를 읽고서, 동영상 한 개를 화면에 띄웠다. 무엇을 보게 될지 몰라 그냥 멍하니 앉아 있었다. 망설이다가 결국 플레이 버튼을 터치했다.

느닷없이 노래가 흘러나왔다. 가을 벌판이 보이는 영상 위에 노래 가사가 자막으로 흘렀다.

저 바람은 한숨 되고 햇살은 눈 시리죠 / 이 세상 모든 움직임이 그대 떠났다고 하네요 / 그대 안에 내 모습 재가 되어 날려도 / 고운 손등 위에 눈물 묻지 않기를 기도합니다 /

노래는 '임태경'이라는 가수가 부른 '옷깃'이라는 곡이었다. 내 카카오뮤직에 들어 있는 노래이기도 했다.

영상은 하얀 연기가 하늘로 곧게 올라가는 장면으로 이어졌다. 그다음에는 화면이 아래로 이동하면서 남자의 뒷모습이 보였다. 남자는 낙엽을 긁어서 모아놓고 태우는 중이었다. 화면이 다시 뒤로 멀어지면서 남자와 낙엽 타는 연기, 그리고 황량한 들판이 한 화면에 모두 들어왔다. 늦가을의 들판이 어딘지 익숙했다. 영상은 잠시 흔들리다가 계속됐다. 하얀 연기가 살짝 흔들리면서 하늘로, 하늘로 올라가고 있었다. 연기가 멀어지다가 사라지자, 노랫소리는 더욱 커졌다.

사랑이란 건 우리가 했지만 / 인연을 주는 건 하늘의 일인가 봐요 / 내 신앙 같고 내겐 형벌 같았던 / 그대의 옷깃 끝내 나 놓칩니다 / 이 생 다 지나고, 다음 생에 또 만나기를 / 사랑 그것만으로 함께할 수 있다면 / 편히 돌아서길 마음도 남길 것 없죠 / 눈물은 거둬요 / 그댈 위해서 나를 버리길……

가사는 서글프고 낙엽 태우는 사람의 뒷모습은 경건했다. '경건하다'는 이 말은 분명 내가 했던 말이다. 낙엽 태우는 남자의 뒷모습을 보고 나도 모르게 뱉은 말이었다.

이경과 간병인을 태우고 미리내 성지로 자동차 시승을 가던 날 본 장면이 분명했다. 그때 이경은 이 장면을 찍고 있었던 것이다. 불에 태워져 흰 연기를 피워 올리는 낙엽을 보며 자신의 처지를 생각했던 것은 아니었을까.

*　*　*

추모공원에 내리는 비는 왠지 더 차분하고 을씨년스럽다. 비가 내려 더 까맣게 보이는 아스팔트길을 천천히 올라갔다. 양옆으로 꽃과 비석을 앞세운 무덤들이 즐비했다. 조금 더 올라가니 층계 아래 넓은 공터가 나타났다. 층계 위로 보이는 건물은 관리실인 것 같았다. 오른쪽 건물에는 식당과 매점이 나란히 붙어 있었다.

나는 뛰듯이 층계를 오른 다음 관리실로 성큼 들어갔다. 젊은 여자와 나이 지긋한 남자가 나를 보더니 일손을 멈추었다. 두 사람은 동시에 비 내리는 밖을 내다보더니 다시 나를 바라보았다. 층계를 올라오는 잠깐 사이에 내 옷이 많이 젖은 것 같았다.

나는 남자에게 다가가 '이경'이라는 사람의 묘지가 있느냐고 물었다. 한참 만에 대답이 돌아왔다.

"세례명은 아시나요?"

"아뇨…… 아, 베로니카라고 한 거 같습니다."

나는 주머니에서 가족관계증명서를 꺼내어 건넸다. 가족관계증명서를 한참 들여다보던 남자가 다시 물었다.

"그럼 이경, 베로니카 자매님인가요?

"아마, 그럴 겁니다."

"비석까지 다 세운 상태예요."

남자가 일어나 문 앞으로 가더니, 비 오는 밖을 향해 손가락을 치켜들었다.

"저기요, 서쪽을 보고 있는 2층 단에 있어요. 휴게실 옆문에서 보면 올라가는 길이 보일 겁니다."

나는 무덤이 보이는 쪽을 바라보면서 관리실을 나왔다. 휴게실 안으로 들어서자 커피향이 진하게 풍겨왔다. 반대편 출입구 쪽으로 걷던 나는 문득 걸음을 멈췄다. 커피 한 잔 마실 시간을 더 벌었다는 이 안도감은 뭘까.

마린과 보낸 광적인 여름과, 마린을 기다리며 애태우던 최근까지의 나를 정화할 시간을 벌려는 것인가. 내 몸과 마음이 기다리는 건, 아직도 마린인데! 그래서 여섯 번째 아내의 무덤으로 가는 길이 이렇게 힘든 것인가. 나는 곧 머리를 흔들었다.

가상의 부부로 살면서 같은 그림을 보고, 같은 음악을 들으며 친화력을 키웠다 해도 이건 좀 지나친 상황이었다. 동시에 배달된 음식을 먹으며 위로와 사소한 비밀을 주고받았더라도, 죽기 전에 법적인 아내가 되면서까지 나에게 유산을 주고 떠났다는 것도 여전히 이해하기 어려웠다.

나는 커피를 들고 야외 테이블에 앉았다. 젖은 옷에서 전해오는 한기를 몰아내기 위해 뜨거운 커피를 연거푸 마셨다. 테이블에 놓인 파라솔은 비를 다 막아주지 못했다. 어차피 의자도 비에 젖어 있었고, 나도 비를 맞은 상태였으므로 상관은 없었다. 한 손으로는 중독처럼 휴대폰을 만지작거리고 있었다.

오싹한 추위가 덮쳐왔다. 나는 고개를 돌려 주변을 둘러보았다. 야외 테이블이 끝나는 곳에 묘지로 통하는 돌계단이 보였다. 커피를 얼마쯤 남긴 채, 자리에서 일어났다.

돌계단을 다 오르자, 잔디로 된 길이 나타났다. 묘지 위에 누렇게 뜬 잔디가 비를 맞고 있는 모습은 처연할 정도였다.

나는 첫 번째 묘지부터 비석을 살피면서 걸었다. 세례명으로 보아 남자의 묘지 같았다. 누구 프란치스코, 누구 야고보, 누구 엘리사벳, 베로니카…… 이경은 아닌, 또 다른 베로니카였다. 묘지 앞에 액자와 꽃다발, 그리고 장난감이 쌓여 있는 것으로 보아 어린아이 묘지인 것 같았다.

길고 생소한 세례명을 달고 있는 비석들 앞에 온갖 물건들이 놓여 있었다. 생전의 고인이 살아 있는 사람들과의 사이에서 남긴 추억들일 것이다. 조금 더 걸어가자, 이경의 비석이 보였다. 이경, 베로니카.

여섯 번째 아내의 묘지 위에 빗방울이 세차게 내리꽂히고 있었다. 잔디는 제법 다듬어진 상태였다. 수많은 프란치스코와 수많은 베로니카들이 잠들어 있는 산자락 한편에 여섯 번째 아내가 누워 있었다. 그리고 나를 초대한 무덤은 침묵하고 있었다.

비석 위로 쏟아지는 빗물을 손으로 쓸어내릴 때, 여섯 번째 아내가 주었던 위로와 평화의 순간들이 번개처럼 내 가슴을 관통하고 지나갔다. 명치에 둔탁한 통증이 느껴지고, 뒤를 이어 연민을 품은 감정들이 스멀스멀 기어 올라왔다.

나에게 이런 감정의 채무를 남기고 간 아내는 도대체 어떤 사람인가.

빗물 때문인지 처음에는 미처 못 보았던 비문이 보였다. 나는 무릎을 꿇은 자세로 비석 앞에 앉았다.

삶의 지도는,
죽음이라는 반전으로 명확해지더군요.
—이경, 베로니카—

비문은 내게 생소한 감정을 불러일으켰다. 여섯 번째 아내와의 대화중에는 한 번도 느껴보지 못한 정서였다. 비극적이라기보다는 이성적이고 강인한 힘이 느껴지는 문장이었다.

나는 다시 비석을 바라보았다. 묘지 앞에는 흰 백합 한 다발과 사진을 넣을 수 있는 유리 장식장이 놓여 있었다. 장식장 안에 들어 있는 사진 두 장이 내 시선을 잡아끌었다.

사진 한 장은 여자 셋이 찍은 것으로, 두 사람은 수녀복을 입고 있었다. 아마도 가운데 서 있는 젊은 여자가 여섯 번째 아내일 것이다. 혼자 찍은 스냅사진 한 장은 카메라를 바라보며 활짝 웃을 때 셔터를 누른 듯 자연스러웠다. 그 순간, 내 가슴은 비를 예측한 제비가 낮은 비행을 하듯이 아래로 하강하고 있었다.

나는 유리 장식장에 얼굴을 들이대고 안을 자세히 들여다보았다. 내가 미친 게 아닐까? 액자 속의 얼굴에서 어쩌다 보았던 마린의 웃음이 보였던 것이다.

사진은 얼굴선이 동그래서 마린보다는 훨씬 젊어 보였지만, 웃음만큼은 그녀의 것이었다. 콧등을 찡그리며 소리 없이 활짝 웃던 순간의 바로 그 표정이 거기에 있었다. 웃음에 특허를 낼 수 있다면, 아무도 그렇게 웃지 못하도록 마린의 미소에 대한 독점적이고 배타적인 소유권을 갖고 싶다고 말하던 나를, 말간 눈으로 바라보던 그 무구한 눈빛이었다. 감탄사가 나올 만큼 싱그러운 저 미소만으로도 어수선한 내 가슴 바닥을 비질하듯 쓸어주었는데……

내가 미친 게 아니라면, 액자 속의 그녀는 마린이었다!

여섯 번째 아내의 무덤에 나의 마린이 누워 있다? 흩어졌던 퍼즐들이 순식간에 저절로 맞춰지기 시작했다. 그 속도가 너무 빨라서 다 이해하기도 전에 그림이 먼저 나타났다. 완성된 퍼즐은 그녀들의 무덤이었다.

여섯 번째 아내가, 죽기 전에 마린이 되어 내게 찾아와서 그 무모함을 실행한 것이라면 말이다. 그녀가 자신의 죽음을 기획하고 조율한 것이라면…… 그렇다면 충분히 가능한 일이었다.

마린이 여섯 번째 아내이자 서류상의 내 아내인 '이경'이라면, 그렇다면 나는 그녀들의 재산과 무모함, 그 두 가지 유산의 상속자라는 말이 된다.

나는 액자가 든 장식장을 집어 들고 관리실로 뛰었다. 빗길을 내달리면서 두 번을 뒹굴었다. 그때마다 내 입에서는 웃음 같은 신음이 흘러나왔다.

"

헤밍웨이 애인이었던 갤혼은 이렇게 말했다.
"그를 사랑하지만 그 사람 인생의 각주가 되기는 싫다"고.
그런데 나는 그의 무엇이라도 되고 싶다.
그 사람 인생의 각주는 물론이고 쉼표나 느낌표,
때로 부질없는 물음표로라도 그에게 속하고 싶다.

"

40일의 셰에라자드

090501:47

버림받은 사람의 심장은 특별하게 뛴다. 그 사람의 눈과 귀는 기능이 뛰어난 청진기가 되는 것이다. 그래서 상처 입은 다른 가슴을 아주 쉽게 알아본다. 오늘 내가 그 사람을 알아보았듯……

오늘 피로연 자리에서 윤선재를 보았다. 아니, 내가 그를 발견했다. 그와 나 사이에 일어난 단 한 번의 우연이 오늘 일어난 것이다.

나는 이전에 그를 두 번 본 적이 있다. 한 번은 내가 받은 상속금을 그의 아버지에게 전해줄 방법을 찾기 위해 진도식당으로 갔을 때였다. 오래전 일이다.

그 사람은 오늘 바로 내 맞은편에서 오른쪽 자리에 앉아 있었다. 나는 눈길을 술잔에 던지고 주변의 왁자지껄한 소리들을 듣고 있었다. 그의 친구인 듯한 남자가 가상결혼에 대해 말하기 시작했다. 그러고는 "여러분, 우리 선재가 결혼을 다섯 번이나 했습니다"라고 말했다. 주변에서 웃음이 터져 나왔다. 나는 그제야 고개를 돌려 윤선재를 보았다.

맥주잔을 막 입으로 가져가던 그 사람은 나와 눈이 마주쳤다. 잠시 후 다시 그 사람과 눈이 마주쳤을 때, 그 순간 나는 몇 가지를 동시에 깨달았다. 아, 그 사람이다! 내 인생이 지금까지와는 다른 방식으로 전개되리라는 예감이 지나갔다. 그건 진저리와도 같은 어떤 전율이었다.

사실 그를 처음 본 건 법정에서였다. 아버지가 증인출석을 거부하고 밴쿠버로 가버렸을 때 증인출석 요구서를 보고 재판 기일을 알았다. 그날 나는 개정시간 전에 법정에 들어가 방청석에 앉아 있었다. 그렇게라도 해야 할 것 같았다.

엄마가 죽은 후에야 내 아버지가 고문관이었다는 걸 알았다. 고문 후유증으로 죽었다던 외삼촌의 사연은 그전에 들었지만, 엄마가 외삼촌을 고문했던 아버지와 결혼했으리라는 건 상상도 못했던 일이었다. 그러니 나는 그 자리에 참석해야 했다. 피해자의 조카로든 가해자인 고문관의 딸로서든……

그날 나는 아버지 동료들이 증언하는 장면을 보았다. 고문관들의 증언은 성의 없는 피의자들의 면면을 보는 듯했다. 등장인물만 바뀌었을 뿐, 똑같은 시나리오였다. 지루하고 동어반복 같은 의미 없는 대사들이 넘쳐났다.

그들은 한결같이 대답했다.

"모릅니다, 기억이 안 납니다, 지금 내 나이가 몇인 줄 아시오? 난 고문을 하면서도 그들에게 잘 대해줬어요……"

뻔뻔한 사람은 더욱 당당하게 말했다.

"우리는 그렇게 애국한 겁니다."

심지어 이렇게 외치는 사람도 있었다.

"세상이 변했다고, 우리에게 그렇게 말하지 마세요!"

그랬다. 나는 그들에게서 내 아버지를 보았다. 참석조차 안 한 아버지는 저들보다 더 뻔한 답변을 했을 것이다. 나는 당장이라도 법정을 뛰쳐나가고 싶었다. 고개를 돌려 나갈 길을 찾고 있을 때, 그 사람이 증인으로 불려 나왔다. 진한 청바지에 남색 재킷을 걸치고 나온 그는 지루한 증언의 마무리로 이렇게 말했다.

"저는 내 아버지의 무죄를 증명하고, 유년기부터 제게 붙어 있던 간첩의 자식이라는 주홍글씨를 확실하게 떼버리겠습니다. 정부로부터 단돈 1원이라도 받아내겠습니다. 가장 싸구려 보상이 돈입니다. 지난 세월을 고스란히 돌려받을 수 없으니까요……"

말을 마친 그의 이마가 땀으로 반질거렸다. 부담스러운 듯 구부정하게 상체를 수그리고 변호사를 바라보는 그의 표정이 새끼강아지처럼 순박했다.

그의 얼굴에서는 간첩의 자식으로 살면서 중추신경계 안에 간직했을 증오는 찾아볼 수 없었다. 오히려 눈이 부실 만큼 순정한 모습이었다. 비음이 섞인 음성에는 기분 좋은 울림이 있어 설레기까지 했다. 반가움인지 죄의식인지, 어쨌든 이전에는 한 번도 느껴본 적이 없는 감정이 내 속에서 조용히 꿈틀거렸다. 잠시 행복한 꿈을 꾸는 듯했다.

이상한 일이다. 아픈 얘기를 하는 사람을 보면서 극도의 아름다움을 느끼다니!

집으로 돌아온 나는 '결연시' 회원명단에서 그 사람을 확인했다. 그의 친구 말을 들었을 때 이미 가상결혼 사이트 회원이라는 것을 눈치챘다. 나는 한참을 망설이다가 컴퓨터를 끄고 누웠다.

견물생심이라고 했던가. 결국 나는 다시 일어나 '결연시' 홈페이지를 열었다. 그의 세계로 들어가기로 결심한 것이다.

나는 '가을신부' 라는 아이디로 회원 가입을 하고, 질문지를 그의 답변에 맞추어 작성을 했다. 그러자 그와 내가 85프로의 유사성을 가지게 되었다. 이건 운영원칙에 어긋나는 일이다. 나는 '결연시' 질문지를 작성하고, 홈페이지 운영에 참여하는 프로그래머니까.

그는 이제 내게 비밀이며 꿈이 될지도 모른다. 어쩌면 살아갈 신념이 되거나!am

061017:26

헤밍웨이 애인이었던 갤혼은 이렇게 말했다. "그를 사랑하지만 그 사람 인생의 각주가 되기는 싫다"고. 그런데 나는 그의 무엇이라도 되고 싶다. 그 사람 인생의 각주는 물론이고 쉼표나 느낌표, 때로 부질없는 물음표로라도 그에게 속하고 싶다.

변기의 물도 증발해버리는, 타들어가는 더위 속에 앉아서 그에게로 가는 행운을 집요하게 생각했다. 내 존재가 이대로 증발해버리도록 방치할 수는 없으니까.

오후가 되어서야 자리에서 일어나며 결심했다. 그에게 가기로……그에게로 가서 단 한 번이라도 윤선재라는 행운을 만져보기로.

그 사람이 형님에 대해 한 말이 떠올랐다. "어린아이가 된 형은, 연식이 오래된 자동차처럼 보였어요. 그 커다랗고 늙은 몸 안에 마치 새 엔진을 장착한 듯" 보였다는 그 말…… 그러자 그에게로 갈 수 있는 지름길이 떠올랐다.

그의 형님이 마지막으로 누웠던 데드라인. 그가 계속해서 진하게 그린다는 그 죽음의 자리에서, 나는 그 사람으로 인해 다시 부활하는 꿈을 꾼다. 감히……pm

061202:45

아마도 내 일기의 청자는 오늘부터 당신이 될 거 같아요. 마린도 아니고, 여섯 번째 아내도 아닌, 아니면 그 둘 모두인 내가 당신을 찾아간 날이니까요.

방금 전 나는 당신을 보고 돌아왔습니다. 당신이 나를 발견할 수 있는 곳으로 내가 간 거예요. 당신이 가끔씩 누워서 하늘을 본다는 도로 위, 형님이 죽었다던 바로 그 데드라인으로 갔어요.

내가 리폼한 원피스를 처음으로 꺼내 입었지요. 목 부분과 소매 부분이 스팽글로 이어져 있고 치맛단에도 앞뒤로 세 줄의 스팽글이 박혀 있어요. 도로 위에서도 불빛을 반사하는 눈에 띨 수 있는 원피스를 찾을 수가 없어서 원피스와 스팽글을 따로 주문해서 수를 놓았지요.

나는 그 데드라인에 누워서 당신을 기다렸어요. 운이 좋았나 봅니다. 다른 방해를 받지 않고 당신이 나를 발견했어요. 어느 날 내가 우연히 당신을 발견했듯이.

당신이 나를 보았어요. 천천히 다가온 당신은 한쪽 무릎을 꿇은 채 홀린 듯이 나를 바라보았어요. 당신과 눈이 마주친 그 순간 오히려 당신이 허둥거렸지요. 그리고 주변과 나를 보고, 또 지나가는 자동차와 나를 번갈아 바라보았어요.

자동차 불빛에 당신 모습이 훤히 보였지요. 그 순간의 당신은 만화로 그린 듯 또렷한 명암을 가진 모습이었거든요. 숨이 막혔어요.

흰 셔츠를 입은 당신은 깊은 눈에 다소 오만해 보이는 턱을 가졌더군요. 아마도 세상에 대한 저항이거나 열등감에 의해서 그렇게 멋진 턱으로 발달했으리라고 생각해요.

나는 부스스 일어나서 버릇처럼 옷을 털어내고 걷기 시작했어요. 사실 어느 쪽으로 가야 하는지 몰랐어요. 방향감각도 전혀 없었지요. 나는 잠시 서 있다가 무작정 다시 걸었어요. 그러다가 나도 모르게 뒤를 돌아보았어요.

당신은 아직도 한쪽 무릎을 굶은 채 홀린 듯 그 자리에 남아 있었어요.

나의 당신이, 나를 바라보고 있었어요!pm

추모공원에서 출발해 인천으로 돌아오던 순간이, 그 시간들이 전혀 생각나지 않는다. 그때 지나쳐왔을 어떤 풍경도 떠오르지 않는다. 눈물이 났던가? 그것도 기억에 없다. 운전 중에 걸려오는 성만의 전화도 받지 않은 채 내가 도착한 곳은 회사 근처 휴대폰 매장이었다.

이경의 전화번호는 아직 살아 있었다. 나는 그녀의 번호로 최신 노트폰을 개통했다. 그리고 결연시에 로그인했다. 그녀의 휴대폰으로는 그녀의 아이디로 로그인을 하고 '노아의 방주'에 입장했다.

마린7: ……
여섯 번째 아내: ……

노아의 방주에서 오랜만에 만난 두 아이디는 한마디 말도 없이 퇴장했다. 그렇게 해서 우리의 별거 상태는 해제되었고, 다시 혼인 상태로 되었다. 그러니까 우리는 가상의 세계에서도 부부고, 실제 호적에서도 부부인 것이다.

나는 로그아웃을 하려다가 멈칫했다. 내게 넘어온 질문지를 아직 모두 작성하지 않았다는 게 생각났다. 마이페이지를 열고 '백 가지 질문'을 선택했다.

나는 급한 마음에 제일 마지막 질문부터 살폈다.

100. 부디, 안녕히…….

99. 당신은 타인의 삶에 기여하는, 매우 특별한 사람이라는 사실을 아직도 의심하시나요?

98. 윤회를 믿으신다면, 다음 생에서는 어떤 사람으로 거듭나고 싶으신가요?

97. 사랑하던 사람이 죽었다면, 애도기간은 어느 정도가 좋을까요?

96. 어느 날 돈을 상속을 받는다면, 당신은 꿈을 이룰 수 있을까요?

95. 수호천사를 믿나요?

94. 겨울이 오기 전에 당신이 죽는다면, 당장 무엇을 해야 할까요?

- •
- •
- •

                    ＊   ＊   ＊

가슴에 살얼음이 낀 듯 싸했다.

나는 휴대폰의 사진 앱을 열고, 벤치 뒤에 그려진 내 그림자 사진을 화면에 띄웠다. 저 그림자 안에 자신의 마음도 가두었던 여섯 번째 아내의 문장이 떠올랐다. 나는 베이지색 실선을 더 확대시켜놓고 한참을 바라보았다. 그러자 내 방의 초록색 벽에 그려진 하얀 데드라인이 떠올랐다. 그곳은 슬픈 사건 현장을 재현한 곳이지만 이제는 마린을 떠올리는 상징적인 공간이 되어버렸다.

마린이 나를 가두고, 내가 마린을 가두었던 곳. 서로에 의해 기꺼이 감금당하면서 누렸던 지독한 성적 유희가 떠오르자, 내 입에서 신음 같은 한숨이 흘러나왔다.

나도 모르게 중얼거렸다.

"이제 어디 가서 찾지? 죽은 마린을……"

집으로 돌아와 복구된 인터넷 서핑 사진이나 검색 자료를 노트북 화면에 띄웠다. 나중에라도 휴대폰에 저장할 것이 있는지를 다시 살펴야 될 것이다.

우선 최근까지 복구된 데이터를 새로운 그녀의 휴대폰으로 전송했다. 다이어리와 사진 갤러리, 동영상 등의 앱이 본래 그녀의 것으로 채워져 갔다. 앞으로 복구되는 데이터들도 이렇게 저장해놓으면, 나는 그녀의 휴대폰을 고스란히 물려받은 셈이 될 것이다. 그리고, 그리고, 내가 뭘 해야 하지?

나는 휴대폰과 노트북을 번갈아 바라보았다. 문득 마린이 남긴 것이 떠올랐다. 디지털이 아닌 아날로그로 남긴 그 강력한 메시지들.

당신이 증오했던 세상에게 나는 감사를 보냅니다. 그 아픈 시대가 당신을 나에게 보내주었으니까요. 그렇지 않았다면 당신이라는 사람이 잠시나마 내 차지가 될 수 있었을까요?!!

오늘은 길고양이를 데려왔어요. 이번 주에 네 번이나 마주친 걸 보면 주인이 없는 게 확실해요. 만약 있다면 다시 집으로 돌아갈 거예요. 그 애가 돌아가지 않으면, 당신이 그 애 대부가 돼주세요. 나중에……

그녀가 내게 마지막으로 다녀간 날 식탁 다리에서 발견한 것도 보였다. 어쩌면 오래전에 그곳에 붙어 있었는지도 모르지만.

당신이 나를 알아주면 좋겠어요. 어떤 장면이라도 좋으니, 좀 더 오래, 나를 기억해주세요. 부디……

* * *

내 촉각의 유일한 발신처인 마린, 여섯 번째 아내, 이경…….

나는 그녀들이 남긴 40장의 포스트잇을 앞에 두고 백치처럼 앉아 있었다. 그것들은 마린이 나와 함께 보낸 밤의 숫자들이고, 그녀가 내게 남긴 40일간의 이야기였다.

마린이 내 집에 온 첫날 남긴 메모는 프린터에 들어 있던 A4 용지였다.

거리가 조용해지는 시간…… 내일 자정 무렵에 다시 와도 될까요? 그래도 좋다면 현관을 열어두세요.

날짜는 쓰여 있지 않았지만 분명하게 기억한다. 하루 종일 들여다보고, 또 보다가 결국은 현관문을 열어두었으니까. 그 다음부터 그녀는 포스트잇 형태로 된 자신의 메모지를 사용했다.

40장의 포스트잇은 각기 크기와 그림이 달랐다. 피카소와 클림트, 고흐와 샤갈, 프리다 칼로까지 그들의 그림이 인쇄된 포스트잇이 절반을 넘었다. 아마도 여러 전시회에 다녀온 듯했다. 그 포스트잇 한 장 한 장마다 우리가 보낸 하루치의 드라마가 있었다.

나는 마린이 남긴 포스트잇을 모두 냉장고에 붙였다. 그러고 보니 냉장고가 어떤 비밀의 문으로 들어가는 입구처럼 보였다. 그녀에게로 가는, 그녀에게로 갔던 길……

마린은 가끔 메모지에 성적 주문을 써서 붙여놓기도 했다.

당신 앞에 투우사로 나타날 거예요. 당신은 황소가 되어 내 붉은 천으로 돌진해야 해요.

거실에 텐트를 치세요. 우리는 한 개의 침낭 안으로, 그 불편한 사랑 속으로 들어가게 될 거예요.'

내가 다시 오는 날에는, 사랑을 나누는 동안 내 귀에 시를 읽어주세요.

휘청, 내 허리가 꺾였다. 그렇게 엎어진 채 일어나지 않았다. 40일의 마린, 내 여섯 번째 아내……

그녀가 어떻게 매번 그토록 뜨거울 수 있었는지, 세상에 주눅 든 채 살아온 나를 꽤나 괜찮은 수컷이라 착각하게 만들 수 있었는지, 그런 열렬한 몸짓을 어떻게 끝까지 할 수 있었는지에 대한 모든 의문이 간단히 풀렸다.

그건 소멸에 대한 저항이었는지도 모른다! 자기 존재가 사라질 위협 앞에서 동물이 할 수 있는 온갖 대범한 몸짓 말이다. 죽음을 앞둔 사람의 무모함과 초조함이 그토록 강력한

최음제 역할을 한 것인지도……

시간이 얼마나 흘렀을까. 전화벨 소리에 놀라 눈을 떴다. 일어나려 했으나 온몸의 근육이 말을 듣지 않았다. 마치 근육과 뼈가 작당이라도 한 듯 무릎이 꿈쩍도 하지 않았다. 나는 엎어진 채로 주머니를 뒤져서 전화기 두 개를 꺼냈다.

"너 어디 있냐? 네 마누라 찾았어?"

성만이었다.

"집……"

녀석이 다시 물었다.

"미친놈. 찾았냐구? 혼인신고 한 여자."

그때 굳었던 근육이 갑자기 나를 일으켜 세웠다.

아, 혼인신고 CD. 나는 전화기를 던지고 일어나서 재빨리 움직였다. 팽개쳐진 전화기에서 성만이 혼자 큰 소리로 떠들어대고 있었다. 나는 가방을 뒤져서 CD를 꺼냈다.

그런데 왜 이렇게 떨리는 거지? 모든 사실을 다 알아버렸고, 그토록 미치게 기다리던 마린을 볼 수 있는데 왜……

구청 입구에 들어선 마린은 짧은 단발머리에 하얀 원피스를 입고 있었다. 단정한 스텐칼라가 달리고 앞섶에 주름이 잡힌 발목쯤 오는 긴 원피스였다. 마린은 입구에서 잠시 두리번거리다가 호적계 쪽을 향해 걸음을 옮겼다. 그 순간 나는 일시 정지 버튼을 누르고 일어났다.

갑자기 가슴 바닥에 지진이 일어난 것처럼 울렁거리고 어지럽기까지 했다. 구석 쪽에 있는 호적계 위로 카메라가 설치된 모양인지, 마린이 나를 향해 다가오는 듯이 보였던 것이다.

나는 물을 마시고서 숨을 거칠게 내쉬었다. 그리고 다시 영상을 재생시켰다.

노트북 화면에 떠 있는 마린이 다시 움직였다. 그녀는 아주 천천히 걸어서 호적계 앞까지 왔다. 화장을 열심히 한 듯 입술이 반짝거렸다. 그러나 마지막으로 보았던 날보다는 더 야위어 보였다. 그녀는 이미 준비해온 듯 서류와 신분증, 그리고 도장 두 개를 차례로 내밀었다.

서류를 살피던 직원이 뭐라 말을 하면서 돌려주자, 그녀는 바로 뒤에 있는 안내 데스크로 갔다. 그리고 볼펜을 꺼내 무언가를 다시 기입했다. 그녀는 직원에게 다시 서류를 제출하고서 자리에 앉아 기다렸다. 여러 사람들이 그녀 앞을 지나다녔다. 그녀는 자리에 앉은 채 꼼짝도 하지 않다가 한참 후 일어나 직원 앞으로 갔다. 그리고 서류 한 장을 받아들었다. 혼인신고가 끝났다는 접수증일 것이다.

마린은 그 자리에 서서 받은 서류를 바라보다가 사람들에 치여 뒤로 물러났다. 또다시 그 자리에 선 채로 한동안 서류를 바라보더니, 들고 있던 베이지색 클러치 안에 천천히 집어넣었다. 그러고는 클러치를 가슴에 안고 잠시 서 있다가, 출구 쪽으로 천천히 걸었다. 영상은 거기에서 끝났다.

혼인신고를 할 때만 해도, 마린은 저렇게 멀쩡히 걸었던 것이다. 그랬던 사람이 차를 시승하러 왔을 때는 휠체어에 앉아서 들어왔다는 게 믿어지지가 않았다. 가슴을 덮친 먹먹한 통증이 가라앉지를 않았다.

나는 물을 마시고 와서 CD를 다시 재생시켰다. 이번에는 중간에 멈추지 않고 처음부터 끝까지 지켜보았다. 우리는 이십여 분 만에 부부가 되었다.

나는 영상을 노트북에 복사하고, USB에도 담았다.

내가 계속해서 마린을 보고 있는 사이에 성만이 들이닥쳤다. 녀석은 그럴 줄 알았다는 듯 눈을 흘기더니 노트북 화면을 제 쪽으로 휙 돌려놓았다. 그러고는 무슨 흠이라도 잡을 태세로 팔짱을 낀 채 눈을 가늘게 떴다. 그렇게 영상을 몇 번 더 재생시키더니 흐뭇한 미소를 지었다.

성만은 화면을 내 쪽으로 돌려주면서 물었다.

"저거, 네 볼펜 아니냐?"

정지된 화면에는 마린이 볼펜으로 서류에 뭔가를 적고 있었다. 자세히 들여다보니, 마린이 쓰고 있는 볼펜은 내 것이었다. 전체가 하얗고 묵직하게 써지는 모나미 한정판으로 잃어버린 지 꽤 된 것이었다. 차량 계약할 때만 사무실에서 사용하던 것인데, 그것이 마린의 손에 들려 있었다.

성만이 시시티브이 영상을 종료하자, 화면에 내가 보았던 '결연시' 질문지가 나타났다.

나는 바닥으로 내려가 쪼그려 앉았다. 온몸의 기가 모두 빠져나갔는지 제대로 앉아 있는 것도 힘들었다.

나도 모르게 또 중얼거렸다.

"이제 어디 가서 찾지……"

"네이버한테 물어봐. 꿈 해몽까지 다 해주잖어. 혹시 아냐? 그 아내가 천국 갔으면 거기 주소도 알려줄는지?"

"네 놈은, 이 기분 죽어도 모를 거다. 아는 여자가 죽었는데, 그 여자가 미치도록 기다리던 바로 그 사람이면."

"뭐라는 거야?"

화면을 들여다보더니 성만이 소리쳤다.

"여기 질문이 왜 내 거랑 다르냐?"

"……그거 만든 게, 그 여자라니까."

"……뭐? 진짜? 이 여자가, 그 여자라구?"

나는 네 발로 기다시피해서 침실로 들어갔다. 마린이 내 집에 남긴 흔적을 찾아 자동인형처럼 움직인 것이다. 그리고 초록의 벽에 그려진 흰색 데드라인을 바라보았다. 저 안에 서 있던 나는 숨 막히게 행복했는데! 그런 순간들이 지금은

내 숨통을 조이고 있었다. 다시 바라보니, 그 안에 들어 있는
마린이 보였다.

"이건 반칙이야!"

나는 발작적으로 다시 외쳤다.

"줬다가 다시 뺏는 거……"

"

이 세상 모든 움직임이

그댄 떠났다고 하네요

그대 안에 내 모습

재가 되어 날려도

고운 손등 위에

눈물 묻지 않기를

기도합니다

"

결혼은 연애의 시작

성만이 휴대폰 화면을 내 눈앞에 들이밀었다. '결연시' 홈페이지 주소가 떠 있었다.

IWC인천웨딩컴퍼니

인천 남동구 예술로 206. 중앙프라자 A동 3층

결혼은 연애의 시작 대표: 최종일

대표번호: 032-715-5004

http://incheon.wedding

나는 무작정 전화를 걸었다.

"'결연시' 아니, 이경이라는 사람을 찾고 있습니다. 그곳 홈페이지……"

"잠시만요…… 아, 그분은 퇴사하셨답니다."

나는 일단 전화를 끊고 나서 성만을 노려보았다. 성만이 얼버무리듯 중얼거렸다.

"아니…… 죽은 사람이 퇴사를 했을 리는 없고, 죽기 전에 했겠지. 너 거기 찾아가려는 거 아녔어?"

나는 다시 전화를 걸었다. 이번에는 정확한 주소를 확인하고는, 방문 의사를 밝혔다.

엘리베이터가 3층에 멈추고 문이 열렸다. 그러자 바로 사무실 정경이 펼쳐졌다. 양옆으로 드레스와 턱시도를 입은 마네킹 한 쌍과 한복을 입은 마네킹 한 쌍이 서 있었다.

정면에는 신혼여행사 로고가 새겨진 동판 아래 직원들이 나란히 앉아 상담을 하고 있었다. 민트색 테이블을 오가며 젊은 남녀를 상대하고 있는 여성들은 웨딩플래너로 보였다. 아무래도 잘못 찾아온 듯싶었다.

낭패감으로 돌아서려 할 때 '펠로 다이아몬드'라고 쓰인 조명 아래 정장을 입은 직원들이 나를 향해 깍듯한 인사를 했다.

나는 돌아가려고 다시 엘리베이터 버튼을 눌렀다. 그때 여직원이 다가왔다.

"혹시, 아까 전화 주신 분이신가요?"

직원은 나를 민트색 테이블 중에서 가장 안쪽에 있는 테이블로 안내했다. 나는 불안한 음성으로 물었다.

"가상결혼 사이트 '결연시'가 맞나요?"

"예, 잠시만 기다려 주시겠어요? 대표님께 말씀드렸더니 직접 뵙겠다고 하시네요."

직원은 내 앞에 오렌지 주스 한 잔을 가져다 놓았다.

내가 상상한 장면은 컴퓨터만 있는 사무실이었다. 그런데 이곳은 실제 웨딩컨설팅 업체인 것 같았다. 우두커니 앉아 있는 내 눈에 들어오는 건 넘쳐나는 남녀 커플이었다. 그들은 들뜬 표정으로 신혼 여행지를 상담하고, 서로의 손을 깍지 끼면서 예물을 골랐다. 여섯 번째 아내는 이런 공간에서 일했다는 것인가.

그런 모습을 보는 것만으로도 불편해지기 시작했을 때, 정장 차림의 남자가 나를 향해 뚜벅뚜벅 걸어오고 있었다. 나는 엉거주춤 일어섰다.

남자는 내게 명함을 주면서 사과했다.

"아, 죄송합니다. 오늘이 행사하는 날이라서 다른 날보다 좀 바쁘네요, 하하."

대표라는 남자는 반듯한 이목구비에 숱이 많은 눈썹을 갖고 있었다.

"아, 퇴사한 이경 씨를 찾으신다고요? 그렇잖아도 이경 씨

지인을 뵙고 싶었습니다."

"예, 언제쯤 퇴사를 했나요?

"여름 전이죠, 아마? 퇴사 의사를 메일로 보내왔어요. 뭐,
늘 메일로 일을 주고받긴 하지만. 그래서 지금은 '결연시' 홈
피 담당을 우리 유 부장님이 하고 있습니다."

대표는 사무실에서 바삐 움직이고 있는 직원들 중 누군가
를 가리키며 웃었다.

"저는, 이곳이 가상결혼 회사인 줄 알고 찾아왔습니다. 제
가 '결연시' 회원이기도 하거든요."

"예, 맞습니다. '결연시'는 작은 결혼식이라는 테마로 우리
회사에서 운영하는 파트예요. 요즘 젊은이들 니즈에 맞춰서
그 홈피를 가상결혼 사이트로 바꿔서 운영하게 된 겁니다.
근데 그게 대박이 나서 회원 수가 상당해요, 하하"

"예…… 이경 씨는 이곳으로 출근을 했나요?

"근무는 했지만 재택근무를 했지요. 면접 때 딱 한 번 본
적이 있어요. 어차피 이력서로 결정이 난 상태였지만요."

"어떤, 기억에 남는 건 없으신가요? 특별히……"

"글쎄요, 자기소개서 경력을 보고 이미 채용할 생각이었습
니다. 눈빛이 아주 좋았어요. 총명해 보이고…… 기억에 남
는 건요, 한마디도 하지 않고 인사를 깍듯하게 하고 갔어요.
하하, 아마 그게 맘에 들었을 겁니다. 어차피 프로그래머니

까요. 나는 말 많고, 일 못하는 사람 질색이거든요. 아, 고개를 돌릴 때 일직선으로 뻗은 목선이 아주 시원했습니다, 하하."

나는 대표의 강요에 못 이겨 내 명함을 건넸다. 그는 유쾌하게 웃으며 자동차 카탈로그를 보내달라며 말했다.

"아, 잘 됐습니다. 저한테 차를 파시고, 저한테 결혼하시면 되겠네요, 하하."

사무실을 나올 때, 대표가 엘리베이터 버튼을 눌러주면서 말했다.

"사실은 지금 홈페이지 개편 작업 중인데, 이경 씨한테 도와달라는 부탁을 하려 해도 통 연락이 닿질 않아요. 혹시라도, 이경 씨랑 연락이 닿으면 나한테 연락 좀 달라고 전해주시면 감사하겠습니다. 부탁드릴게요."

나는 끝내 이경이 죽었다는 말은 하지 않았다.

밖으로 나와서 3층을 올려다보았다. 그녀가 이곳에 다녀갔다는 것만으로 선뜻 걸음이 떨어지지 않았다. 무심코 주머니에 손을 넣었다가 놀라서 손을 꺼냈다. 양손에 휴대폰이 한 개씩 들려 있었다. 앞으로는 이 상황에 점점 익숙해져야 할 것이다.

나는 처음으로 여섯 번째 아내의 휴대폰에 전화를 걸어보았다. 신호음을 기대했던 내 귀에 불쑥 익숙한 노래가 들려왔다.

사랑이란 건 / 우리가 했지만 / 인연을 주는 건 / 하늘의 일인가 봐요 / 내 신앙 같고 / 내겐 형벌 같았던 / 그대의 옷깃 / 이제 나 놓칩니다 /

네온이 켜지는 거리에서 아내가 내게 노래를 들려주었다. 그녀가 마지막에 들었던 그 노래를 듣기 위해 다시 전화를 걸었다. 그러는 사이 거리는 순식간에 어두워지고 불빛으로 빛나기 시작했다. 나는 그 빛으로 물든 늦가을의 거리에 서서 전화를 걸고 또 걸었다.

이 세상 모든 움직임이 / 그댄 떠났다고 하네요 / 그대 안에 내 모습 / 재가 되어 날려도 / 고운 손등 위에 / 눈물 묻지 않기를 / 기도합니다 /

하늘로 보낸 편지

나는 주검이 되어 나타난 그녀들에게서, 도저히 헤어 나올 수가 없었다.

마린이 변덕스러운 봄이었다면, 여섯 번째 아내는 봄을 뺀 나머지 계절의 속성을 모두 품고 있는 영적인 세계였다. 마린은 관능과 무모한 격정을 품고 있는, 어떤 감정 덩어리를 만질 수 있게 설계된 욕망의 실체 같았다. 반면에 여섯 번째 아내는 지적이고 강인하면서도 말랑말랑한, 무조건적인 용서와도 같은 깊이를 가지고 있었다.

나는 마린의 엉덩이를 좋아했다. 손바닥에 전해지던 근육의 질감은 말할 수 없이 만족스러웠다. 자그마한 근육 덩어리가 단단해지고 풀어지기를 반복할 때쯤 저절로 감동하던 내 몸은 차라리 고통에 가까울 정도였다. 또 나는 여섯 번째 아내의 위트와 배려 넘치는 대사를 좋아했으며, 그녀의 결단력과 창의적인 의견들을 존중했다. 그러나 이제는 그 엉덩이의 감동을 다시 누릴 수 없고, 창의적인 위트가 주는 놀라운 공감의 순간들도 맛볼 수 없을 것이다. 그건 오로지 그녀들만의 것이니까.

오늘은 묘지 관리인이 휴게실까지 따라와서 말을 걸었다.

"저기, 여기 추모공원 카페에 들어가서 편지를 써보시지 그래요?"

"고인에게요?"

"예, 아내 분한테……"

내가 이경의 액자를 들고 관리실로 뛰어든 날부터 관리인은 나를 관찰했다. 처음 며칠간은 형식적인 눈인사를 보내왔다. 며칠 후부터는 차츰 미소를 보이더니 오늘은 말을 걸어온 것이다.

"고인에게 편지를 쓰는…… 그런 공간도 있었군요?"

"그럼요, 많이들 그렇게 하세요. 일주일에 한 번씩 생화를 갈아주시는 분은 봤지만…… 여기가 매일 올 수 있는 거리는 아니잖습니까. 이젠 날도 추운데……"

"예, 생각 좀 해보겠습니다."

관리인은 추모공원 카페에 회원가입 방법을 알려주고는

꼭 편지를 써보라고 당부했다. 마치 그것이 관리인으로서 그가 유가족에게 할 수 있는 최선의 위로라고 여기는 듯했다. 나는 그에게 정중히 고개를 숙여 보이고 묘지 길로 들어섰다.

젊은 여자가 어느 무덤 앞에서 보자기를 펼치고 있었다. 이경의 묘지로 들어가는 길목이었다. 여자는 펼친 보자기 위로 신발을 벗고 올라가더니, 묘지를 향해 절을 했다. 그러고는 가부좌를 틀고 앉아서 말없이 묘지를 노려보았다. 내가 이경의 묘지로 가려면 여자가 자리에서 일어나야 했다.

할 수 없이 다른 입구로 들어가서 어떤 묘지 옆에 쪼그려 앉았다. 여자가 돌아갈 때까지 기다리는 수밖에 없었다.

그사이 여러 사람이 각각 주변의 묘지를 다녀갔다. 그들은 묘지 앞에 꽃다발이나 이런저런 기념품을 놓고 서성이다가 묘지를 향해 불쑥 말을 건네기도 했다. 고인에게 건네는 대사는 경건하지도 평화롭지도 않았다. 잘 있느냐, 그곳이 여기보다 좋은 곳이냐, 난 잘 살려고 노력 중인데, 그런데 이렇게까지 힘이 들 줄은 몰랐다는 등의 말을 던지고는 서둘러 묘지를 떠나곤 했다.

무자비하게 뛰어든 죽음이라는 변주, 그 갑작스러운 이별을 의심하는 표정들이었다. 그건 내 얼굴이기도 했다.

나는 두 개의 휴대폰을 꺼내어 각각 '결연시'에 로그인을 했다. 노아의 방주에서 우리는 마린7과 여섯 번째 아내로 만났다.

* * *

마린7: 그곳은 어떤가요?

여섯 번째 아내: ……

마린7: 그곳에서도 동물을 암수로 키우시나요?

여섯 번째 아내: ……

마린7: 아직도 아침저녁으로 혈액형이 달라지나요?

여섯 번째 아내: ……

마린7: 나는 아직도 행복과 평화의 레시피를 찾는 중인데……

언젠가 여섯 번째 아내에게 혈액형을 물었을 때, 그녀는 이렇게 대답했다. 아침저녁으로 혈액형이 달라진다고. 아침에는 소심하게 A형으로 시작해서 잠들기 전에는 과감하게 O형으로 마무리 한다고. 그녀는 가끔 그런 식으로 진지하게 웃기곤 해서 한참 생각한 후에 웃은 적도 많았다. 나는 그때 '결연시'에서 로그아웃을 하고 나서도 한참을 웃었다.

'평화'와 '행복'이라는 단어를 바라보고 있자니, 명치 아래로 스윽 바람이 지나갔다. 신체 기관 중에도 바람길이 있는 모양이다.

내 정신의 영역에서 바람을 부르는 단어는, 늘 저 두 개였다. 이제 하나를 더 추가한 것이다. '사랑'이라는 까다롭기 그

지없는 방정식을. 기도와 노력으로도 이룰 수 없는 무자비한 자연의 법칙 안으로 성큼 발을 들인 셈이다.

나는 추모공원 인터넷 카페에 접속해서 회원가입을 했다. 하늘로 보내는 편지함으로 들어가서 보니, 생각보다 많은 편지들이 있었다. 댓글이 달린 편지도 있었다. 제목은 제각각이었지만, 고인의 이름 앞에 붙인 형용사는 비슷했다. 사랑하는, 그리운, 미운, 떠나간, 보고 싶은, 미칠 것 같은……

나는 '글쓰기'를 선택하고서 '여전히 설레는'이라는 제목을 썼다가 지웠다. 아마도 그녀는 이런 나를 몰라볼 것이다. 그러고 보니, 나는 그녀들에게 어떤 사람이었나? 내가 어떤 유형의 인간으로 보였을지 갑자기 너무도 궁금해졌다.

편지의 제목을 '밥을 먹다가'로 썼다. 그런데 나는 여섯 번째 아내와는 존칭으로 대화했고, 마린에게는 반말을 사용했다. 마린 쪽이 훨씬 거리감이 없었다. 그건 육체로 교감한 사이에서 생기는 친밀감이기도 했다.

나는 편지의 제목을 다시 썼다. '마린에게'

마린에게

밥을 먹다가, 술을 마시면서, 운전을 하다가, 또 멍하니 앉아 있을 때에도 당신이 나를 찾아오네. 어느 때는 마린의 웃음으로, 어느 때에는 여섯 번째 아내의 다정함으로.

요즘은 갑자기 내 숨소리가 고막을 꽉 채워올 때도 있지. 그럴 때면 벌떡 일어나면서 생각해. 마린이 찾아왔구나! 아주 작은 징조 하나에도 당신이 찾아온 거라는 의심을 거둘 수가 없어.

고인들의 SNS를 청소했다던 당신. 나는 당신을 찾아 며칠째 인터넷 세상을 헤매고 있지만 어디에도 당신 흔적은 없어. 당신은 이미 고인을 위한 디지털 삭제 서비스를 하고 떠난 걸까?

난 아직도 궁금한 게 너무 많아. 그리 서둘러 가야 할 당신은 왜 하필 나를 찾아왔을까. 어쩌다 보니 나를 사랑하게 되었던 건가? 아니면, 세상에 겁먹고 살아가던 나를 구해주러 이번 생에 잠시 다녀간 건가……

당신이 햇살방에서 떠나던 날, 나는 무엇을 하고 있었지? 왜 나는 아무런 감정도 못 느낀 거지? 그렇게 기다리던 당신이 떠나고 있었는데, 그런데 어떻게 내가 모를 수 있을까, 어떻게……

당신이 조계지 계단을 밟고 내 집으로 새처럼 날아들던 그날들, 당신은 그때 어떤 심정이었어? 왜 죽은 당신은 내게 다녀가지 않는 거야? 영화를 보면 모두들 떠나기 전에, 혹은 떠난 후에 다시 찾아오던데.

나는 아직도 마린을 기다리고 있나 봐. 자정 이후에 귀를 기울이는 습관도 버리질 못했어. 조계지 계단을 밟고 낙타사막 층계를 오르는 당신의 발소리를 듣기 위해, 숨을 멈추고 오랫동안 정지 상태로 있곤 하지.

나도 모르게 귀를 기울이고 있는 나를 발견할 때면 머리를 세게 때리고 공허하게 웃어버려. "미쳤군, 미쳤어"를 후렴구처럼 외치기도 하고……

당신 때문에 기념일이 잔뜩 늘었네.

우리의 가상결혼은 9월 18일이고, 그날이 실제 결혼기념일이 되었네. 마린7을 계약한 날은 당신과 함께 미리내 성지를 다녀온 날이고……

마린이 내게 온 첫날은 6월 12일이고, 내 집에 마린을 데려온 날은 6월 21일, 당신 기일은 11월 5일이고, 이제 더 많은 기념일이 탄생하겠지.

그녀의 휴대폰에서 사진 앱을 열었다. 복구된 동영상에는 주로 고양이들과 내가 있었다. 벤치에 앉아 담배 피우는 나, 자동차 전시장 안의 나, 조계지 계단을 내려가는 나, 다시 올라오는 나, 낙타사막의 나…… 더 이상 볼 수가 없었다.

내 모습이 그녀의 눈으로 다시 재생되고 있는 장면을 보고 있자니, 이루 말할 수 없이 묘한 기분이었다. 한편으로는 기쁘고, 다른 한편으로는 온몸의 뼈가 시린 느낌이랄까.

그녀가 검색한 인터넷 목록도 분량이 꽤 되었다. 자연 치유나 대안 치료 같은 것들을 검색해서 읽고 있었을 그녀의 심정이 고스란히 내 가슴으로 전이되었다.

검색목록에는 민간요법도 꽤 있었다. 살구 씨를 하루 20~30그램씩 천년 묵은 기와에 굽는 방법도 있었는데, 그것은 오랜 세월 비바람을 겪는 과정에서 공간과 수중의 약성 중 종창의 최고 약성이 기와에 쌓이게 된다는 것이다. 또 길이 30센티 가량 되는 참조기를 꼬리부터 머리까지 가르고 그 속에 백반 5숟갈, 죽염 10숟갈을 넣은 다음 가느다란 쇠실로 단단히 여며서 기와에 굽는 석수어염반산 제조법도 있었다. 밭에서 키운 마늘을 하루에 30통 이상 쪽을 내어 껍질째로 프라이팬에 말랑말랑할 정도로 구워 껍질을 까서 죽염에 찍어 먹는다거나, 살구 씨 성분인 비타민 B17을 정맥에 주사하는 방법 등 검증 없이 국내에 들어온 '동중국산 비방약'이라는 이름도 보였다.

자세한 임상사례들을 읽다가 나도 모르게 한숨을 흘렸다. 다시 명치 아래로 바람이 지나갔다.

052019:46

벚꽃이 흐드러진 자유공원에는 산책 나온 사람들로 붐비고 있었다. 사람이든 애완견이든 짝을 이룬 그들은 벚꽃과 네온등 사이를 누비며 연신 감탄사를 내뱉었다. 움직이는 모든 사물에서 건강한 유전자들이 풍기는 냄새를 맡을 수 있었다. 심지어 지나가는 개들도 새끼를 배고 있었다!

아름다웠다. 눈물이 그렁한 내 눈에는 색색의 물고기들이 자유롭게 유영하는 듯 보이기도 했다. 살아 숨 쉬는 모든 것은 그 자체로 축복이다.

이곳으로 이사 온 지 한 달이 넘어간다.

인천항이 내려다보이는 빌라의 5층, 이 집에는 화분이 36개 있다. 이사 오던 날부터 집으로 돌아올 때마다 화초를 샀다. 한 개씩 사기도 하고, 어느 날은 다섯 개씩 배달을 시키기도 했다. 덕분에 꽃집 아이와 친해졌다. 종종 비눗방울을 불어 서로에게 날리면서 그것으로 대화를 하곤 한다. 어린 영혼들은 그 자체로 사랑이다.

고양이 두 마리는 내게로 온 지 얼마 안 되었다. 한 마리는 길고양이고, 한 마리는 아랫집이 이사 가면서 내게 주고 갔다. 가족이 흩어져 살게 되어 데려갈 수 없다고 했다. 그래서 '동이' 라는 이름이 있고, 제 집과 장난감들도 아주 많다. 우스운 건 동이가 제 물건에 상당한 집착을 보인다는 것이다. 거실에서 베란다로 올 때나 내 방으로 올 때는 제 물건을 하나씩 하나씩 물어서 모두 갖다 쌓아 놓는다. 하루에도 몇 번씩 자리를 옮길 때마다 그 일을 한다. 정작 길고양이는 동이 물건에 관심도 없다.

길고양이는 아직 이름이 없지만, '냥이' 라고 부르면 귀를 쫑긋거리고 바라본다. 아마도 냥이가 그 애 이름이 되겠지. '냥이' 든 '냐이' 든 간에 불러주는 소리에 반응하면 이미 그 이름을 갖게 된 거니까.

최근에는 화초의 이름표를 만들었다. 특성과 물주는 기간 등을 꼼꼼하게 적어 넣었다. 아랫집이 이사하면서 동이를 내게 주고 갔듯이 나도 언젠가는 반려화초와 고양이들을 맡겨야 할 때가 올 테니까……

화초들에게 이름표를 달아주다가 소스라치게 놀랐다. 공기정화식물이 절반이나 되는 것이다. 내 몸을 정화시키려는 무의식적인 바람이 었다는 생각이 들어 끔찍했다. 한동안 아무것도 할 수 없어 그냥 앉아만 있었다.

무섭도록 푸른 반려화초들과 저 두 마리 고양이들이 보여주는 세계를 언제까지 볼 수 있을까. 이런 생각 뒤에 옵션처럼 따라오는 감정이 있다. 질투…… 살아 있는 동안 할 수 있는 게 많을 텐데, 얼마 남지 않은 이 시간에 나는 세상을 질투하고 있다.

이젠 건강한 모든 것들, 심지어 화초에게도 질투를 느낀다. 화분에 물을 주다가 그 초록의 힘에 망연자실해지면 분갈이할 때처럼 미친 듯이 화분을 쏟아놓는다. 그렇게 해놓고 보면 뒤엉킨 뿌리의 엄청난 생명력에 다시 소름이 돋고……

나도 광합성을 하는 것으로 생명을 다스리고 시간을 벌 수 있다면, 그렇게 번 시간을 그 사람과 쓸 수 있다면 얼마나 행복할까. 그럴 수 있다면, 화초 따위에게 질투를 하지는 않을 텐데!pm

101202:45
아메리카 원주민들은 자신의 발자국 지우는 기술을 익혔다고 합니다. 원하는 지점까지 갔다가 돌아올 때 그 발자국마저 지울 수 있는 기술이 그들에게는 있었나 봅니다. 마음껏 다가갔던 사람에게서 되돌아올 때, 주었던 마음을 감쪽같이 지울 수 있는 그런 기술도 있었을까요?

자연이 선택한 죽음의 법칙이 왜 하필이면 신체적인 것이었을까요? 정신의 영역 중에서 한두 가지를 골라서 죽이면 안 되었을까요? 질투나 파렴치 또는 탐욕 같은. 이왕이면 두통이나 요통 같은 질병들을 차례대로 죽이고, 심장은 아주 나중에 건드리면 어땠을까요. 지겹도록 사랑한 후에, 그 사랑이 끝났을 때 비로소 심장이 멈추는 걸로 하면 얼마나 좋았을까요……

나는 당신에게 갔던 발자국을 지우지 않고 떠납니다. 당신에게 향했던 욕망도 거두지 않을 거니까요.am

문득 고개를 들었다. 보자기 위에 앉아서 묘지를 노려보던 여자는 사라지고 없었다. 나는 자리를 털고 일어나 이경의 묘지로 갔다.

묘지는 어제 그대로였다. 어제 갖다놓은 백합 다발의 몽우리 중에서 두 개가 막 피어나려 하고 있었다. 나는 묘지에 기대어 그녀의 번호로 전화를 걸었다. 통화연결음으로 설정한 노래가 흘러나왔다. 노래 가사처럼 세상 모든 움직임이 말하고 있었다. 그녀는 떠났다고, 사랑은 우리가 했지만 하늘이 인연을 주지 않았다고, 서로에게 신앙이자 형벌이었던 대상을 끝내 놓쳤다고……

　바람이 더 차가워졌다. 묘지의 잔디가 자리를 잡기도 전에 죽는 건 아닌가 하는 걱정이 새삼스레 들었다. 이로써 간단명료한 정의가 내려졌다. 남녀 관계에서 애정의 시작을 알리는 최초의 점화는 촉각이며, 그 관계의 소멸을 알리는 징조도 촉각으로부터 온다는 것.

　처음 이경의 묘지를 찾아오던 나는 그나마 제정신이었다. 여섯 번째 아내에 대한 궁금증과 예의이기도 했다. 그런데 지금은 완전히 달라졌다. 마린이며 여섯 번째 아내인 이경의 묘지를 찾아오는 나는, 이미 그때의 내가 아닌 것이다.

　여섯 번째 아내의 무덤은, 어느새 내 가슴으로 이장돼 있었다.

영정사진

사진전이 시작된 날부터 이상한 일이 일어났다. 세 점의 내 사진 아래 백합꽃이 한 줄기씩 붙기 시작했던 것이다. 어쩌다 꽃을 받기는 했지만, 5일 동안 계속해서 전시 작품 모두가 꽃을 받은 적은 없었다. 작가들이 돌아가면서 전시회장을 지키기 때문에 그들에게 일일이 물어보기도 민망한 일이었다.

내일은 내가 전시회장을 지키는 날이라 퇴근 후에 들렀는데, 따라온 성만이 그 진풍경을 보고 입을 벌렸다. 그도 그럴 것이 백합은 꽃송이만 붙여놓은 게 아니라, 긴 줄기를 자르지 않은 상태로 붙어 있었다. 한 줄기에 꽃이 한 송이일 때도 있지만 두세 송이인 것도 있어서 다 모으면 한 다발이 훨씬 넘을 것이었다.

"야, 선재. 네 광팬인가 본데?"

"혹시, 저 꽃 네 장난질 아냐? 요새 내가 좀 그러니까, 위로 차원에서?"

성만이 두 팔을 내저었다.

"그럼, 배 형사님이나 카페지기 님하고?"

성만은 다시 그 동그란 얼굴을 좌우로 흔들며 말했다.

"야, 내가 아무리 사람이 없어도 형사랑 공범을 할 거 같아? 널 위로하는 차원이면 여자를 대주고 말지. 저런 꽃줄기를 처덕처덕? 그것도 매일?"

성만은 다시 볼 살이 흔들리도록 도리질을 했다. 그건 정말로 아니라는 증거였다. 만약 내일도 이런 일이 계속된다면, 어찌된 일인지 알 수 있겠지.

"선재야, 오늘도 이 형님이 한잔해줄 수 있는데?"

"오늘은 못 마셔. 내일 사진전 당직하려면 묘지에도 일찍 다녀와야 하고."

"내일 얼굴마담은 너냐? 그럼 내일 마시러 와야지."

집에 들어서면 발길이 침실을 향한다. 초록의 벽에 서 있는 흰 데드라인을 보면 비로소 집에 돌아왔다는 자각으로 미소 짓는다. 양손의 엄지와 검지를 모아 직사각의 앵글을 만든 다음, 그 안에 데드라인을 넣고 흐뭇하게 바라본다. 가끔 마린이 손짓을 하기도 하니까. 잠시 후 그녀를 둘러싼 데드라인이 발광체처럼 하얗게 빛을 발한다. 한때 마린이었던, 여섯 번째 아내가 웃고 있다. 중앙에서부터 검은 띠를 아래로 드리운 그 영정액자 안에서 웃고 있는 그녀…… 그것은 이경의 영정사진이다. 나는 발작을 하듯 깨어나 앉았다.

꿈에서 깨면 추웠다. 인천항과 조계지 계단에서 비쳐드는 불빛이 커튼을 비집고 들어와 초록의 벽을 어스름하게 비추고 있었다. 어스름 속에서 흰 데드라인을 보고 있자니, 아까의 꿈이 내게 집요하게 말하는 것 같았다. 대가를 치루지 않는 거래가 어디 있느냐고. 거부할 수 없는 달콤함을 맛보았으니, 심장이라도 내주어야 하지 않느냐고. 이제라도 그런 거래를 흥정이나 해보자고 덤벼드는 것 같았다. 나는 최대한 몸을 웅크리고 돌아누웠다가 다시 발딱 일어났다.

휴대폰을 집어 들고 검색을 시작했다.

죽은 사람을 다시 만날 수 있는 방법을 검색하자, 키워드가 주르륵 떠올랐다. 이미 그런 방법에 대한 질문이 올라와 있고, 답변들도 꽤 많이 있었다. 죽는 방법밖에 없다는 독설도 있었지만, 대개는 질문자에 대한 염려와 진지한 조언을 담고 있었다.

─사후세계에 대한 개념을 잘못 잡고 계시네요. 사람이 죽

으면 그 영혼은 바르도 50단계를 거치면서 3일 후에 다시 환생합니다. 그 3일 동안은 죽은 사람과 바르도 영역에서 만날 수 있지만, 3일이 지난 후에는 죽은 사람과 만나는 것은 원칙적으로 불가능합니다.

―사람이 죽어서 귀신이 된다고 알고 있는데, 그것은 완전히 잘못 알고 있는 것이다. 귀신의 세계는 별도로 있으며 그들은 별개의 존재이다.

―흔히 하는 말로 죽은 조상이 어떠니 해서 굿이나 천도재를 하라는 말은 백 프로 사기입니다. 모르면 미신에 당하고, 알면 절대로 안 당합니다. 포털사이트에서 생명치료 희망쉼터를 검색하셔서 천도재 관련 동영상 강의를 보시면 이해가 더 쉬울 겁니다.

―루시드드림(자각몽) 속에서 죽은 사람도, 동물도 다시 볼 수 있습니다. 그러나 그다지 좋은 방법은 아니라고 생각이 됩니다. 왜냐하면 루시드드림은 어디까지나 '상상'에 불과하거든요. 물론 '매우 현실 같은 상상'이지만. 그래도 상상은 상상입니다.

나는 다시 루시드드림에 대해 검색했다. 이 제목의 영화도 있었다. 다른 사람 뇌의 주파수를 알면 그 사람 꿈속으로 들어갈 수 있어서, 공유몽도 가능하다는 설정이었다. 자기가 꿈속에 있다는 것을 알고 있기 때문에 현실과의 끈을 이어갈 수 있는 것이다. 그 꿈속에 있으면 시계의 초침이 움직이지 않는 것으로 현실과 구분한다고도 했다.

나는 문득 벽시계를 보았다. 초침이 힘차게 돌아가고 있었다.

나는 계속해서 자각몽 꾸는 방법을 검색했다.

　─자각몽을 꾸시려면 일단 깊은 잠에 한 번 든 이후에, 얕은 잠을 자야 하는데요. 피곤할 경우에는 얕은 잠이 아닌 깊은 잠에 빠져들게 됩니다. 깊은 잠을 자다가 도중에 바꿀 수가 없기 때문에, 강제적으로 한 번 일어나셔야 하는데요. 4시간 정도 깊은 잠을 푹 잔 후, 깼다가 다시 잠드는 방법입니다. 그렇게 되면 얕은 잠에 들게 되는 경우가 많은데요. 그만큼 자각몽을 꾸게 되는 확률이 높아질 수 있습니다.

예전에는 자각몽을 시리즈별로 꾼 적도 있었다. 나는 마린을 떠올리며 자각몽에 도전하다가 쓴웃음을 지으며 몸을 일으켰다. 차라리 방금 전에 꾸었던 영정사진으로 그녀를 보는 것도 괜찮다는 생각이 들었다.

검색을 하다가 새로운 사실을 알았다. 유골을 보내면 다이

아몬드로 재탄생시켜주는 곳이 스위스에 있었다. 죽은 사람과 제일 가까이 지낼 수 있는 방법이기도 했다.

나는 오랜만에 아침을 먹고, 제멋대로 자란 턱수염도 정리했다.

오후가 되자 꽤 많은 사람들이 사진전을 보러 왔다. 몇몇 사람이 대극장에서의 공연 프로그램을 들고 있었다. 대극장에서 열리는 콘서트나 뮤지컬 등을 보러 왔다가 겸사겸사 사진전을 보러온 경우 같았다.

누군가 두고 간 카탈로그를 보다가 문득 내 사진이 걸린 쪽을 돌아보았다. 그 근처에 여러 사람이 몰려 있었다. 백합이 잔뜩 붙어 있으니 사람들의 시선을 끄는 것 같았다. 천천히 다가가니, 관람객들이 웅성거리는 소리가 들렸다.

"이런 것도 예술 사진이야? 현수막이잖아?"

"잘 봐. 액자 하나에 저 수많은 현수막을 다 집어넣었잖아?"

"이거 완전 전국구야. 갖은 현수막이 다 들어 있네! 국회의원 선거유세부터 신장개업 식당에, 대놓고 프러포즈하는 것까지 있잖아? 크크."

"실제로 교통사고 현장 목격자를 찾는 것도 있어."

그 소란 속에서 어떤 여자가 내 사진 밑에 백합을 붙이고 있었다. 여자는 묵묵히 세 송이 백합을 다 붙이고는 신문 뭉치를 말아 쥐고 자리를 떴다. 나는 말없이 그 뒤를 따라갔다. 여자는 전시실을 벗어나 정문 쪽으로 향했다. 나는 재빨리 뛰어서 여자보다 더 빨리 정문 앞에 도착했다. 내 앞으로 걸어오는 여자는 연두색 앞치마를 두르고 있었다. 내 또래쯤 돼 보였으나, 아는 얼굴은 아니었다.

잠시 후 나는 여자에게 다가서며 물었다.

"백합꽃 주신 분이시죠?"

당황한 여자는 걸음을 멈추고 나를 빤히 바라보았다. 잠시 후 여자의 얼굴에 슬며시 반가운 표정이 떠올랐다. 그 모습을 지켜보면서 내가 다시 물었다.

"방금 제 사진에게 백합을 주신 거 맞으시죠?"

"……예."

"제가 궁금한 게 많은데요, 좀 여쭤 봐도 될까요?"

"그러시겠죠. 그치만 저는 꽃집을 하는 사람이고 심부름을 한 것뿐이에요. 제가 배달한 꽃값을 이미 받았거든요."

"꽃값을 어디에서…… 누가 드렸나요?"

"그 꽃값은, 제가 평생에 걸쳐 꽃을 날라도 다 못 갚을 만한 값으로 미리 받았습니다."

"평생이요? 어디서 받으셨는데요?"

"이경 씨요……"

간밤에 꾼 꿈이 떠올랐다. 나는 잠시 할 말을 찾지 못하고 전시실 안쪽의 어딘가에 시선을 던졌다.

"그럼 이경 씨를…… 잘 아시는군요?"

"그분 덕분에 제 아들과 쾌적한 임대아파트에서 살게 되었어요. 꽃값으로 임대 보증금을 받았거든요. 명함에 있는 계좌로 이미 송금하셔서…… 염치없이 받았습니다."

"잠시만, 저랑 얘기하실 수 있을까요?"

"저도 보여드릴 게 있어요."

나는 동료 작가에게 자리를 지켜달라는 부탁을 하고는 꽃집 주인을 따라나섰다.

꽃집은 우리 동네를 오르는 초입에 있었다. 상권이 좋지 않은 비탈진 모퉁이였다. 이경은 여기에서 화초를 사고 이 길을 걸어서 집으로 돌아가고 그랬던 거였다. 멀지 않은 거리에 엄마의 진도식당이 있었다.

여자는 잠겨 있던 꽃집 문을 열고는, 내게 들어오라는 손짓을 했다.

"임대아파트로 가기 전에는, 저기가 우리 아들하고 살던 방이었어요."

여자가 가리킨 곳에는 꽃을 보관하는 유리장이 서 있었다. 여자는 금고를 열더니 위에 있던 돈 통을 들어냈다. 그리고는 그 아래에서 뭔가를 꺼내서 내게 건넸다.

"여기요, 선생님이 예전에 하셨던 사진전 카탈로그예요."

오래전에 열렸던 내 개인전 카탈로그였다.

"그 안에 그분이 주신 편지가 있어요. 이제 선생님이 가져가셔도 될 거 같네요. 제 사정을 다 아셨으니……"

카탈로그 사이에서 한지가 나왔다. 세 번 접힌 한지를 펼치자, 마린의 글씨가 눈에 들어왔다. 익숙한 필체를 보는 순간, 코끝이 뜨거워지고 눈앞이 뿌옇게 흐려왔다. 내가 조금 더 방심했더라면 꽃집 여자 앞에서 통곡이라도 할 뻔했다. 이런 식으로 그녀의 부재를 확인하게 되다니……

지금까지는 비교적 예측이라는 것을 하면서 살아왔는데, 그녀를 만난 이후부터는 불가능했다. 앞으로는 또 어떤 일이 내 눈을 뜨겁게 만들 것인지도 알 수 없는 일이었다.

꽃집 사장님, 동우어머님께

부디, 제 부탁을 들어주세요. 제게는 아주 중요한 일입니다!

어제 전화 한 통을 받았어요. 다급한 남자 목소리가 다짜고짜 말했어요. 제 아이를 데리고 있으니, 돈을 보내라는 거였어요. 제 아이라니요……

제가 전화를 끊지 않고 잠자코 있으니, 잘 들어보라면서 울고 있는 아이 음성을 잠깐 들려줬어요. 그런데요, 어디서가 많이 들어본 울음소리였어요. 유치원에 가기 싫어서 울던 아이의 칭얼거리는 소리… 그 착하고 예쁜 꽃집 아드님, 동우의 울음소리였어요. 제게는 그렇게 들렸어요.

전화를 끊고 한참을 생각했지요. 보이스피싱이 아무리 설쳐대도 국민의 절반이 받는 건 아니잖아요. 더구나 병원에 누워 숨만 쉬고 있는 제게 그런 전화가 걸려올 확률은 높지 않아요. 그러니 제가 그 전화를 받은 건 우연이 아닌 거예요.

그래서 사장님께 부탁을 드리기로 했어요. 사진전이 열릴 때마다 이분께 꽃을 보내주세요. 아무리 자주 열어도 일 년에 네 번은 넘지 않을 거예요. 화환 한 개는 주최 측으로 보내주시고요, 그분 사진에는 백합을 한 송이씩 전시회가 끝날 때까지 매일 붙여주세요. 그분 평생에 제 꽃을 받아볼 수 있도록……

제게 남은 시간이 얼마 안 되어, 이렇게 부탁을 드립니다. 꽃값은 명함에 있는 계좌로 송금했습니다. 부디, 거절하지 마시고……

거듭, 부탁드립니다.

다 읽고 난 편지를 다시 읽었다. 손바닥에 땀이 배어나고 있었다. 고개를 들고 싶지 않았다. 다른 어떤 피사체도 눈에 담고 싶지 않았다. 오롯이 그녀의 편지에 실린 마음을 느끼며 그냥 그렇게 있고 싶었다.

한참 후에 여자의 목소리가 넌지시 들려왔다. 조용했지만

184

단호하고 신뢰할 수 있는 음성이었다.

"선생님이 살아계신 동안, 전시회가 열릴 때마다, 그분의 꽃을 받으실 거예요."

"……"

"만약에 제가 꽃집을 그만두거나 죽더라도, 꽃은 배달될 겁니다. 그때는 아들이 저 대신 꽃을 나를 거니까요. 죽은 사람과의 약속이니 제가 죽어도 지켜야지요."

여섯 번째 아내는 이곳을 떠나버린 게 아니었다. 그녀는 죽어서도 집이 많았다. 내 집에서만 살아 있는 게 아니라, 이 꽃집에도 살아 숨 쉬고 있었다. 앞으로 열리는 나의 전시회에 온갖 꽃으로 찾아올 것이고, 그런 식으로 내가 이번 생을 떠날 때까지 눈부신 꽃으로 피어날 것이었다.

“

남학생의 뒷모습은 나로부터 빨리,

더 멀리 도망치려는 격렬한 몸짓으로 보였어요.

그렇게도 놀랍고 무서웠던 걸까요.

발음이 안 되어 제대로 된 말을 못하는 것이

전염병처럼 피하고 싶은 것이었을까요.

확실한 발음으로 또박또박 상대를 다치게 하는 사람들이

훨씬 더 무서운 게 아닐까요……

”

고백

　오늘은 전시장에서 두 점의 현수막 액자를 떼어냈다. 그 대신에 영정사진 두 점을 걸었다. 그녀와 나의 합작품을 전시하는 셈이다. 아마도 지금까지 내가 해온 현수막 작업보다 더 많은 의미를 가질 것이다. 어쩌면 나는 현수막작가라는 별명에서 영정사진작가로 불리게 될지도 모르겠다.

　어제 꽃집에서 나오자마자 전시장에 들렀다. 내 사진에 붙어 있던 백합을 모두 떼어 집으로 가지고 가서 영정사진 작업을 시작했다. 언젠가 여섯 번째 아내가 의견을 주었던 영정사진 시리즈를 제작하기로 한 것이다.

　시들어가는 백합 다발을 영정액자 속에 넣고 사진을 찍었다. 사진은 생각보다 좋았다. 렌즈를 통해서 볼 때보다 훨씬 생생했다. 작업하는 내내 가슴이 낮은 파동으로 뛰고 있었다.

그녀가 찾아온 것일까. 그런 흥분 상태를 지속적으로 경험하다니……

앞으로 작업할 영정사진 시리즈에는 이미 죽어버린 내 결혼사진도 포함되겠지. 모든 말조차 발화한 그 순간 이미 과거가 돼버리니, 모든 시간은 영정액자 속으로 들어가는 게 당연한지 모른다. 이경의 일기가 나를 현실에서 만난 후 편지로 바뀌었고, 그 편지의 마침표를 찍을 때마다 유서가 되어버렸듯이.

100201:35

당신이 어느 날 마린에게 말했지요.

"당신은 3무3유 같은 사람이네? 이름이 없고, 전화도 없고, 말도 없지. 그런데 지금 내 옆에 있고, 특허를 가진 웃음이 있고, 흔치 않은 사랑이 있어."

내가 왜 말이 없었는지, 그 이유를 알려줄게요. 그러려면 어린 시절부터 이야기를 시작해야 해요. 그날이 떠오르네요.

그날 출근하려던 아버지가 내게 소리쳤어요. "시끄럽다. 네가 내는 소리는 다 비명소리로 들려!" 그날 이후로 나는 입을 닫아버렸지요. 그 대신 표정이 풍부해졌어요. 말 대신 손과 표정을 사용하게 되었고, 온몸을 동원해서 내 의사를 전달했어요. 나를 만났던 많은 사람들이, 내가 말을 하지 않았다는 걸 알아차리지 못한 것도 그런 이유 때문일 거예요. 나는 새처럼 말을 하거든요, 갖은 날갯짓과 온몸으로.

세월이 흘러 아버지의 증인출석 요구서를 받아들고서야 알았지요. 아버지가 고문관이었다는 사실을요. 내 어린 시절에 아버지가 출근한다는 건, 누군가를 고문하러 간다는 뜻이었던 거예요. 아버지는 하루종일 비명을 들었을 테고, 내가 하는 말 같지 않은 발음들이 모두 비명으로 들렸을 거라는 걸 그제야 깨달았어요……

외삼촌의 죽음을 시작으로 외할머니와 외할아버지도 몇 개월 사이를 두고 돌아가셨다고 해요. 그런데 아직도 의문으로 남은 건, 나예요. 엄마는 왜 외삼촌을 고문했던 남자와 결혼을 하고, 나를 낳았을까요.

엄마는 죽기 전까지 아버지에게 눈길도 주지 않은 채, 내게 미안하다고 말했어요. 내 입을 막아서 미안하다고, 그래도 언제 어디서나 당당하라고, 그렇게 세상을 사랑하라고 말했어요. 도대체 엄마와 아버지 사이에서, 나는 무슨 일을 당했던 걸까요? 왜 나는 말을 제대로 못하는 사람으로 살게 되었을까요……

열여섯 살의 어느 오후를 아직도 잊을 수가 없어요. 엄마가 죽고 나서 대모님 손에 이끌려 잠시 성당을 나갔었지요. 유아세례를 받은 이후 다시 성당에 나간 지 두 달이 되었을 때였어요.

그날 수요미사가 끝나고 성당을 나설 때, 누군가 내게 달려왔습니다. 나는 피에타 상 앞에서 멈췄어요. 친절한 눈길을 주던 남학생이었습니다. 다가온 남학생이 내게 볼펜 두 자루를 내밀었는데, 그건 내 볼펜이었어요. 남학생이 수줍게 말하더군요. 좋아하는 사람의 볼펜을 훔치면 짝사랑이 이루어진다고.

아마도 그 고백이 나를 무장 해제시켰는지도 몰라요. 남학생이 내 세례명을 물었을 때, 그만 나도 모르게 대답을 하고 말았습니다.

베로니카.

내가 최선을 다해서 말해도 그건 틀린 발음이며, 시끄러운 소음에 불과하다는 걸 알면서 왜 대답을 했을까요. 누군가 내 존재를 알아준 것에 그저 감사한 마음이었을까요.

손으로 내 입을 틀어막았을 때는 이미 늦었지요. 그 순간 남학생의 표정은 지금도 잊을 수가 없어요. 귀신에 홀린 눈이 그럴까요? 멍하니 서 있던 남학생은, 갑자기 확실한 무언가를 깨달은 듯 머리를 살짝 흔들었어요. 그러고는 뒤돌아서더니 달리기 시작했어요.

남학생의 뒷모습은 나로부터 빨리, 더 멀리 도망치려는 격렬한 몸짓으로 보였어요. 그렇게도 놀랍고 무서웠던 걸까요. 발음이 안 되어 제대로 된 말을 못하는 것이 전염병처럼 피하고 싶은 것이었을까요. 확실한 발음으로 또박또박 상대를 다치게 하는 사람들이 훨씬 더 무서운 게 아닐까요······

나는 그날 저주했습니다. 달아나는 남학생이 아니라, 순진하게 입을 열었던 내 자신을. 그러고 나자 그 남학생을 맘껏 비웃어주고 싶었어요. "어이, 꼬맹이! 넌 아직 사춘기를 치르고 있구나? 넌 더 자라야 해, 애송이……"

그 후 나는 오래 아팠어요.

누군가의 뒷모습이 그토록 잔인했던 기억은 그때뿐입니다. 그 뒤 내 자존감은 형편없이 곤두박질했고, 더 이상 기대할 사람이나 실망할 거리를 만들지 않고 살았어요. 그것이 이번 생의 내 목표가 되었죠. 그 대신에 책을 읽고 그림을 보면서, 말을 하지 않고도 할 수 있는 모든 일에 빠져들었어요. 부전공으로 컴퓨터를 공부한 것은 혼자서 일할 수 있는 환경을 가지기 위해서였어요.

이제 아시겠지요? 당신은 내 목소리를 한 번도 들은 적이 없다는 걸. 당신이 받은 수많은 메모들이 그 증거지요. 그래요, 나는 남들이 말하는 반벙어리예요.

엄마의 유언처럼 나는 당당하게 살았고, 수줍게 세상을 사랑했습니다. 사랑하려고 노력하다 보니 내 안에 사랑이 많다는 것도 발견하게 되었어요. 사랑도 우물물처럼 계속 퍼 올려야 마르지 않는다는 걸 알았지요. 그런데 당신을 사랑하면서부터 갈증에 시달리기 시작했어요. 별다른 불편 없이 살아온 내게 욕망이 생겨나기 시작한 거예요. 어리석게도……

사람은 자기에게 없는 것을 간절하게 소망하지요. 내가 도저히 가질 수 없는 것들을 가지고 싶었어요. 평범한 사람들이 가지는 수많은 직업들, 만남들, 웃음들, 마음에서 우러나는 그 상냥한 말들, 나는 그런 것들을 누리고 싶었어요.

당신을 알고부터는 전철에서 싸우는 남녀도 부러웠어요. 서로에게 악다구니를 쓰면서 정확하고 분명한 말로 저주를 퍼붓는 모습조차 부러웠으니까요. 내가 제일 하고 싶었던 것은 당신에게 내 목소리를 들려주는 일이었으니까요.

평범한 연인들처럼 영화를 보며 당신 귀에 속삭이고 싶었고, 전화기를 통해서 내 목소리를 들려주면서 미친 듯이 당신 이름을 불러주고 싶었습니다. 그리고 무엇보다 이 말을 해주고 싶었어요. 나 같은 사람을 사랑해준 당신을, 어쩔 수 없이 사랑한다고.am

그럴 리가…… 그녀의 목소리를 들은 적이 없다니!

어느 날의 메모에서는 말하기가 싫다고 쓰여 있었고, 어느 날은 말할 수 없다고도 했다. 어느 메모에서는 노래를 하기도 했고, 짧은 콩트를 들려준 적도 있었다. 그렇게 눈으로 본 말을 나는 들었다고 느낀 것일까. 우리에게는 말이 필요 없는 시간들이었으니까.

마린은 불규칙적으로 내게 왔다. 그것도 자정이 훨씬 지난 후에 홀연히 왔다가 새벽이 오기 전에 돌아가곤 했다. 그 짧은 시간 동안 우린 서로의 몸에 열중해 있었고……

그녀는 내가 준비한 야식을 어쩌다 조금 먹었다. 언젠가는 내 입으로 들어가던 국수를 뺏으려고 젓가락을 들이댄 적이 있었다. 젓가락으로 국수와 내 입술을 통째로 들어 올리려고 애를 썼다. 마린은 그런 여자였다. 그때 우리는 분명 크게 웃었는데……

몇 모금의 술을 마신 적도 있었다. 마린은 술을 막 삼키려는 그 순간에 자신이 눈을 감는다는 사실을 알까?

어쨌든 나는 그녀의 전부를 분명히 들었다. 그녀의 메모와 풍부한 표정, 눈짓, 몸짓만으로도 내게는 충분하고도 남았다는 것이다.

그리움에도 가속도가 붙었다. 그립다는 생각 자체가 나를 더 부추겨서 아예 미치광이로 만들어가고 있었다. 아주 사소한 장면 하나가 느닷없이 떠오르면 그 장면이 하루 종일 재생되어서 나는 바닥을 기어 다녔다. 그녀는 죽어서도 나를 숨 막히게 했고, 비오는 날 듣는 피아졸라의 음악처럼 녹초가 되도록 만들었다.

퇴근 후 집으로 올라가는 나를 카페지기가 불러 세웠다. 우리는 차이나타운 아래 양꼬치집으로 내려갔다. 카페지기는 꼬치가 익기도 전에 고량주를 따라주었다.

나는 술을 입에 털어 넣고 말했다.

"예전에 평화로울 때는, 여기가 저의 일일 관광 코스 시작점이었습니다. 가끔 성만이 녀석이 끼어들곤 했지만."

"나도 코스가 있네."

"저는 이 옌따이 고량주와 양꼬치를 먹은 다음, 저기 길 건너 버텀라인으로 가는 코스였죠. 그땐 참 평화로웠는데……"

"그 평화라는 게, 혼자 힘으로 만들 수 있는 게 아니더군."

"평화의 맛은 뭐랄까…… 혼자 먹는 코스요리 같은 것이었죠, 제게는."

그때 양꼬치집 문이 빠끔히 열리더니 배 형사 얼굴이 나타났다. 우리를 발견한 그가 돌진하듯이 걸어왔다. 그는 누군가와 통화를 하면서 양꼬치 한 줄을 훑듯이 먹어치웠다.

"어이, 자네 친구 찾았어. 연변 양꼬치집."

배 형사는 전화를 끊고는, 다시 양꼬치 한 줄을 순식간에 해치웠다. 그리고 약간의 사이를 두고 고량주 두 잔을 들이켜더니 말했다.

"아니, 선재 씨. 자네 친구는 왜 나한테 자기 친구를 찾아달라는 건가?"

그때 성만이 들어와 옆자리에 앉으며 퉁퉁거렸다.

"그럼 민원 접수를 합니까? 저놈 땜에 지금 이 일대를 다 뒤지고 다니는 중이었어요."

나는 성만이 입으로 가져가려던 꼬치를 빼앗아 소금장을

찍었다.

"성만아, 만약에 그때, 응? 마린이 여섯 번째 아내라는 걸 진작 알았더라면, 우리는 어떻게 됐을까?"

성만이 한 치의 망설임도 없이 대답했다.

"뭘 어떻게 돼? 그 여잔 여전히 죽었겠지."

나는 다시 꼬치에 소금장을 찍어서 입에 넣었다.

성만이 나를 가리키며 두 사람에게 일러바치듯이 소리쳤다.

"지금 보셨죠? 쟤 소금통 털어서 넣는 거 보셨죠?"

배 형사와 카페지기가 말끄러미 나를 바라보았다. 성만은 의기양양해서 떠들었다.

"쟤 미각을 잃었어요. 간장에 밥 말아먹는 수준인데요, 저런 증상을 뭐라고 하나요?"

빈속에 술이 들어가자, 갑자기 몸이 붕 뜨는 것 같았다. 술꾼들의 높아지는 목청소리도 멀리에서 들리는 듯했다. 부실해진 건 마음만이 아니라, 체력도 급격히 떨어진 것 같았다.

배 형사가 아버지의 안부를 물었다.

"그래, 아버지는 요즘 어떠신가? 판결이 다가오면 많이들 긴장하시는데?"

성만이 또 끼어들었다.

"선재 아버님 얼굴 본 지가 좀 되었습니다. 마지막 본 날도 벽을 보고 앉아서 담배를 피우시던데요?"

내가 성만의 말을 가로챘다.

"형사님, 고생하고 긴장하며 살아온 사람은 우리 엄마세요. 옥바라지하는 게, 옥살이보다 더 힘든 거 아시잖아요?"

"우리야 너무 잘 알지…… 내 저기, 우스갯소리 하나 하까? 오늘 마약범을 체포했는데 말야, 그냥 거저 잡았어. 지나가던 사람이 신고를 했거든. 약에 취해서 막 문 열고 노래 부르고 지랄을 한 거지."

성만이 거들었다.

"아이고, 그냥 손 안대고 코 푸셨네?"

"그런 셈이지. 근데 이놈이 뭐라는 줄 알아? 과실이래, 고의가 아니라. 자긴 엄마 배 속에서부터 마약을 먹고 자랐다는 거야, 하하. 그게 사실이면 참 불쌍한 거지."

"그럼 쌍방과실 아닌가요?"

"성만아, 안 웃겨. 그게 쌍방이면, 반쪽 책임은 누가 지는데?"

"아우 몰라, 너 이거나 보라구. 짠."

성만이 우쭐한 표정으로 A4용지를 내밀었다.

"서른두 번째 아내가 보내준, 매직쇼 예매권입니다. 예술회관 대공연장에서 열리는데요, 그 유명한 이은결 매직쇼 아시죠?"

나는 그 예매티켓을 눈이 빠져라 바라보았다.

여섯 번째 아내와 따로 또 같이 관람했던, 모든 공연과 그 시간들이 아팠다.

    "

현실에서의 옷을 모두 벗어버리고 나자,
지금껏 몰랐던 낯선 자아가 내 속에 들어찼어요.
누구나가 지니고 있는 다중인격 속에서
나의 세 번째 인격이 당신을 찾아 나선 건지도 몰라요.
이경도 아니고 여섯 번째 아내도 아닌,
죽음을 앞둔 어떤 무모한 여자가……

    "

'11월'의 시

아침에 잠이 깨자, 숙취가 시작되었다. 생식 한 봉지를 먹고 나서 휴대폰을 꺼냈다.

사진전 동인에게서 5통의 부재중 전화가 와 있었다. 작가의 말을 달라는 독촉이었다. 내 사진에만 작가의 말이 없으니, 스마트폰으로 작성해서라도 당장 보내달라는 메시지가 카톡을 도배하고 있었다.

나는 작가의 말을 쓰는 대신에, 문계봉 시인의 '11월'이라는 시 전문을 보냈다.

손님처럼 머물던 11월의 하루가 흐린 얼굴로 떠날 때마다
헤어짐을 겨워하는 가을의 울음소리 사방에서 들려왔다 잎을
잃은 나무들의 건조한 수피樹皮 위론, 위로 같은 바람이 휩쓸고

지나갔다 모든 기억이 아름답진 않지만 그러나 아름다운 것들은 기억이 된다 가을에게도 기억해야 할 아름다움은 있을 것이다 모든 이별을 만날 때마다 가장 태연한 표정을 지어 보이기 위해 가을은 지금 깊은 생각에 빠져있다

내 생의 한편에서도 이별은 분주하게 진행 중이다.

마린은 분주히 이별을 진행하면서도 사랑을 했다. 우리는 거실에 텐트를 치고 한 개의 침낭 속에 들어갔고, 사랑을 하는 동안 나는 그녀의 귀에 시를 읽어 주었다.

나는 '노아의 방주 속으로'라는 시의 두 번째 줄을 속삭이며 마린의 몸을 열었다.

"끝없는 비가 이제 막 내리기 시작한다. 방주 속으로 대피하라, 너희는 어디든 몸을 숨겨야 하므로……"

교감하는 사이에서는 상대의 변화에 매우 민감하다. 특히 몸의 변화는 직설화법처럼 주고받게 마련이어서, 시를 읽는 동안 내가 얼마나 참을성을 발휘해야 했는지! 그때의 고통스런 쾌감을 지금도 내 몸이 기억하고 있어서 가끔 시를 대할 때면 겁을 먹기도 한다.

062103:57

당신은 오늘 나를 집으로 데려갔어요. 아니 내가 따라간 거죠. 매

일 내려다보며 꿈꾸던 당신의 생활 속, 그 옥상의 집으로 들어간 거예요!

당신 집에 발을 들인 그때부터 나는 내가 아니었어요. 데드라인에 누워 당신을 처음 본 그날부터 내가 아니었을 거예요. 이경의 몸을 빌린 시한부의 여자가 탐을 내던 것을 찾아서 본능적으로 움직이는 걸 느꼈어요. 현실에서의 옷을 모두 벗어버리고 나자, 지금껏 몰랐던 낯선 자아가 내 속에 들어찼어요. 누구나가 지니고 있는 다중인격 속에서 나의 세 번째 인격이 당신을 찾아 나선 건지도 몰라요. 이경도 아니고 여섯 번째 아내도 아닌, 죽음을 앞둔 어떤 무모한 여자가······

당신 집 안은 내가 상상했던 것과 비슷한 구조라서 놀랐어요. 모네의 수련이 거실 벽 한 면을 차지하고 있었죠. 당신처럼 차분하고, 푸르고, 정갈한 수련. 그것들이 물 위에서 흔들리는 모습을 황홀하게 바라보았어요. 당신은 이런저런 마실 것을 식탁에 차리고 있었어요. 기다리던 손님이 너무 일찍 와서 당황한 사람처럼 허둥대는 듯이 보였어요.

나는 견학 온 여학생처럼 굴었어요. 거실에서 침실로, 당신 작업실로 그리고 다시 거실로 나오면서 당신의 공간을 휘젓고 돌아다녔어요.

당신이 식탁 위에 차린 것들을 보고 하마터면 웃음이 터질 뻔했어요. 무슨 시음회처럼 탄산수에다 갖가지 음료, 와인 두 가지, 그리고 보드카까지 있었어요.

당신은 나와 눈이 마주치자, 그것들을 손으로 가리키면서 말했어요. "취향을 몰라서요."

나는 망설이지 않고 화이트 와인을 집어 들었어요. 당신도 같은 걸 한 잔 따라서 입으로 가져갔어요. 그리고 당신은 음악을 틀어주었고, 우리는 말없이 식탁 위의 술을 각자 마셨어요. 음악회나 차이나타운을 같은 시간에 각자 걸었던 것처럼. 문득 그런 놀이를 다시 하는 것처럼 느껴졌어요.

잠시 후에 나는 의자에서 일어나 당신 앞으로 갔어요. 그리고 술의 힘을 빌려 당신 팔을 살짝 잡았어요. 의자에 앉아 있던 당신은 나를 올려다보았죠. 그 순간 나는 당황했어요. 당신이 나를 거절한다면, 그다음에는 어떻게 해야 할지를 생각해본 적이 없었거든요.

당신은 내 얼굴에서 당황한 빛을 읽었을까요. 바로 다음 순간에 당신이 움직였어요. 당신을 잡고 있던 내 손을 끌어다가 당신 뺨에 올렸지요. 그렇게 해서 나는 당신 얼굴을 두 손으로 감싸게 되었던 거죠. 그러자 당신이 내 머리카락을 만져보았어요. 그다음에는 당신 손가락이 내 턱 선을 따라 움직였고, 어느 틈엔가 내 얼굴은 당신의 큰 손아귀 안에 갇혀버렸어요.

우리는 상대의 눈을 통해서 자신의 모습을 볼 수 있을 만큼 서로를 뚫어지게 바라보았어요. 그리고 당신은 내 허리가 휘청거릴 만큼 나를 끌어안았어요. 그리고 내 가슴에 얼굴을 묻은 상태로 들숨과 날숨을 반복하고 있었어요. 아마도 당신은 망설이고 있었던 것 같아요.

잠시 후 당신이 그 상태에서 얼굴을 움직였어요.

내 몸이 당신으로 인해서 열리는 소리를 들었어요. 그건 빗소리 같기도 했고, 옷자락 스치는 소리 같기도 했어요. 분별할 수 없는 많은 소리들이 지나갔어요. 그 후로는 환호성인가 싶더니 맹수의 포효 뒤에 낮은 흐느낌이 들리고, 그것은 다시 새벽소리로 이어졌어요.

당신 집을 빠져나올 때 나는 허둥거렸어요. 현관에서 샌들을 신고 끈을 묶는데, 당신이 벗어놓은 운동화가 보였어요. 그 옆으로 구두와 슬리퍼가 뒤축을 보이며 나란히 놓여 있었지요.

나는 샌들을 벗고서 당신 운동화 속에 내 발을 집어넣었어요. 넓고 크고, 무엇보다 안전한 느낌이 몰려왔어요. 그대로 잠이 들 수도 있을 만큼.

나는 일어나서 걸음을 옮겨보았어요. 당신과 내가 같이 걷는 것 같았지요. 현관 바닥에 촘촘히 깔린 파스텔 색조의 타일들이 나를 올려다보고 있었어요.

집에 돌아와 등나무 의자에 앉아서 내 몸을 살폈어요. 방금까지 당신을 느꼈던 몸이 낯설고 신기했어요. 그러다가 왼쪽 팔에 선명한 동그란 자국을 보았어요. 큰 동그라미 안에 살짝 트임이 있는 작은 동그라미가 들어 있는 모양이었어요. 얼핏 보면 전자제품의 전원 표시 같아 보이는 그것의 정체를 짐작하고서 내 얼굴에 미소가 떠올랐지요.

나는 휴대폰으로 그 사진을 찍었어요. 그건 당신 셔츠에 달린 단추자국이었거든요.am

＊　＊　＊

추모공원 인터넷 카페에서 푸시 알림이 들어왔다. 편지함을 열어보니, 마린에게 쓴 편지에 댓글이 하나 달려 있었다.

마린에게(1)
신부: 위로를 드리고 싶네요. 시간이 제일 좋은 약이라는 말씀드립니다.

이런 카페에 들어왔다면 유가족일 가능성이 높았다. 순간적으로 답글을 쓰려다 그만두었다. 하필이면 아이디가 신부라니.

호기심으로 남의 편지를 읽어볼 수는 있지만, 선뜻 댓글을 달기는 쉽지 않은 일인데…… 마린에게 보낸 넋두리를 누군가가 읽었다는 것도 찜찜한 기분이 들었다.

다시 편지를 쓰기 위해 제목을 생각하다가, 이번에는 여섯 번째 아내에게 쓰기로 했다. 그러고 보니 기가 막혔다. '결연시'에서의 대화 같기도 해서, 마린에게 쓸 때보다 어투가 조심스러워졌다.

여섯 번째 아내에게
이번에 다시 알게 된 것이지만, 그리움과 이별만큼 많은 가르침을 주는 게 또 있을까 싶어요. 그것들은 우리를 애타게 하고, 조롱하고 위로하면서도 어쨌든 앞으로 나아가게 하니까요.

꽃은 잘 받았어요. 사실은, 감동했습니다……

내가 평생에 걸쳐서도 못 받을 꽃을, 당신에게서 이미 다 받은 것 같군요. 앞으로도 계속 당신이 꽃으로 살아 돌아올 거라는 사실도 감사하고!

요즘은 카메라 렌즈를 들여다보면 당신이 보여요. 사실 모든 피사체에서 당신이 보입니다. 지나가는 자동차 번호판에서도 불현듯 당신과 관련된 숫자를 발견하고 소스라치게 놀라기도 하고…… 그 떨림이 하루 종일 지속되는 날도 있습니다.

나는 요즘 당신이 좀 더 편히 쉴 곳을 찾고 있어요. 그게 내 곁이라면 더욱 좋을 겁니다…… 당신이 어떻게 생각할지 모르겠지만, 어쨌든 계속 당신을 그곳에 둘 수는 없을 거 같아요.

다시 새로운 댓글이 보였다. 이번에는 두 개였다.

여섯 번째 아내에게(2)
신부: 그 아내를 알 것도 같아요, 어쩌면 제가 도와드릴 수 있을 거 같네요……
아내의 별: 좋은 곳으로 보내드리는 게 최선이죠.

알 것도 같다니…… 그녀의 지인일까?

나는 '신부'라는 아이디에게 만나고 싶다는 답글을 달았다. 그녀와 관련된 사람이라면 누구라도 만나야 했다. 곧바로 답글이 올라왔다.

ㄴ 신부: 지금 편한 장소로 찾아뵐게요.

나는 예술회관역 근처에서 만나자고 제안했다.

여자가 알려준 카페는 중앙공원 건너편의 언덕길에 있었다. 단아한 카페와 파스타 전문점 등이 늘어선 길가에 야외 테이블이 있는 카페였다.

나는 카페 정원에 들어서면서 여자 혼자 앉은 테이블을 찾았다. 내 눈길이 녹색 파라솔을 이고 있는 테이블에 닿았다. 그 자리는 카페의 야외 테이블 중에서 가장 크고 한적한 자리였다. 자리에 앉아 있던 여성이 엉거주춤 일어나며 내게 목례를 했다. 오십 중반은 훨씬 넘어 보이는 여성이었다. 여자는 정중한 손짓으로 맞은편에 앉으라는 시늉을 했다.

나는 자석에라도 이끌리듯 그 테이블로 성큼 다가갔다.

여자는 커피를 주문했다. 내가 커피를 다 마실 때까지 여자는 아무 말도 하지 않고 나를 바라만 보았다. 나를 잘 알고 있다는 듯 여자의 얼굴에서 친숙한 미소가 떠나지 않았다.

내가 먼저 입을 열었다. 입 언저리가 마비되는 듯 자연스럽지 않았다.

"저, 우리 이경 씨를 잘 아시는 분이신가요?"

여자는 대답 대신 고개를 끄덕였다.

"그러세요? 어떻게…… 병원에 계실 때 아셨나요?"

"말을 안 했나 보군요?"

"예? 이경 씨는, 말을 못하니까."

여자의 얼굴에 얼핏 회환 같은 것이 지나갔다. 여자는 커피를 두 모금 마시더니 작정한 듯 입을 열었다.

"말이 아니라, 이경 씨가 남편분께 전달을 안 했나 보다 했죠."

"아, 저는 모든 걸 나중에야 알았습니다."

"그러니까 마지막이라도 잘 보내드려야죠. 아내분이 수목장을 원했는데, 모르셨어요?"

"정말입니까? 그런 뜻을 전달했던 분이 있단 것도 모르고 있었네요."

"이경 씨와는 병원에서 가깝게 지냈어요."

"그러면 호스피스 병동에서 만나셨나요?"

"그렇죠, 저도 거기서 시어머니를 간병하다가 며칠 전에 수목장으로 보내드렸지요. 이경 씨가 워낙 싹싹해서 노인들에게도 참 잘했어요."

"……예, 그랬을 겁니다……"

그녀의 마지막을 못 지켜준 서운함이 다시 울컥, 올라왔다. 눈시울을 붉히는 내게 여자는 지도와 엽서만 한 사진 한 장을 보여주었다.

"여기, 보이시죠? 이 나무가 우리 시어머니 나무예요. 이경씨도 이곳 풍경이 좋다고 여기, 이 나무에 묻히고 싶어 했어요. 여기 이 일대가 다 시댁 선산이거든요. 가깝게 아는 지인분들이 원하시면 수목장을 치를 수 있도록 조금씩 분양해드리고 있어요. 작년부터요. 시어머니가 그렇게 입원하시고부터 마음을 바꾸신 거죠."

"아, 그렇군요. 저는 화장을 해서 다른 방식으로 데려오려고 했습니다."

여자는 나를 한심하다는 듯 바라보고는 한층 높아진 목소리로 나를 질책했다.

"아우 세상에, 이경 씨가 얼마나 속상하겠어요. 지금 이 땅은 나무 아래로 보이는 풍경 때문에 달라는 사람이 많아요."

어쩌면 이경이 내게 돈을 남긴 것은 이런 뜻이 아니었을까. 내가 남편으로서 사후의 자신을 이런 방식으로 대우해주기를 바랐는지도 모른다.

"사실 여기는 수목장 묘지로만 쓰기는 아까운 곳이죠. 대지로 허가받아서 집을 지어도……"

208

"그럼, 오늘 계약하면 되겠습니까? 그 땅은 어디에 있는 건가요?"

"강화도에 있어요. 오늘 계약하고 한 번 가 보세요. 값은 이경 씨라서 일억 이천에 드리기로 했어요. 이것도 저희 시어머님 배려라고 아시면 되세요."

여자는 나를 근처 부동산으로 데리고 들어갔다.

"등기를 빨리 내야 수목장을 치를 수 있겠죠?"

나는 십 퍼센트의 계약금을 이체하고 나서 물었다.

"그럼, 아예 잔금을 치르고 등기를 내시던가 하세요. 개장 유골 하려면 절차도 있고 하니까……"

나는 잔액을 송금하고, 여자를 따라 강화도의 땅을 보고 왔다.

풍경이 썩 괜찮아서 정말로 집을 지어도 좋을 것 같았다. 마당 끝에 이경의 나무가 서 있는 모습이 눈앞에 훤히 그려졌다.

"

새들이 울 때 온몸을 움직인다는 걸 아는
사람은 몇이나 될까요.
단지 목이나 입만 움직이는 게 아니라,
꽁지까지 동원해서 온몸을 흔들더군요.
그것이 구애를 하는 것이든 위험 신호든 간에,
나도 온 마음과 온몸으로 말합니다.
당신이 내 첫사랑입니다.

"

이경의 분신들

휴먼빌라 5층으로 여섯 번째 아내의 분신들을 데리러 갔다.

어제 간병인에게 전화를 걸어서 고양이 두 마리와 화초를 데려오겠다고 말했다. 간병인은 아무 대답이 없었다. 내가 도착 시간을 말하자, 그제야 알겠다고 말했다. 혹시 이경과의 약속을 못 지켜서 불편하냐고 묻자, 간병인은 기다렸다는 듯이 대답했다.

"아니요, 자매님과는 이렇게 하는 게 약속이었어요. 만약에 선생님이 데려가겠다고 하시면, 그렇게 해주라는 부탁을 받았거든요."

나는 화분을 나르는 중간 중간 간병인에게 조심스레 대모의 거처를 물었다.

"저는 이날까지 필요한 이상의 것을 알려고 하지 않았어요. 지금도 저는 그걸 잘했다고 생각합니다. 필요 없는 걸 알아서 힘든 것보다는 나으니까요."

간병인은 좀처럼 입을 열지 않았다. 이경에 대해서는 딱 죽음까지만 함께한다고 말할 뿐이고, 대모에 대해서도 더 이상은 모른다고 했다.

성만은 화분을 나르면서 계속 투덜거렸다.

"아니, 죽은 사람 물건을 죄다 찾아다닐 거냐?"

"그냥 좀 날라라."

"선재 너, 혹시 내 PC처럼 네 머리가 바이러스 먹은 거 아냐?"

"기계가 먹는 바이러스, 사람도 가끔 나눠먹고 그러면서 살자."

나는 고양이 집과 장난감 등을 담은 커다란 보따리를 트럭에 실고 운전석에 앉았다. 성만이 조수석에 올라타며 진지하게 물었다.

"너 오늘 비아그라 뭐 그런 거 먹은 거 아니지? 갑자기 천하장사 포스가 나. 무슨 쨍한 일 생긴 거야?"

"시끄럽고, 고양이나 받아 올려."

간병인이 고양이 두 마리를 품에 안고 트럭으로 다가왔다. 성만은 차 안에서 고양이를 받아 올리며 입이 찢어져라 하품을 해댔다. 고양이는 두 녀석 모두 은으로 만든 이름표를 목에 걸고 있었다.

드디어 화분 36개와 고양이 두 마리가 낙타사막 옥상으로 모두 올라왔다. 성만은 고양이 두 마리를 집 안으로 데리고 가면서 소리쳤다.

"화분은 팽개쳐 둬라, 제 발로 도망도 못 가니까."

우리는 거실에 벌렁 드러누웠다.

"쟤가 그 야생 길고양이냐?"

성만이 냥이를 지켜보다가 큰 소리로 물었다.

"너랑 같은 길동무 과야. 잘 사귀어봐라."

그러자 냥이가 말을 알아듣기라도 한 듯 성만 주변을 슬슬 맴돌기 시작했다. 동이는 제 물건 옆으로 가더니 몸을 밀착 시키고는 꼼짝도 하지 않았다.

나는 갑자기 몸을 일으켜 앉았다. 고양이 두 마리가 마린 과 여섯 번째 아내를 닮은 듯 느껴졌던 것이다. 마린의 메모 에서는 냥이가 네 번이나 그녀를 따라왔다고 했다. 어쩌면 길냥이는 마린을, 동이는 여섯 번째 아내의 기질을 나눠 가 졌을는지도 모른다.

나는 옥상으로 나가서 화초를 하나씩 옮기기 시작했다. 화 초의 이름표는 모두 코팅이 되어 흙에 꽂혀 있었다. 가로로 된 말풍선 모양 안에 화초의 특성이 쓰여 있었고, 말꼬리 부분을 길게 만들어서 흙에 꽂을 수 있도록 되어 있었다.

*스투키는 NASA에서 공기정화식물로 지정할 정도예요. 선인장
이라서 몸에 수분을 머금고 있어요. 물은 한 달에 한 번만 듬뿍
적시도록 주면 되세요. 참, 화초 물주는 시기가 빠른 애들부터
순서대로 놓고, 이 아이를 맨 끝에 놓으시면 편하실 거예요. ^.~

다시 한 개를 뽑았다.

*아레카야자는 실내공기정화와 가습 효과가 있다고 해요. 병충
해에 강하고 실내에 잘 적응해서 키우기 쉬울 거예요. 분무기를
사용해서 수시로 뿌려주면 되고요, 흙이 말랐을 땐 물을 흠뻑
주시면 좋아요. 햇빛을 직접 맞는 건 피하시고요, 그냥 실내 밝
은 곳에 두시면 좋아요. ^^
*싱고니움은 공기정화 능력이 우수해서 햇빛이 많이 들지 않아
도 잘 자란답니다. 공기 중의 프름알데히드나 암모니아를 제거
해서 실내 습도 조절기능도 우수해요. 베란다나 거실의 밝은 곳
에 두면 좋고요. 저녁 무렵 잎에 분무를 하시는 것도 괜찮아요.
참, 물 빠짐이 좋은 보통의 경우에는 5~7일 정도에 한 번씩 물주
기 하시면 되세요. ^.~

* * *

여섯 번째 아내는 5자를 쓰는 데에 애를 먹는다고 했었다. 거의 그리는 수준이라고. 예전에는 8자를 쓰는 게 힘들었는데, 8자를 극복하고 나니까 5자를 그리고 있더라면서.

그때 나는 얼마나 맞장구를 쳐주며 웃었던가. 우리 함께 8자를 극복해보자면서……

말풍선마다 그녀의 손 글씨가 꽉 들어차 있었다. 길쭉하고 동그라미가 작은 그녀의 필체. 너무도 친숙한 글씨를 보면서 가슴이 아프게 벌떡거리기 시작했다.

092823:47

새들이 울 때 온몸을 움직인다는 걸 아는 사람은 몇이나 될까요. 단지 목이나 입만 움직이는 게 아니라, 꽁지까지 동원해서 온몸을 흔들더군요. 그것이 구애를 하는 것이든 위험 신호든 간에, 나도 온 마음과 온몸으로 말합니다. 당신이 내 첫사랑입니다.

짧은 결혼생활을 한 적이 있어요. 불행한 결혼을 만드는 건 애정의 결핍이 아니라 우정의 결핍이라던, 니체의 말을 체감할 수 있었지요.

어느 날 남편이 정부에게 전화로 속삭이는 소리를 들었어요. 나를 고양이 같은 여자라고 말하더군요. 자기 주변을 맴돌지만 제 품에 안기지는 않는다면서……

아버지는 꽤 시간을 두고 내 남편이 될 사람을 고른 모양입니다. 어느 날 내게 맞선 자리를 마련했으니 가자고 했어요. "흠이 있는 사람은 아니다." 아버지는 그렇게 말했어요. 흠이 없으니, 결혼하라는 말이었어요. 내게는 흠이 있으니까요.

그때는 아버지를 위해서 결혼해야 한다고 생각했어요. 아버지에게 짐이 되지 않기 위해선 어떤 흠을 가진 남자라도 따라나섰을 거예요.

그 남자는 시청의 공무원이었어요. 그 남자가 아버지에게 말했어요. "저는 말없이 조용한 여자가 좋아요. 실망시켜드리지 않겠습니다."

아버지는 연금으로 대체할 수 있는 종신보험을 내 앞으로 들어주고는 그것을 지참금처럼 딸려서 결혼을 시켰습니다. 상당한 액수의 주식을 남편에게 주었다는 건 나중에서야 알았습니다. 남편이 아버지를 아주 많이 실망시킨 다음이었죠.

반년도 안 되어 남편은 다른 여자를 알았습니다. 조용한 사람이 좋다던 남편은, 아주 가끔 고요를 깨는 나의 어눌한 발음을 못 견뎌 했어요. 그래서 나는 다시 침묵했어요.

남편은 그 침묵과 고요에 신물이 났는지, 아니면 조용한 나한테 멀미가 나서인지 카페에서 노래하는 여자를 데려왔어요. 그건 나에게 상처를 주는 일은 아니었어요. 나는 남편에게 사랑을 준 적이 없으니까요.

남편은 휴지쪼가리로 폭락한 주식을 내게 주면서 나가도 좋다고 했습니다. 그 주식이 아버지가 준 지참금이라는 걸 그때 알았어요. 아버지가 증인출석을 거부하고 계모를 따라 캐나다로 들어간 이후였습니다.pm

　여섯 번째 아내가 남긴 모든 것에서 일관된 정서가 엿보였
다. 자신의 불운을 끌어안고 보듬는 듯한 인상마저 받았다.
그녀는 고통과 비애를 애써 떨쳐내지 않고 곁에 두면서 끝내
그것들을 극복해내는 방식으로 세상과 화해하는 쪽을 택한
건 아닐까. 이런 생각만으로도 목이 메어왔다. 진작 그녀를
알아보았어야 했다. 그렇게 조금이라도 지켜봐주었더라면,
그랬더라면 얼마나 좋았을까.

"
"사유하는 자들에겐 성스러운 것이란 아무 것도 없다.
사물들을 무례한 이름으로 부르기.
저속한 해석과 음탕한 결론.
벌거벗은 진실에 대한 야만적이고 방탕한 집착.
은밀한 주제에 대한 호색스러운 접근……"
"

아내를 데려가겠습니다

나는 관리실 앞에 주차를 하고는 묘지 길로 향했다. 이번에는 휴게실 안을 가로지르지 않고 주차장에서 묘지로 올라가는 샛길을 선택했다.

눈을 감고도 찾아갈 수 있는 묘 앞에 서자, 그녀가 했던 말이 떠올랐다. 부르지 않고도 상대가 자신을 돌아보게 하는 그녀만의 방법.

나는 생전의 그녀가 했던 대로, 왼손을 단전에 대고 오른손을 가슴에 얹었다. 그리고 그녀의 사진을 바라보았다. 이런 자세로 간절히 바라보면 상대가 반드시 대답을 한다고 했던가.

묘지 뒤쪽에서 불어온 바람이 내 얼굴을 연신 핥고 지나갔다. 시간은 맥없이 흘러가고 자세마저 불편해지기 시작했다.

그녀는 여전히 아무런 대답이 없었다.

나는 묘지 앞에 주저앉았다가 비석에 머리를 기댔다. 비석이 뿜어내는 11월의 찬 기운이 뇌수까지 들어찼다. 그러자 마린의 얼굴이 선명하게 떠오르고, 그녀가 남긴 메시지가 음성으로 생생하게 들려왔다. 할 수만 있다면, 그렇게 떠도는 음성들만이라도 붙잡아 두고 싶었다!

내가 다시 오는 날에는, 사랑을 나누는 동안 내 귀에 시를 읽어주세요.

실제로 그 포스트잇을 붙여 놓고 간 며칠 후, 마린은 빨간 천을 두르고서 현관에 나타났다. 나는 작업실에서 뛰쳐나와 불 꺼진 거실에 우뚝 섰다. 에어컨도 꺼져 있었다.

붉은 시폰 원단으로 몸을 감싼 마린은 인도 여인처럼 미간 사이에 붉은 점을 찍고 있었다. 정신적 힘의 중심점인 '차크라'를 찍고 나타났던 것이다. 미간은 '아즈나 차크라'라 부르는 제6차크라 지점이다.

나는 '투우사가 되어 돌진하라'던 그녀의 메시지도 까맣게 잊고 넋을 잃은 채 바라만 보았다. 마린은 천천히 오른팔을 들었다. 그러자 시폰 원단의 붉은 천이 아래로 좌르르 떨어지고 처음으로 보는 그녀의 전신이 나타났다. 다소 야위었지만, 동양인의 비율치고는 훌륭했다. 그동안 만지고 느껴왔던 그녀 몸의 설계도가 눈앞에 펼쳐져 있었다.

그녀의 알몸은 내 예상대로였다. 목에 제5차크라가 표시돼 있었던 것이다. 가슴에는 제4차크라가, 배꼽 근처에 제3차크라…… 그렇다면 성기에 제2차크라 표시가 있을 것이다. 그러자 그녀의 회음부에 '물라다라 차크라'로 불리는 제1차크라가 보이는 듯했다.

나는 그제야 비스와바 심보르스카의 시 중에서 〈포르노 문제에 관한 발언〉을 읽기 시작했다.

"사유思惟보다 더 음란한 것은 없다.

데이지 꽃을 위해 마련된 화단에서

바람에 날아온 잡초가 무섭게 번식하듯"

나는 시를 읽으면서 마린에게 다가갔다. 그녀가 입고 왔던 붉은 천과 그녀를 안고 침실로 들어갔다. 그녀는 계속하라는 듯 제 귀를 내 입술에 비벼댔다.

"이런 외설스러움은 우리 안에서 금세 자라난다."

나는 붉은 천을 침대 위에 깔고 그녀를 눕혔다. 다섯 개의 차크라를 표시하고서 붉은 천 위에 누운 그녀의 모습은 놀라웠다. 카메라 앵글을 통해서도 그렇게 유혹적인 장면은 본 적이 없었다. 아마도 그녀를 기억하는 가장 강력한 단서가 될 만했다.

"사유하는 자들에겐 성스러운 것이란 아무 것도 없다.

사물들을 무례한 이름으로 부르기.

저속한 해석과 음탕한 결론.

벌거벗은 진실에 대한 야만적이고 방탕한 집착.

은밀한 주제에 대한 호색스러운 접근……"

내가 속삭이는 한 문장 한 문장에 대해 그녀의 몸이 한 치의 오차도 없이 대답했다. '무수한 견해들의 산란기'에서 '사뭇 만족한다'로 넘어갈 때는 회음부에 위치한 제1차크라도 활짝 열린 듯했다. 우리의 몸이 빈틈없이 밀착된 상태에서 그녀가 시를 속삭이던 내 입술을 깨물었던 것이다.

그녀의 몸이 땀으로 매끈거렸다. 땀에서는 향기가 났다. 코코샤넬이나 릴리코스 비슷한 그 냄새를 나는 훔치듯 들이키면서 시를 읊조렸다.

"무수한 견해들의 산란기—그들은 사뭇 만족한다……"

그때 나는 제1차크라인 그녀의 회음부에서 전해오는 진동을 느꼈다. 그녀는 그 '산란기—그들은 사뭇 만족한다'는 순간에 만족해버린 것이다. 내 다리를 옥죄고 등짝을 꼭 끌어안은 채 자기 몸에서 일어나는 진동을 내게도 전해주고 있었다.

나는 그녀의 떨림이 잠잠해질 때까지 기다렸다. 그리고 다시 시를 읽기 시작했다.

"그들은 잡지에 인쇄된 분홍빛 엉덩이보다

금지된 지식의 나무에 매달린 열매의 달콤한 맛을 더 선호
한다.

이 단순 무지한 모든 것들이 결국엔 명쾌한 포르노
다……"

마린이 잠시 내 입술을 막고 자세를 바꾸었다. 그녀는 내
위에 앉더니 서로의 양손을 맞잡고 아주 천천히 움직이기 시
작했다. 나는 상체를 살짝 일으켜 앉아서 그녀의 귀에 시를
쏟아 넣었다. 사실 아래로 몰려가는 기운 때문에 제대로 시
를 읽기가 힘들었다.

"그들이 즐기는 책에는, 아…… 아무런 삽화도 삽입되지
않았다.

노골적인 도색잡지와…… 유일한 차이점은

손톱이나"

나는 이미 내 몸의 참을성에 실패했고, 그럼으로써 시를
읽는 속도 조절에도 실패하고 있었다.

"색연필로 표시해놓은 특별한…… 문장들이 있다는……
사실뿐……"

그녀가 쪼그려 앉은 상태에서 내 배 위에 올라앉은 다음부
터는 내 몸의 움직임도 시 읽기도 빨라졌다.

"이 교태로운 단순함은…… 위험스럽기 짝이 없다.

……누군가의 지성이 또 다른 누군가의 지성을…… 임신

시키는 데 성공했으니……"

그녀는 내가 더 이상 참을성을 발휘할 수 없다는 것을 깨닫고는, 더 깊이 나를 받아들인 상태에서 자신의 회음부에 집중하기 시작했다. 나는 그 시를 끝까지 두 번 반복할 수 없음을 깨달았다.

"……얼마나 놀라운 일인가.

카마수트라조차 알지 못하는……"

내가 읽는 시는 비명처럼 변했다. 이미 그녀가 놀라운 힘으로 나를 밀어붙이면서 목을 뒤로 젖히고 있었기 때문이었다.

"……그런 기묘한 체위로.

그들이 밀회하는 순간, 아, 아……"

우리는 달라붙은 채로 뒹굴었다. 그렇게 붉은 천을 뒤집어쓰고 서로의 몸에서 전해오는 여진을 느끼고 있었다.

이제 붉은 천은 남아 있고 마린은 없다. 그녀의 차크라는 남았지만, 절대로 그 시간으로 돌아갈 수도 없다. 냉장고 앞에서 마린의 메시지를 보는 것으로 그녀를 추억해야 한다!

추억에는 잔인한 속성이 있다. 특히 복구 불가능한 시간을 더듬고 싶을 때는 그 시간의 화살이 독을 품고 날아올 때도 있으니……

* * *

휴게실을 거쳐서 관리실로 가려다가 또 커피 향에 붙들렸다. 이경을 만나러 오던 첫날에 맡았던 향기. 비 냄새와 찬바람에 버무려져 묘하게 서글픈 맛이 나던 추모공원의 커피.

나는 커피를 세 잔 사들고 관리실로 들어갔다. 여직원은 보이지 않고 관리인만 자리에서 벌떡 일어났다.

"아유, 오늘도 내려오셨네?"

그는 나를 알아보더니 입구로 달려 나왔다.

"아내를 데려가려고요. 수목장을 하려고 합니다."

관리인은 무슨 말이냐는 표정으로 웃음을 거두고 나를 바라보았다.

"고인의 뜻이라니, 그렇게 해주고 싶어서요. 제 뜻은 곁에 두는 거지만, 어쩔 수 없게 되었습니다."

관리인은 거기까지 듣더니, 매우 불편한 얼굴로 말했다.

"아니…… 개장유골을 하시려고요? 선생님, 잘 생각해보세요. 이제야 잔디가 자리를 잡아가는데……"

"예, 잔디가 자리 잡기 전에 하려고요. 무엇보다 아내가 이곳에 자리 잡기 전에 데려가야겠어요."

관리인은 몇 번이나 입을 벙긋거리다가 그만두었다. 그리고는 내 처분에 맡기겠다는 듯 나를 빤히 바라보았다. 이곳 묘지들에 얽힌 사연을 가장 많이 알고 있는 친절한 관리인이었다. 이 사람과도 정들기 전에 떠나야겠다는 생각이 처음으로 들었다.

　나는 커다랗고 확신에 찬 목소리로, 다시 말했다.

　"제 아내를 데려가겠습니다."

몽마르트르로 가세요

082902:58

오늘은 내 물건들을 정리하다가 반으로 자른 노트를 발견했어요. 고흐의 흔적을 만나러 몽마르트르에 갈 때, 메모장으로 들고 갔던 거였어요. A4 사이즈 노트를 손으로 찢은 거라서 잘린 부분이 허옇게 나달거리네요. 이걸 본 순간 몽마르트르의 아침 냄새가 떠올라서 순간이동이라도 한 느낌이었어요.

혹시 기억하세요? 우리가 처음 가상부부가 되어 대화를 시작하던 때, 아직 내가 건강하던 그때…… 당신에게 물었지요. 왜 인물사진은 찍지 않느냐고. 당신은 이렇게 대답했어요. "고흐가 그린 자화상만큼 그럴듯한 인물사진을 찍을 수 없어서죠."

일주일 후, 나는 드골 공항에 내렸어요. 그러니 이 노트에 담긴 파리에서의 시간들은 당신이 내게 선물한 거나 마찬가지예요.

나는 몽마르트르의 별 두 개짜리 호텔에 짐을 풀고 아베스역을 통해 박물관과 기념관, 오베르쉬르 우아즈 등을 찾아다니면서 열흘을 보냈어요.

오베르에 간 건 고흐의 마지막이 거기에 있기 때문이었어요. 몽파르나스나 몽마르트르 묘지에도 우리가 좋아하는 사람들이 많이 묻혀 있지만, 나는 고흐에게 하루를 바치기로 했어요. 몽마르트르 광장에서 고흐의 석판화를 보고 난 다음에 마음이 바뀌었거든요. 그에게는 미안하지만, 그 안타까운 죽음 앞에서 이런 생각이 들었어요. 요절하는 젊음보다는 늙어가는 게 낫지 않을까, 하는……

아, 오베르의 매력은 고흐의 마지막을 모두 간직하고 있다는 거예요. 마지막으로 숨을 거둔 라부 여관이나 그의 그림 속 실제 장소를 찾아다녔어요. 그러다 보니 밤이 왔어요. 다시 파리로 돌아오는데 참 이상한 기분이 들었어요. 고흐는 몽마르트르에서 오베르로 내려가서 죽었고, 나는 오베르에서 몽마르트르로 거슬러 올라가는 중이었던 거죠. 하루를 고흐와 함께 숨 쉬고 교감한 나머지 그의 죽음에 빙의된 느낌이랄까. 그러면서도 행복한 충만함을 느꼈어요.

그때 나는 함께 늙어가는 사람들을 수도 없이 발견했어요. 남녀의 성조차 구분할 수 없을 만큼 늙은 노부부를 보기도 했죠.

허옇게 센 머리를 짧게 자른 두 사람은, 언뜻 형제로 보이기도 하고 자매처럼 보이기도 했어요. 남성성도 여성성도 다 휘발되어버리고, 인간성만 남은 듯 보였지요. 그들은 넝쿨이 서로의 몸을 휘감듯 마주

잡은 손을 꼭 쥐고 걸었어요. 그렇게 서로의 손에 뿌리를 내린 채, 기대고 이끌어주면서 천천히 횡단보도를 건너갔지요.

그때 처음으로 이런 생각이 들었어요. 이끌고 이끌리면서, 저렇게 같이 늙어가는 거로구나. 이가 썩고, 주름이 지고, 근육이 내려앉는 걸 서로가 지켜봐주면서, 저렇게……

혹시, 당신이 파리에 가거든 몽마르트르 공원으로 올라가세요. 아마도 아베스역이나 피갈역에서 올라가게 될 거예요. 아베스역은 계단이 얼마나 긴지 몰라요. 그 길고 구불구불한 계단에 벽화를 그려놔서 올라가는 내내 심심하지는 않을 거예요.

역에서 나오면 광장 앞 공원에 세계 각국어로 사랑한다고 적혀 있는 '사랑해' 벽이 있어요. 한국어 '사랑해'를 발견했을 때 눈물이 핑 돌았어요. 글씨를 썼다기보다는 그림처럼 그린 듯한 그 '사랑해'. 그리고 한글로 쓰인 두 가지 사랑 고백이 더 있어요. 그건 당신이 직접 찾아보세요.

그다음에 당신이 할 일은, 그곳 초상화가들 중에서 가장 나이 든 사람을 찾는 거예요. 아마도 당신이 그곳에 갈 때까지는 살아 있을 만큼 늙은 사람이에요. 왜냐하면, 내가 당신 초상화를 그 화가에게 부탁했거든요. 선불로 50유로를 주었어요.

'언젠가 근사한 턱을 가진 동양남자가 오면, 그의 초상화를 부탁드립니다' 라는 메모지와 함께요.

번역기를 사용해서 당신이 그 동양남자라고 말하세요. 그리고 당신 초상화가 완성되는 동안 '카페드몽생'으로 가서 에스프레소와 달팽이를 맛보세요. 그 카페 여직원의 왼쪽 젖가슴 위쪽에 새겨진 '애심愛心'이라는 한자 문신도 보시고요.

그곳에서 애심을 보았을 때 묘한 감동을 받았어요!

언젠가 당신이 내가 다녀온 곳으로 찾아간다면 좋겠어요. 어쩌면 우리는 그곳에서도 따로, 또 같이 있겠군요!am

거실 바닥에 누워 그녀의 다이어리를 읽다가 잠이 들었다.

잠에서 다시 깼을 때 누군가 현관문을 열고 들어왔다. 사립짝문 같은 내 집 현관은 이제 밤이고 낮이고 열려 있었다.

잠시 후, 그 누군가가 맨발로 거실 바닥을 걷는 소리가 들렸다. 나는 다시 눈을 감아버렸다. 암흑과 정적이 동시에 찾아왔다. 바닥을 걷던 맨발이 일시 정지한 것이다.

나는 마지못해 눈을 떴다. 그러자 나를 들여다보고 있던 얼굴이 당혹감을 감추지 못했다. 형광등을 머리 쪽에 이고 있어서 역광으로 노출된 그 얼굴은 차츰 노여움으로 변해갔다. 엄마였다.

"니 형은 사고 나서 철부지로 살다가 죽구, 간첩으로 몰린 니 아버지는 살았어두 죽은 사람이었는데…… 그래, 이제 너까정 나한테……"

어린 시절 이후, 내게 저장된 엄마의 표정은 바로 저 노여움이었다. 그 감정은 엄마의 기본 정서였고, 엄마가 사랑을 준 것들로부터 돌려받은 것이기도 했다. 세상과 아버지와 자식들에게서까지.

나는 상체를 일으켜 앉았다. 그러자 식탁 모서리가 이마에 닿았다. 어찌된 일인지 다리를 식탁 아래 집어넣고 누워 있었나 보았다. 요즘은 술을 마시고 잠들면 깨어나는 장소가 매번 달랐다.

엄마는 가져온 반찬들을 냉장고와 냉동실에 넣으면서 한숨 섞인 한탄을 늘어놓았다.

"성만이한테 다 들었다, 먼 소린진 모르것다만……"

"……"

"니가 어렸을 때부터 집안에 일이 많었지. 나두 니 속을 왜 모르것냐? 니가 어려서부터 형까정 건사하다 보니께…… 그래서 니가 일찍 철이 든 것두 가슴 아펐어……"

"……"

"니 형 그렇게 되구서는, 내가 기댈 사람이 너뿐이게 된 거여. 니 형 손을 잡을 때는 내가 보호자였지만서두, 니 손을 잡을 때는 내 맘이 젤 편하더라구. 근데 그게 또 너한테 미안하더라마는……"

엄마는 반찬 정리를 다 하고는 현관으로 가서 신발을 신었

몽마르트르로 가세요 231

다. 나는 그제야 입을 열었다.

"엄마, 그냥 시간이 좀 지나면 다 좋아질 거예요. 조금
만……"

"그래두 아버지 판결은 받으러 가야지."

"그래야죠."

"내일이잖냐……"

아버지의 재판도 잊고 있었다.

이렇게 오래 재판을 생각하지 않은 적은 없었다. 아버지의
아들로 살아온 내게는 그 판결이 평생의 숙제였는데 말이다.
나는 다시 누웠다가 벌떡 일어났다. 단팥빵을 산 지도 꽤나
오래되었던 것이다. 형의 기일이 다가오고 있었다.

아버지와 형의 기일이라니, 아이러니가 아닌가. 산 사람에
게 내리는 판결 날짜도 기일이고, 죽은 사람을 기리는 날도
기일이라는 게……

판결

아버지의 판결이 내려졌다. 단 한 줄의 짧은 판결문이었다.

'원고 윤희동의 죄에 대해서는 확인할 수 없음'이었다. 무죄추정의 증거로 보는 결정적 요인은 '불법연행'과 '47일의 불법감금'이었다.

'무죄이다'가 아니라, 무죄추정의 증거라는 애매한 표현을 받았다. 방청석에서 두 가지 반응이 쏟아졌다. 이겼으니 됐다는 반응과 여전히 정부의 사과 없는 판결이라는 비판이었다. 변호인단은 만족했으나, 아버지는 표정이 없었다.

아버지는 애초에 이 재판 자체를 하고 싶지 않다고 버텼다. 또다시 법정에 출두해서 무슨 판결인가를 받으며 남은 날을 살아가는 게 싫다고 했다. 그런 아버지를 설득해서 소송을 제기한 건 나였다. 물론 과거사정리위원회와 변호인단의 도움이 있었지만, 아버지를 다시 그 소용돌이 속으로 밀어 넣은 건 분명 아버지 자신은 아니었다.

법정을 나오자, 기자 몇이 달려들었지만 아버지는 작정하고 입을 다물었다. 아버지의 그런 단호한 표정을 본 건 어렸을 적 이후로 처음이었다. 무섭게 다물린 입매가 몹시 침착해 보였다.

배 형사와 성만이 기자들을 밀쳐내고 아버지를 내 차에 태웠다.

"아버지, 죄송해요……"

아버지의 시선은 창밖으로 가 있었다. 조수석에 앉은 엄마는 나를 보고 있다가 입을 열었다.

"모든 게, 다 밝혀졌는데 뭘 그러냐."

"저도 소송 끝나면 그럴 줄 알았는데요, 진짜 소송만 끝나면 모든 게, 뭔가 다 해소될 줄 알았어요."

아버지는 고개를 돌려 룸미러를 통해 나를 보았다.

"아니다, 내가 해줄 수 있는 게 있으면 좋겠는데…… 답답하구나."

아버지와 엄마는 진도식당에서 내렸다. 내가 주차를 하려고 하자, 아버지가 조수석 창문으로 와서 조용히 말했다.

"내릴 거 없다. 그 형사님하고 다 수고하셨는데, 네가 좀 챙겨 드려라."

아버지는 내 차가 출발하고도 한참을 그 자리에 서 있었다. 룸미러에 보이는 아버지는 내 차로부터 멀어지는 게 아니라, 아버지 스스로 뒤로 가는 듯 보였다. 어정쩡하게 들린 왼손을 내리지도 못한 채 뒤로, 뒤로 멀어졌다.

낙타사막 안에는 손님이 꽤 있었다. 카페지기는 바쁘게 일이 층을 오르내리고 있었다.

이 층으로 올라가자, 좌식 테이블에 앉은 배 형사와 성만이 손을 번쩍 치켜들었다. 얼굴빛으로 보아 두 사람은 이미 얼큰한 상태였다.

"아니, 벌써 이렇게들 취하시면 어떡합니까?"

성만이 내 잔에 급하게 술을 따랐다.

"선재야, 너 이거부터 빨랑 마셔라. 그래야 우리랑 술 도수 맞춰서 얘기하지. 얼른 마셔."

배 형사는 술잔을 내려놓고 담배를 들었다가 다시 내려놓았다.

"나는 일본 가서 큰아버지를 모셔와야겠네."

"형사님, 전 오늘…… 아버지 얼굴 보고, 소송한 거 후회했어요……"

"나도 뭐 오늘 판결에 대해 만족스럽진 않지만, 안 하는 거보단 나을 거 같다는 생각이 들었어."

"그런데 큰아버님은 아직도 일본에 계세요?"

"죽어도 한국 땅 안 밟고 죽는다고 버티시지. 세상에서 그런 정부는 어디에도 없다는 거야."

성만이 재빨리 술잔을 내려놓고 거들었다.

"아우, 정권 바뀐 지가 언젠데 그러신대요?"

"아니네, 우리들은 짐작도 못하는 게 있다고만 하셔. 그때 마비돼서 돌아간 입이 아직 온전치 못하시구. 아무튼 간에 큰아버진 아직두 80년 여름에 살고 계시다니깐."

내 귓속으로도 80년 여름의 소리가 차례로 들려왔다. 우선 들려오는 건, 엄마의 울먹이는 소리…… 유년에 대한 기억은 그 소리로부터 시작된다.

마치 오프닝 사운드처럼 불행의 시작을 알리는 그 울음소리는 차량의 급정거와 급출발 소리에서 비롯되었다. 새까만 지프차가 먼지를 몰고 와서 끽 멈추자, 깔깔거리던 아이들의 웃음소리가 멈추었다. 그다음에 들려온 건 아버지의 다급한 목소리다. 두 밤만 자고 온다고 엄마한테 말하거라! 지프차가 아버지를 태우고 떠나는 소리 뒤에 엄마의 간절한 목소리가 들어찬다. 살려 달라는, 그 울음 머금은 목소리가 내 유년의 울음을 삼켜버렸다. 그래서 난 울지 않는 아이가 되었다.

"아우, 내 통장 또 털렸다."

성만의 목소리가 나를 80년의 소리에서 꺼내주었다.

"사이버 수사대가 다녀갔는데, PC가 바이러스 먹은 거랜다. 못 믿겠어서 배 형사님한테 부탁했어."

"야, 만만아, 배 형사님이 사이버 수사대냐? 형사님은 더 나쁜 놈들 잡게 귀찮게 하지 마라."

"나한테는 내 돈 가져가는 인간이 젤 나쁘거든. 그쵸, 형사님?"

순간 다섯 번째 아내인 세실리아가 떠올랐다.

"성만아, 너 혹시 채팅 중에 상대가 널 보고 있다는 느낌 안 받았니? 예를 들면 네가 움직이는 모습이 보이는 듯한 말이나……"

"난 그게 좋았는데, 자극적이고."

"사이버 수사대에서 '트로이잔 바이러스'라고 안 그래?"

"무슨 바이러스 이름이 잔 다르크처럼 거룩하게 들리냐?"

"그럼 결혼은 연애의 시작 사이트랑은 상관없다는 거지?"

"아무튼 뭘 심어 놓은 거란다. 매직쇼 초대장이 문제라고……"

아마도 성만이 전자 우편으로 받은 초대장을 덥석 물었을 때 바이러스에 감염되었을 것이다.

"근데 선재야, 너 어제 전화도 안 받고 뭘 샀다구?"

"땅…… 여섯 번째 아내가 수목장을 원했대……"

배 형사가 은근한 어조로 물었다.

"어디서? 벌써 땅을 샀나?"

"여섯 번째 아내랑 호스피스 병동에서 지낸 사람이랍니다."

배 형사는 술잔을 내려놓고는 책상다리로 자세를 고쳐 앉았다. 그러고는 팔짱을 낀 채 잠시 나를 바라보더니 입을 열었다.

"요즘 말이지, 장례식장 문상 온 손님도 조심해야겠어. 참나, 유가족한테 새로운 사기를 치는 놈들이 있더라구. 심리적으로 가장 나약한 틈을 노린 거지."

성만은 자신이 알고 있는 장례식장 사기수법을 늘어놓았다.

"형사님, 혹시 고인이 살아생전에 자기한테 빚을 졌대요? 혹시 그런 걸 문서로 만들어서 조의금에서 받아가려는 수작, 그런 건가요?"

"아냐, 이번엔 새로운 건데 땅 사기야. 재밌는 건 그게 합법적으로 판 거라 법적으론 하자가 없어. 당한 사람만 있는 거지."

내가 불쑥 끼어들었다.

"합법이고, 당한 사람만 있는 사기라면, 어떤 건가요?"

"쉽게 말하면, 천 원짜리를 백만 원에 판 거지."

"그럼 사기잖아요? 물건값을……"

"이보게, 우리나라 땅값이 어디 정해져 있나? 정가 얼마라고 써 있는 것두 아니고, 팔고 사는 놈 맘이지. 얼마에 팔았다고 신고하는 것도 죄다 다운계약서니 뭐니 써내는데? 물론 불법이지만. 그런 게 법꾸라지들 생존법이네."

"그럼……"

"천원에 산 땅을 백만 원에 팔고서, 백만 원에 대한 세금을 내면 돼."

성만이 풀어진 눈으로 나와 배 형사를 번갈아 바라보았다. 배 형사는 나를 보고 묻는 듯이 말했다.

"백만 원에 산 사람은, 그게 백만 원어치 값어치라고 생각해서 산 거 아닌가?"

성만이는 나를 가리키며 말했다.

"형사님, 그럼 얘가 산 수목장용 땅은요?"

배 형사는 눈을 크게 떴다.

"수목장용? 그런 용도라면 추모공원에서 분양하지 않나?"

"여기 강화도라는데요……"

나는 재킷 안주머니에 넣어 두었던 부동산 매매계약서를 꺼냈다.

"제가 땅도 보고 계약했습니다. 그냥 멀쩡하고, 아니 좋아 보였어요……"

"멀리 갈 것도 없네."

배 형사가 진지하게 말했다.

"구글어스에 지번만 치면 다 보이니까."

잠시 후 위성지도에서 내가 산 땅이 보이기 시작했다. 화면을 확대해보니, 그곳은 내가 둘러보고 온 땅이 아니었다. 주소지는 강화도가 맞았지만, 내가 본 곳과는 전혀 다른 곳에 있는 낯선 땅이었다.

두 사람은 서로를 바라보며 의아해하더니 동시에 깨달음의 경지에 다다랐다. 성만은 나를 또라이라 부르며 팔팔 뛰기 시작했다.

"이 또라이 진짜 기네스북에 올라갈 놈이네. 땅을 앉은 자리에서 십 분 만에 계약했다고? 이런 놈이 세상에 어딨냐? 콘돔을 살 때도 요모조모 살피는데……"

스마트폰의 위성지도를 뚫어져라 노려보던 배 형사가 말했다.

"내 말처럼 완전한 사기는 아니네만……"

배 형사가 한마디 더 보탰다.

"십 분 만에 산 거치고 평수는 꽤 돼네……"

이경이 그토록 원했던 땅은 낭떠러지 위에 있는 돌산이었다. 주변에는 아무것도 없었다.

그 사기꾼 여자 말대로 나무 한 그루가 있을 뿐이었다.

"야, 선재 너, 점쟁이한테 술술 불듯이 했지? 그 여자한테 네가 먼저 신상 다 털어줬지?"

성만이 술에 취해 계속 입을 놀려댔다.

"아우, 저기 돌산 위에 낙락장송 좀 보세요. 수목장이 가능은 하겠네요. 형사님, 그죠? 여름휴가 때, 저 나무 밑에 가서 삼겹살이나 궈 먹고 오자구요, 예?"

사기라는 걸 짐작했을 때는 술이 확 깨더니, 차츰 정신이 가물가물해졌다. 아니면 내가 정신을 놓고 싶은 건지도 몰랐다. 아버지의 판결이 다시 떠오르고 정수리가 뜨거웠다.

"아, 오늘이 저한테 무슨 날이죠, 도대체……"

내 입에서 탄식이 흘러나왔다.

"아버지가 원치도 않는 재판을 부추기고…… 이경이 남긴 유산을 멍청하게 날린 날이네요. 아버지 판결을 내 손으로 이끌어낸 날인데, 오늘 참 이상한 날이네요……"

두 사람은 이제 아무 말 없이 내 잔에 술을 따라주었다.

"둘 다, 제 욕심이었습니다. 아버지 재판을 통해서 저한테 붙은 간첩자식이라는 딱지를 떼서 만천하에 보여주고 싶었던 거예요. 안 그래요?"

문득 까마득히 잊고 있던 게 떠올랐다. 지금 내 손길을 기다리는 그녀의 생명들이 있다는 사실이.

"이경이 수목장을 원했다는 말을 어떻게 믿을 수가 있었을까요? 제가…… 그 여섯 번째 아내가 어떤 사람인지, 그렇게 많은 대화를 나눴는데도……"

나는 말을 멈추고 자리에서 일어났다. 그녀의 분신들이 내 손길을 기다리고 있을 것이다. 나는 뛰듯이 층계를 올라갔다.

현관문을 열고 급하게 불을 켰다. 집 안에 뭔가 활력이 생겨 있었다. 화초들이 막 숨을 쉬는 듯한 건 내 착각인가.

잠시 후 동이가 제 집에서 얼굴을 내밀더니 두 걸음쯤 걸어 나와서 멈췄다. 그 순간 집으로 돌아왔다는 감동이 가슴 뻐근하게 찾아왔다. 마치 마린이 내게 드나들 때처럼 잠시 설레기까지 했다. 그런데 냥이는 보이지 않았다.

집 안을 샅샅이 뒤진 후에 옥상으로 나갔다가 낙타사막까지 다녀왔다. 녀석은 이미 이곳에 없었다. 길고양이 습성대로 집을 나간 게 분명했다. 그렇다면 첫 번째로 찾아볼 곳은 데려왔던 곳이다. 불쑥 마린이 뛰쳐나갔던 순간이 떠올랐다.

마지막으로 나를 보러 온 마린은, 내 어깨와 등 근육을 따라 뜨거운 입술을 새부리처럼 찍어댔다. 무슨 소리를 듣기라도 하는 듯 내 어깨와 등에 귀를 대고 숨을 멈추기도 했다. 그러다가 맨발로 뛰쳐나갔다. 냥이야.

나는 운동화를 찾아 신고 '냥이'를 부르며 휴먼빌라로 가고 있었다. 살았던 곳으로 돌아가는 습성이 있다면 분명 그곳으로 갔을 것이다.

간병인의 집은 잠겨 있었다. 잠긴 현관문 앞에 섰을 때 오늘 본 아버지의 얼굴이 떠올랐다. 애써 외면했던 그 모습이 거기 철문에서 보였다. 입술을 아프도록 꽉 다문 채, 어딘가를 고집스레 바라보던 아버지. 그 순간 아버지가 느꼈을 자괴감이 내 가슴을 후려쳤다.

나는 불쑥 손을 들어 내 뺨을 한 대 후려쳤다. 냥이야. 다시 내 뺨을 때렸다. 그리고 더 세게, 양쪽 손으로 사이를 두고서 내 얼굴을 때렸다. 냥이야. 그녀의 분신들 중 하나인 냥이가 이대로 사라지면 어쩌지……

나는 계속해서 뺨을 때렸다. 부족한 나 자신에게 모욕을 주고, 모욕을 받으면서 점점 더 세게 후려쳤다.

내가 나를 때리면서도 정말로 모욕감이 느껴졌다. 배꼽에서부터 노여움이 차올라 정수리까지 올라갔다. 겨우 이까짓 따귀에도 노여움이 차오른다? 그렇다면 온몸과 정신을 끊임없이 두들겨 맞은 아버지는 노여움을 넘어 어떤 감정을 느꼈을까. 아버지는……

뺨이 아픈 게 아니라, 뜨겁게 부풀어 오르는 느낌이었다. 아파야 되는데! 왜 그때 마린을 알아보지 못했을까. 마지막으로 다녀가던 날이라도 알았더라면, 그때라도 그녀를 알아보았더라면 지금보다는 좀 더 나은 방법으로 그녀를 보내줄 수 있었을 텐데! 냥이야.

나는 냥이를 후렴처럼 부르다가 결국 바닥에 주저앉았다.

냥이야.

잠시 후, 어딘가 아주 멀리로부터 희미한 소리가 들려왔다. 어린 시절 내내 들었던 엄마의 울음 같기도 하고 아버지의 다급한 당부의 목소리 같기도 했다. 그 목소리는 두 밤만 자면 온다고 했는데, 19년이 지나서야 돌아왔다. 그런데 나는 그 아버지를 다시 법정으로 끌어내서 모두에게 선보였다. 그렇게 오랜만에 돌아온 아버지를……

그 희미한 울음소리는 진동으로 바뀌고, 점점 더 가까이 다가오더니 내가 앉은 바닥을 통해 몸으로 전해지기 시작했다.

"길냥이들은 거의 다 그래요. 그래서 다시 돌아와요."

어느새 간병인이 문 앞에 서 있었다.

"그렇다고 해서, 다 큰 사람이 울 일은 아니죠."

현관 앞에서 무너진 채 울고 있는 건 나였다. 아버지를 부르고, 냥이와 마린을 부르면서 어린애처럼 퍼질러 앉아 울고 있었다.

아버지를 데려간 80년 8월 21일 이후로 한 번도 울지 못했던 어린 내가, 맘껏 입을 벌리고 발버둥을 치고 있었다. 세상을 향해 떼를 쓰면서, 그 세상이 떠나가라 울고 있었다……

간병인은 가만히 문을 닫고 들어가 내가 울 수 있는 시간을 주었다. 그리고 한참 만에 내 울음이 잦아들자, 조용히 나와서는 두루마리 휴지와 함께 수첩을 내밀었다.

"받아 적어요. 언젠가 자매님 심부름으로 대모님께 택배를 보냈던 주소예요."

원곡성당.

나는 휴대폰으로 주소를 찍어서 저장했다.

"

"……글쎄요, 죽어야 새로운 시작이 오니까 그런 걸까요?
물리적 죽음 뒤에 오는 어떤……"
"어떤 죽음은 남은 사람들에게 살아갈 이유를 요구하기도
하지만, 또 어떤 죽음은 그 이유가 되기도 해요……"

"

유서

　대모를 만나는 건 쉽지 않았다. 내가 성당으로 전화를 할 때마다 외출을 했거나 기도 중이었고, 무슨 사업 중이라는 대답도 들려왔다. 반드시 연락을 하고서 찾아가라는 간병인의 부탁이 아니었다면, 이경에 대한 궁금증을 어느 정도는 해소하고도 남을 시간이었다.

　오늘은 성당에서 연락이 왔다. 점심 전에 만날 수 있다는 대모의 전화였다. 내비게이션으로 도착 예정 시간을 확인해 보니, 한 시간이 조금 넘게 걸릴 듯했다.

　고속도로에 들어서고 얼마 뒤, 엄마에게서 전화가 걸려왔다.

　"느이 아버지가 나한테 무슨 짓을 했는 줄 아니?"

　엄마의 담담한 질문에 나는 웃음 섞인 농담을 하려고 했다. 내가 막 입을 열어 엄마를 부르는 순간 통곡이 들려왔다.

"날 재웠어. 수면제를 먹여서……"

다시 숨이 넘어갈 듯한 비명이 들려왔다.

"……글쎄 니 아버지가……"

아버지는 수면제를 먹여 엄마를 재워놓고 식당의 가장 높은 곳에서 목을 맸다. 아버지의 유서는 입고 있던 카디건 주머니 안에 들어 있었다.

유서

우선, 미안하다!

대한민국 정부로부터 단 한 줄의 처분을 받아내기 위해, 나는 그 긴 세월을 살았나 싶었다. 그래도 너한테 씌워진 혐의를 벗어주고 떠나게 되어 다행이다.

네가 자라는 걸 지켜봐주지 못한 게 지금도 뼈에 사무친다. 너를 다시 보게 되었는데, 또 이렇게 민망한 모습으로 떠나게 돼서 미안하다.

선재야, 그래도 나는 너와 네 형에 대한 많은 걸 기억한다. 너희들이 처음으로 "아빠"라고 말한 날에는 긴 일기를 썼다. 너희 형제가 일어서고 뛰던 날에도 일기를 썼고, 너희들이 무엇에 울고 웃는지 그것들에 대해서도 썼다…… 그러나 그 순수한 일기마저도 중앙정보부 직원들의 손에 들어가면서 또 다른 음모가 되어 내게 돌아왔다.

지금 스스로 거두려는 내 몸뚱이는 그때 이미 수십 번 찢어지고 부러졌다. 그들은 누더기 같은 내 몸을 꿰매고 붙여가면서 끝내 원하는 진술을 받아냈다. 내 심장이 여전히 뛰고 있다는 게, 어느 순간에는 꿈만 같더구나. 정말이지……

미안하구나. 네가 학교에 들어가고, 이렇게까지 자라나는 걸 한 순간도 지켜봐주질 못했다.

내가 그때 경찰을 그만두고 미역 양식업을 하겠다며 진도 바닷가로 내려가지 않았더라면, 어떤 정부도 우리에게서 19년이라는 세월을 앗아가진 않았을 거라고 생각한다.

네 형…… 우리 희재가 그토록 단순한 바보로 살다가 비명에 가지도 않았을 것이다.

내가 이상과 꿈이 아닌 현실에 줄을 섰더라면, 분명 내 가족은 지킬 수 있었을 텐데!

나는 지난 19년 동안 이 후회를 밥처럼 곱씹으며 살았다. 지금까지도 그 생각엔 변함이 없다. 나중에는 출소한다는 게 민망하고 두렵기도 했다.

참으로 미련한 후회를 죽을 때까지 안고 가는구나…… 그러니 이 애비를 원망해라.

생각할수록 미안하고, 미안하다. 네 엄마에겐 더욱 그렇구나. 같이 살았던 날보다, 내 옥바라지를 한 세월이 더 길었는데……

희재가 너무 보고 싶구나……

* * *

빈소는 붐비지 않았다. 죽기 전의 아버지 표정만큼이나 적적하다고 할까. 오랜 시간 사회생활이 단절됐던 아버지의 지인은 극히 드물었다. 게다가 복역한 죄명이 간첩이고 보니, 친척들조차 조의금만 보내오기도 했다. 정권이 바뀌었어도 세상의 인심은 바뀔 수 없었다. 세상이 여전하니 사람도 변하지 못하고, 그렇게 서로의 꼬리를 물고서 역사처럼 제자리걸음을 하는 중이었다.

갑자기 한 무리의 사람들이 시간 약속을 한 듯 아버지의 빈소를 찾아왔다. 그들은 상주 옷을 입고 서 있는 성만과 나에게 다가왔다. 그중 상고머리를 한 앳된 여자가 우리에게 물었다.

"혹시 돈키호테 님?"

"부서진 첫사랑?"

성만이 되묻자, 같이 온 일행들이 빈소로 올라왔다. 성만이 방장으로 있는 게임 길드 사람들이었다. 성만은 내 대학 동기를 비롯해서 자신의 동아리며 온라인 게임 상대들까지 불러들인 것이다. 그들은 차례로 향을 피우고 절을 했다.

상주 자리에 서서 같이 절을 하던 성만이 속삭였다.

"이 사람들이 오늘 밤을 새줄 거야."

"네 덕분에 아버지가 조금 덜 서운하시려나?"

"밤에 안자는 사람들이라 최선을 다할 거다."

그 후로 더 많은 사람들이 돈키호테를 찾아왔다.

"야, 만만이, 넌 길드가 도대체 몇 개냐?"

"게임 무시하지 마, 이런 날도 있잖아, 응? 그 전투에서 살아남기 위해 얼마나 처절하게 싸우는지 넌 모를 거다. 그러니까 봐라, 그냥 전우애로 똘똘 뭉쳐서 여기까지 찾아오잖아."

온라인상에서 성만의 아이디는 모두 돈키호테였고, 비밀번호는 대개 'ckvkfwk'였다. 키보드에서 한글 키로 '차팔자'를 누르면 나오는 알파벳이었다. 사이트의 비밀번호 요구사항에 따라 '차팔자' 앞뒤로 녀석의 생일이 붙었다 떨어지곤 했다. 해킹하고자 마음먹으면 아주 쉬운 대상이었다. 온라인에서뿐 아니라, 성만의 마음도 해킹 대상이었다. 누구든 그 안에 들어가고 싶으면 녀석에게 마음만 열면 되니까.

배 형사가 도착했고, 잠시 후에는 카페지기와 데생 수강생들 몇 명이 같이 왔다. 배 형사는 카페지기에게 술을 따라 건넸다.

"카페지기 양반, 수척했던 얼굴이 좀 나아지고 있나 봐요?"

"아이들 위해서 열심히 살려고 마음먹고 나니 좀…… 술 멀리한 지도 좀 됐습니다."

그러고는 나를 가리키더니 말했다.

"미안하지만, 여기 윤 작가 보면서 아빠가 있어야 된다는 생각을 다시 했어요."

옆에 있던 성만이 갑자기 부지런해졌다. 쟁반을 들더니 우리 자리로 음식을 나르기 시작했다. 그러자 카페지기 수강생 중 한 명이 성만이 들고 있던 쟁반을 빼앗아 들고 일어섰다. 단발머리에 자그마한 이목구비가 균형을 잘 이룬 귀여운 느낌의 여자였다. 음식을 나르는 모습이 당차고 야무져 보였다. 웬일인지 성만은 농담 한마디 없이 그 모습을 조용히 지켜보고 있었다.

나는 성만의 옆구리를 찔렀다.

"나 조문객 맞으러 간다."

성만은 귀찮다는 듯 내 팔꿈치를 밀어냈다.

새벽이 지나가고 있었다.

빈소에 들어가자, 상주 휴게실 문 앞에 쪼그려 앉은 엄마가 보였다. 엄마는 아버지로 하여금 존재를 인정받는 사람처럼 꼼짝도 않은 채 그 구석자리를 지키고 있었다. 나는 조문객들과 절을 하고 자리로 안내하느라 엄마를 돌아볼 겨를이 없었다. 아니, 그건 어쩌면 핑계일 것이다. 엄마의 얼굴을 보면서 다시금 확인해야 할 아버지의 죽음이 불편해서일지도 몰랐다.

"엄마, 이젠 좀 주무세요. 새벽이라 더 이상 조문객 안 와요……"

엄마는 나를 바라보지도 대답하지도 않았다. 엄마의 시선은 끈질기게 영정사진에 가 있었다.

죽은 아버지를 때리던 엄마가 떠올랐다. 그 모습은 무서울 지경이었다. 처음 보는 낯선 얼굴이었다. 한 번도 들어본 적 없는 욕설이 엄마 입에서 튀어나왔다. 이미 죽은 아버지의 목덜미를 흔들어대면서 차라리 자기 손으로 죽여 버리겠다고 으르렁거리기도 했다. 긴 세월 옥바라지한 대가를 이렇게 갚느냐고 발악할 때는 딸꾹질하듯 껵껵거렸다.

그때의 엄마는 아주 어린 계집애처럼 보였다. 그런데 지금은 모든 걸 비워버린 얼굴로 영정을 바라보고만 있었다.

영정액자 속의 아버지는 젊고 소탈해 보였다. 출소 후 사진 한 장을 찍지 않았던 아버지는 사십 대 중반의 모습으로 남았다. 자신만만한 웃음을 터트리고 있는 저 얼굴은 내가 어릴 적에 보았던 모습이었다.

어쩌면 엄마가 오랜 세월 기다려온 남편은 저 사진 속 아버지인지도 모른다. 그 생각 뒤에 아버지 얼굴을 떠올려보려고 했지만, 어찌된 일인지 출소 후의 아버지 모습이 전혀 생각나지 않았다. 오전에 보았던 죽은 얼굴조차 기억나지 않았다.

벌써 날이 밝아오고 있었다.

나는 성만을 불러다 빈소에 앉혀놓고 말했다.

"아버지를 보고 와야겠어."

"곧 염할 텐데, 뭔 소리야?"

"아버지 얼굴을 완전히 잊었어."

나는 신발을 구겨 신고 허청거리며 지하로 내려갔다. 안치실 문을 열자, 문 앞 의자에서 남자 한 명이 졸고 있었다. 그는 아버지를 보고 싶다는 내 말을 한참이 지나서야 이해한 듯 천천히 일어섰다. 그러고는 아버지의 냉동 칸을 열면서 하품을 참느라 애를 썼다.

아버지의 얼굴은 내가 예상했던 얼굴이 아니었다. 처음 보는 낯선 노인이 무심히 잠든 모습이었다. 내가 기억하는 아버지는 영정사진 속에서 웃고 있는 사람이었다. 나는 휴대폰을 꺼내어 아버지 얼굴을 찍었다.

"아니, 상주 맞아요?"

졸고 있던 남자가 정색을 하고 내게 물었다. 나는 알 수 없는 힘에 떠밀려 밖으로 나왔지만, 그게 무엇인지 곧 알아차렸다. 남자의 얼굴은 나를 도덕적 결함이 있는 사람이라고 비난하고 있었던 것이다.

장례식장 밖에는 담배를 피워 문 사람들이 서성거리고 있었다. 나는 재떨이 앞으로 걸어가면서 휴대폰을 다시 열었다.

방금 전에 찍은 아버지 얼굴이 세 장 있었다. 세 장 모두 아무런 변화 없이 똑같았다. 그다음 사진이 화면에 떠올랐다. 주소였다. 대모가 있는 성당 주소를 찍은 사진이었다. 그제야 성당에 가려던 아침이 떠올랐다. 이제라도 대모를 만나야 하지 않을까. 염하기 전에 돌아올 수 있는 시간은 충분했다.

그때 문자가 한 개 들어왔다.

삼가 고인의 명복을 빕니다.
〈화장 일정〉
고인: 이경
상주: 윤선재
장소: 용인 평온의 숲 나래원 3호기
일시: 2017년 11월 25일 13:30(7회차)

대모는 엄숙하다 못해 무표정한 얼굴로 나를 맞았다. 질책하는 듯한 그 혹독한 시선을 마주한 순간, 이경을 넘어서는 어떤 의미와 마주하고 있다는 느낌마저 들었다.

대모는 피에타 상이 보이는 벤치를 가리키며 잠시만 기다려달라고 말했다. 벤치 뒤로는 숲이 시작되고 있었다.

"상주께서 이렇게 새벽길을 달려오신 걸 보니, 내 역할이 벌써 부담스럽군요……"

잠시 후에 나타난 대모의 음성이 아까와는 달라져 있었다. 나는 대모를 향해 자세를 고쳐 앉았다. 대모의 표정에도 변화가 있었다.

"베로니카에 대해 궁금하다고 했다지요?"

"……예. 죄송합니다. 이렇게 불쑥……"

"하지만, 이젠 괜찮아요. 누구에게나 개인적 간절함에는 차이가 있으니까요. 형제님 시간을 많이 뺏을 순 없는 것 같으니, 궁금한 얘기를 해드릴게요. 혹시 베로니카가 엄마 얘길 한 적 있어요?"

"이경 씨 어머니가 동생의 고문관과 결혼했다고 알고 있습니다."

"네, 그래요…… 엘리사벳은 그러니까 베로니카 엄마는, 동생의 고문관을 매수해서 동생을 빼돌렸어요. 그리고 그 고문관과 결혼을 했지요. 그런데 그렇게 해서 석방된 동생이 제초제를 먹고 자살을 했어요."

대모는 잠시 말을 끊고, 기도문을 중얼거렸다.

"엘리사벳은 그 후에 베로니카를 낳았어요. 딸을 데리고 남편을 떠나려는 시도를 여러 번 했지요. 성당으로 쫓아온 남편과 실랑이를 벌이던 중에 베로니카를 대리석 바닥에 떨어뜨리는 사고가 있었어요. 어린 베로니카는 경기를 하고 열이 나서 병원에 오래 다녔어요. 엘리사벳은 떠나길 포기하고

256

필사적으로 치료에 매달렸지만, 베로니카는 브로카 영역에 영구적인 손상을 입게 되었죠."

"그래서 발음이 어눌했던 거였군요……"

"그래요, 베로니카가 말이 늦어지자 수군대는 사람들이 생겼어요. 아마도 제대로 자랄 수 없을 거라는 말들이었지요. 그런 말들은 대개 부모 귀에까지 가진 않지만, 우리 같은 사람들은 그 이상의 말도 듣고 살지요."

대모는 잠시 말을 끊었다가 혼잣말하듯 중얼거렸다.

"베로니카는 사고가 있었던 걸 몰랐어요. 원래 그렇게 태어난 줄 알았죠."

"거짓말을 하셨나요?"

"아녜요……, 마지막까지 말하지 않았을 뿐이에요. 그냥 모른 채 가는 게 낫지 싶어서요."

"그럴 수도 있겠네요. 모르는 게 나을 수도……"

"베로니카에 대해 형제님이 궁금해 하는 것들도 그런 거죠."

"이경 씨가 제게 큰돈을 남긴 거 알고 계시죠? 지금까지전 그녀가 누구인지 알아내려고만 했는데…… 이제야 왜 그 돈을 제게 상속했는지 궁금해졌습니다."

대모의 시선은 내 얼굴에서 상복으로, 무릎 위에 놓인 내 손등에서 팔에 두른 상주 견장까지를 천천히 옮겨 다녔다.

그러고는 시선을 피에타 상으로 고정시켰다.

"성모님이 십자가에서 내린 예수의 사체를 안은 모습인데, 왜 슬퍼 보이지 않을까요?"

"……글쎄요, 죽어야 새로운 시작이 오니까 그런 걸까요? 물리적 죽음 뒤에 오는 어떤……"

"어떤 죽음은 남은 사람들에게 살아갈 이유를 요구하기도 하지만, 또 어떤 죽음은 그 이유가 되기도 해요…… 베로니카 아버지는 캐나다로 들어간 얼마 후에 죽었어요. 계모와 두 자매까지 모두…… 형제님이 말한 물리적 죽음이죠."

"아, 그건 몰랐습니다."

"로키산맥으로 여행을 다녀오던 길에 사고를 당했다고 해요. 그때 거액이라고 할 수 있는 돈이 상속되었지요. 베로니카는 성당에서 좋은 일에 쓰려거든 그 돈을 보태겠다고 했지요. 그래서 이주노동장학회를 설립했어요. 저기, '아이들 손에 연필과 미래를 쥐어주세요'라는 문구는 베로니카가 만든 거예요."

대모가 가리키는 쪽에 연두색 현수막이 걸려 있었다. 가무스름한 얼굴의 이국 어린이가 연필을 든 채 환하게 웃고 있는 사진도 인쇄돼 있었다.

"8학년제 초등학교예요. 현재는 방글라데시에 보리샬희망학교를 지었구요, 네팔에는 모랑희망학교를 지어준 상태지

258

요. 우리나라 분들도 해외이주노동자 경험이 많지요. 부당한
대우에 서러움도 많이 겪었고요. 그런데 이제 우리가 그 부
당한 행위를 돌려주고 있더란 말이지요. 그래서 역지사지의
마음으로 시작했습니다."

나는 '아이들 손에 연필과 미래를 쥐어주세요'라는 필기체
글씨를 눈으로 마음으로 쓰다듬었다. 한 자 한 자 점자를 읽
듯 눈에 새기며 이경의 마음을 느껴보려고 애썼다.

대모가 목소리를 가다듬고는 다시 말을 이었다.

"베로니카는 상속된 돈을 단 한 푼도 자신을 위해 쓰지 않
았어요. 베로니카에게 그건 돈이 아니라 풀어야 하는 숙제
같은 거였죠. 몇 개월 뒤에 또 고민이 생겼어요. 베로니카 아
버지가 한국을 떠나기 전에 들었던 보험이 있었대요. 보험금
에 대해 고민하던 베로니카가, 어느 날 형제님의 아버님 얘
기를 꺼냈어요. 국가에 보상을 청구하던 가족을 찾았다면서
요. 언젠가 어머님의 식당에 찾아가 형제님을 보았다고 하더
군요."

"그러게요, 저는……"

"그날 베로니카는 결정을 했어요. 증인출석도 하지 않은
아버지가 국가를 대신해서 보상을 하도록 하겠다는 거였어
요. 베로니카는 마음의 빚을 그런 식으로 갚을 날이 올 줄 몰
랐다면서 기뻐했어요."

피가 식는다는 건 이런 느낌일 것이다. 순식간에 주변이 지옥으로 변했다.

"그런 보상을, 기뻐해요?"

"베로니카 아버지의 물리적 죽음으로 오는 어떤 것이 되겠지요."

그때였다. 가슴 바닥에 가라앉았던 그 무언가가 끓어오른 건.

"애초에, 보상 차원에서 나를 찾아왔다는 거로군요."

참담함 기분이었다. 구구절절 사랑이라 믿었던 상대로부터 싸구려 보상의 수혜자가 되다니.

"이거야말로 이경이 디자인한 장례식이군요! 디지털 장례사다운 죽음이에요."

"형제님……"

그녀와 더불어 세상 모든 정부의 오만함에 진저리가 났다.

"대모님, 그 19년 안에 갇혀 지낸 건 아버지만이 아닙니다. 우리 가족은 그때 간첩이 된 아버지를 따라 순장된 거나 다름없어요. 그건 정치적 사회적, 그리고 경제와 법적으로 완벽한 순장이었어요. 그 무덤 속에서 숨도 못 쉬며 살아온 것에 대한 보상을 감히 누가 할 수 있단 말입니까. 누구 마음대로 함부로, 어림도 없습니다."

정말이지 어림도 없다. 그런 보상을 이유로 나를 찾아와서는 정신을 못 차리게 흔들어놓고, 그렇게 죽어버리면……
그러면 되었다는 말인가.

"그러면, 되었다는 말인가요?"

가슴속 소용돌이가 모두 입 밖으로 튀어나왔다. 대모는 성
호를 긋고 조용히 그녀의 신을 불렀다. 나는 차곡차곡 쌓인
감정을 대모에게 쏟아내기 시작했다.

"살아 있을 때 신을 만나서, 행복하셨습니까? 인간들이 얼
마나 영악한지 아시죠? 자기들이 신을 만들어놓고는, 필요
할 때 섬기잖아요. 이렇게 불편할 땐 신에게로 숨고……"

대모는 여전히 기도 중이었다.

"

제일 큰 꽃다발을 들고 오셔서 기죽지 말라고……
아버지를 대신해서 온 사람들이 매번 말했어요.
다음엔 꼭 아버지가 오실 거라고……
아버지가 보내주신 그분들이,
어린 내게는 아버지의 선량한 아바타들이었어요……

"

화장

092807:45

간밤에 문 옆의 침대가 햇살방으로 빠져나갔어요. 초등학생 남매를 둔 젊은 엄마였어요. 커튼이 쳐져 있어 보이지는 않았지만 가족들이 달려온 듯했어요. 의사와 간호사들의 목소리도 들려왔어요.

아이들에게 부드럽게 말하는 목소리는 환자의 남편 같았어요. "엄마는 이제 햇살방으로 가서 쉬어야 하니까, 며칠간 못 볼 거야. 알았지?" 아무런 대답이 들려오지 않았어요. 그러자 아이를 달래는 어른들의 소리가 들렸어요. "말 잘 듣고 동생과 잘 지내야, 엄마가 빨리 낫는 거야." 그러고는 침대 바퀴의 고정 장치를 푸는 소리가 들리고 침대를 움직이는 소리가 들려왔어요.

그때 갑자기 날카로운 아이의 목소리가 들려왔어요. 변성기가 오려면 한참은 있어야 할 남자아이의 맑고 높은 목소리였어요. "왜 다 거짓말해요? 울 엄마 죽으러 가는 거잖아? 엄마가 더 나빠. 우리한테 약속했잖아. 집으로 온다고…… 동생 잘 보내서, 그 말도 잘 들었잖아? 왜 거짓말해……"

그러고는 어른들의 탄식이 들렸어요. 아이가 기절했나? 내가 몸을 일으키려 했을 때 미카엘라가 내 손을 꼭 쥐었어요. 다시 울부짖는 아이의 음성이 들리더니 차츰 멀어졌어요. 아마도 아이는 침대에 매달린 채 밖으로 끌려 나가는 것 같았어요. 엄마가 죽을 때 그 침상에 달라붙어 있던 내가 떠올랐어요.

뇌가 죽은 후에도 마음은 살아 있다고 해요. 그러므로 뇌는 의식과 기억을 만드는 것이 아니라, 그저 받아들이고 인식하는 기관이라는 것이죠. 그 젊은 엄마는 죽어가면서 아니, 죽은 후에도 어린 아들의 울부짖는 소리를 들었을 거예요.

엄마도 내 흐느낌을 들으면서 떠났을까요? 내가 지르던 비명이 엄마가 이승에서 들은 마지막 소리였을까요……am

아버지가 마지막에 들은 소리는 뭐였을까?

장의사 두 명이 아버지를 씻기면서 염습이 시작되었다. 관위에 반듯하게 누운 아버지는 입을 살짝 벌린 채 낮잠을 청하는 듯 평화로워 보였다. 몸피가 잔뜩 줄어들었는지 내 기억보다 훨씬 작았다.

베옷으로 감싸이는 아버지를 보자 그제야 눈물이 질금질

금 새어나왔다. 그토록 오래 입고 있던 죄수복을 벗자마자 곧 삼베옷을 입다니…… 내 아버지로서가 아니라, 이 땅의 불운한 가장에 대한 연민이었다. 유리문을 사이에 두고 그 모습을 지켜보는 내내 성만은 콧물을 들이켰다.

이상한 건 엄마였다. 엄마는 죽은 아버지를 붙들고 난리를 친 이후 한 번도 울지 않았다. 아버지의 발톱이 깎이고 손톱이 깎이는 걸 무심히 바라볼 뿐이었다. 형을 보낼 때는 이러지 않았다. 조문객들이 쌍초상 치르게 생겼다며 혀를 찼을 정도였다.

수의를 여며 마무리를 하고 습신을 신은 아버지는 베옷을 단단히 입은 채 양손을 악수하고 있었다. 반함 절차까지 끝나고 면복으로 얼굴을 감쌀 때까지 엄마는 그저 바라만 보고 있었다. 마치 어제의 그 악다구니를 고인과의 마지막 인사로 여기는 건 아닐까 싶을 정도였다. 다행이었다. 장의사가 우리를 손짓해 불렀다.

"자, 이제 고인과 마지막 인사를 하세요."

우리가 아버지 앞에 서자, 장의사가 다시 말했다.

"남은 말은 지금 다 하세요, 아직까진 들을 수 있어요. 잘 가시라고……"

엄마는 아버지의 가슴에 놓인 손을 쓰다듬고는 가지런히 모아 붙은 두 발을 어루만졌다. 그러고는 입을 열었다.

"잘 했다 칭찬은 못해. 그래두 잘 살았으니, 좋은 데 가시오. 거기서 우리 희재 만나거든, 여기서 못해준 것두 좀 해주시구……"

그러고는 할 말이 더 남은 듯 입술을 달싹이다가 그냥 뒤돌아섰다. 성만은 아버지 귀에 대고 큰 소리로 말했다.

"어릴 때, 저희 집 돌봐주셔서 감사합니다…… 그거, 선재한테 다 갚을 겁니다. 염려 마시고 가세요……"

장의사는 내게 얼른 하라는 시늉을 해보였다. 나는 아버지의 얼굴을 두 손으로 그러안았지만 입이 떨어지지 않았다.

"아버지…… 죄송해요. 법정에 서는 거 싫어하시는 줄 알면서, 내 욕심이 앞섰어요. 아버지 누명보다는 내 누명을 벗고 싶었나 봐요……"

그때 엄마가 언성을 높였다.

"너 잘못한 거 하나 읎다. 니 아부지, 그래도 니 덕에 사람처럼 살아봤어. 눈길 한 번 못 마주쳤던 높으신 양반들, 검사니 변호사니 기자니 죄다 이 냥반 얘길 들어줬으니까. 이 세상에 더 할 말이 읎으니, 아쉬울 게 읎었던 거다."

엄마의 위로가 오히려 아버지에게서 받았던 것을 기억나게 만들었다.

"전 아버지한테 다 받았어요. 입학하고 졸업할 때마다, 내 생일마다 착한 아저씨들을 선물로 보내주시고……, 제가 모

를 줄 아셨어요? 그분들 중에 교도관도 있었잖아요. 군에 입
대할 때 데려다주신 분이 중학교 졸업식에 오신 분이어서 알
았어요. 제일 큰 꽃다발을 들고 오셔서 기죽지 말라고……
아버지를 대신해서 온 사람들이 매번 말했어요. 다음엔 꼭
아버지가 오실 거라고…… 아버지가 보내주신 그분들이, 어
린 내게는 아버지의 선량한 아바타들이었어요……"

　면복으로 감싼 아버지 얼굴이 눈물로 젖기 시작했다. 아버
지가 마지막으로 눈물을 흘린 것처럼 보였다.

　장의사가 지그시 내 팔을 잡았다. 그러자 그것이 무슨 신호
라도 되는 듯 햇살방에서 혼자 떠난 이경이 아프게 떠올랐다.

　"나는 당신을 미워할 수가 없어요. 어떻게 미워해야 하는
지조차 모르니까. 나도 누군가의 선량한 아바타가 돼보려고
해요…… 열세 번째 절기인 입추를 맞으면서 대책 없이 다
가오는 죽음을 기다리는 사람들에게……"

　장의사 둘이 양쪽에서 내 팔을 끌어올리며 말했다.

　"자, 그만하면 되셨어요. 좋은 데 가실 거예요."

　화장터에서 성만은 좋은 유골함을 골랐다. 이제라도 아버
지를 최고로 모시고 싶다면서 비싼 유골함을 준비했다.

　나는 화장을 기다리는 동안 잠시도 앉아 있기 힘들었다.
아버지가 타고 있을 동안, 다른 곳에서는 이경이 화장되고

있었다. 나래원에서의 개장유골 화장 시간이 아버지의 일반 시신 화장 시간과 애매하게 겹쳐버렸다.

내 뼈가 타들어가는 느낌이었다. 나에게는 유독 절실한 두 사람의 죽음이 너무도 간단하게 지나간다는 사실이 문득문득 놀랍기까지 했다.

"선재야, 정말…… 너네 아버님 같은 분도 없으셨는데."

"그렇지. 그런 사람 드물지. 죽음을 옆에 끼고 살았는 데……"

"우리 진도 살 때, 우리 집 너네 부모님 덕 많이 봤는데 그 것도 못 갚았다. 먹고사는 욕심 땜에."

"난 욕심을 부린 적이 없어서 어떤 약점도 없다고 생각했 는데…… 오늘 알았다. 무언가를 간절히 원하는 순간 그게 약점이 되더라. 내 약점은 당신이더라. 내가 제일 많이, 제일 오래 누리고 싶었던 사람이 당신이니까."

"아주 먼 사람처럼 말하네? 부모님 들으면 서운하시겠다, 인마."

"맞아, 나도 당신과 늙어가고 싶었어. 이가 썩고, 주름이 지 고, 근육이 내려앉는 걸 서로 지켜봐주면서……"

얼마 후, 아버지는 재가 되어 나왔다. 화려한 유골함에 담 겨서 내 품에 안겼다. 엄마가 다가와 유골함을 뚫어져라 바라보았다.

잠시 후 엄마가 힘없이 물었다.

"그게 뭐냐?"

그 순간 내 등짝에서 땀이 솟아났다. 남편의 유골을 보고 그렇게 묻다니.

"엄마, 왜? 왜 그래요?"

성만과 나는 말없이 눈을 마주쳤다. 나는 유골함을 성만에게 넘기고 엄마를 부축했다. 엄마는 내 팔을 뿌리치며 다시 물었다.

"선재야, 저게 뭐냐구?"

엄마의 음성이 높아지면서 날카로웠다. 엄마는 아버지의 유골함에 손을 넣었다. 나는 드디어 엄마가 무너진 거라고 생각했다.

잠시 후 엄마의 손에 무언가 들려나왔다.

"이게 뭐냐구 묻잖어?"

엄마 손에 들린 걸 본 화장장 직원이 알은 체를 했다.

"그런 거 가끔 나와요."

엄마가 다그치듯이 물었다.

"이게 뭔데요?"

"왜 그, 다리 부러졌을 때 뼈 고정시키려고 철심 박잖아요. 그 철사예요."

엄마는 그대로 주저앉았다.

"니 아버진 수술한 적 읎다."

장례식 내내 꼿꼿하게 버티던 엄마의 척추가 한순간에 무너져 내렸다. 엄마는 소리도 내지 못하고 쉰 소리로 통곡하기 시작했다. 여러 감정을 다 소화해내며 인내하던 엄마를 무너뜨린 건, 결국 분노였다.

유골을 앞에 두고 벌어지는 그 모습은 해상도가 형편없는 흑백사진처럼 아득하게 보였다. 눈물도 나오지 않았다. 무언가 목구멍을 꽉 틀어막고 있는 것 같았다. 목에 손을 대는 순간 아버지의 유서가 생각났다. 누더기가 된 아버지 몸을 꿰매고 붙여가면서 기어이 원하는 진술을 받아냈다는 그 문장이⋯⋯

아버지의 몸은 죽어서야 말을 하고 있었다. 말로 할 수 없는, 그런 고통이었다고. 한 인간의 존엄이 먼지 한 톨만도 못했다고!

나는 아버지의 유골을 뒤지기 시작했다. 무언가 더 나올지도 모른다. 도대체, 아버지의 어디를 어떻게 부러뜨리고 이어 붙였다는 건가. 긴 세월 앓아왔을 아버지가 비명도 지르지 않고 떠날 때까지 나는 뭘 하고 있었나⋯⋯

문득 움직이던 손가락을 멈췄다. 이제 와서 철심들을 제거한들 무슨 소용인가 싶었다. 이조차도 아버지와 함께한 세월이니 그대로 보내주는 게 도리라는 생각도 들었다.

"엄마, 수목장이니까 그냥 같이 묻어드리는 게 어때요?"

눈물도 말라버린 엄마의 눈에 노기가 서렸다. 엄마는 말없이 손을 저었다. 옆에서 엄마에게 어깨를 내주고 있던 성만이 더듬거리며 말했다.

"야, 그래. 이제라도 빼 드려야지……"

나는 다시 아버지를 만지기 시작했다.

이경의 유골을 찾으러 나래원에 도착했을 때, 그녀는 이미 차갑게 식어 있었다. 아무도 지켜봐주는 이 없이 홀로 재가 된 그녀의 유골함은 너무도 초라했다.

그녀를 안고 납골당으로 들어가는 발걸음이 한없이 무거웠다. 이번 생에서 그토록 외롭게 살다간 사람을, 다시 혼자 두고 가야 하나…… 칸마다 들어찬 유골함들 사이에 그녀를 올려놓고 맥없이 바라보았다. 도저히 나 혼자 갈 수는 없었다. 몇 번을 뒤돌아섰다가 그녀 앞으로 다시 돌아갔다. 결국 그녀를 안고서 납골당을 나왔다.

유골을 영혼석으로 만들어서 데려오는 것이 2000만 원이면 가능하다고 했다. 스위스에 있는 '알고르단자'에서 그 일을 하고 있었다. 나는 차 안에서 알고르단자에 이메일을 보냈다.

그녀는 자신의 유골이 다이아몬드로 재탄생하는 걸 어떻게 생각할까. 그녀를 이곳에 혼자 두고 가는 것보다는 훨씬 나은 대우라고 생각했다. 어쩌면 그건 나를 위한 건지도 모른다. 그녀를 최대한 가까이에 두고 살 수 있는 최선의 방법이기도 하니까.

나는 그녀의 유골함을 끌어안고서 답장이 올 때까지 기다렸다. 그녀와 함께 커피를 마시고, 다시 차에 타서 졸기도 했다. 그리고 휴대폰을 열고서 그녀의 마지막 일기를 읽었다.

102107:23

간밤에 섬망증이 시작된 거 같아요. 나에게는 간밤의 기억이 없지만, 그 상태에서도 당신을 기다렸을 거예요. 당신 얼굴을 한 번 더 만져보기를 간절히 바랐을 거예요. 그러나 끝내 당신은 오지 않았나 봅니다. 내가 밤새 지껄인 대화 상대는 계모와 두 자매였다고 해요. 왜 당신이 아니고, 죽은 내 부모도 아닌 그들이 다녀갔을까요?

내가 죽기 전에 당신도 한 번쯤은 내 꿈에 다녀가시겠지요?

이제 내 몸을 유지시키고 있는 건 엄마의 젖처럼 뽀얀 '콤비플렉스'라는 화학물입니다. 그 액체를 혈관으로 받아들이면서 내게 남은 날들을 견디고 있습니다.

10분 간격으로 내 몸에 투입되는 진통제는 마지막으로 느껴야 하는 고통마저 잊게 해줍니다. 사실 이 상태로는 누군가의 도움 없이는 혼자 죽을힘도 없어요. 이대로라면 2주 정도의 시간이 남았다는 걸 책에서 읽었습니다. 바로 이때에 죽기 전에 할 모든 걸 해야 한다고 쓰여 있네요.

지금 당장 죽지도 못하고, 그 남은 며칠을 더 버티는 이유는 삶에 대한 미련 때문이 아닙니다. 내 죽음에 대해 어떤 의혹도 남기지 않고, 모두가 지켜보는 가운데 최대한 객관적으로 죽어가려는 것입니다. 그래야만 당신이 내 상속인으로서의 절차를 무난히 진행할 수 있을 겁니다.

사실 이쯤에서 나는 망설여집니다. 당신의 휴대폰으로 메시지를 보내서 나를 알리고 싶은 충동이 솟구치는 걸 죽을힘을 다해서 참고 있어요. 내가 온전히 이번 생을 떠나고 난 다음에 깜짝 선물처럼 당신 앞에 나타나고 싶은 충동도 그에 못지않으니까요. 처음으로 당신 앞에 나타났던 그날처럼 말예요.

데드라인 안에 누워 있는 나를 바라보던 순간의 당신 표정이 떠오릅니다. 그리고 당신의 첫마디는 아주 인상적이었죠. "여긴 내 구역인데……"

그거 알아요? 그 말을 할 때의 당신, 뱀파이어 같았다는 거…… 오래전부터 알고 지내온 몇 백 년, 몇 천 년은 묵은 듯한 그런 울림을 가진 목소리, 그리워서 아픈 그 소리……

맞아요, 거기는 당신 구역이에요. 이제 나는 내 구역에 누워서 당신을 기다릴 거예요.

당신이 나를 다시 발견할 때까지……
우리의 추억을 건네며.am

  엄마의 젖처럼 뽀얀 액체를 혈관으로 받아들이며, 우리 사이의 주제가와도 같은 노래를 들었겠지. 꿈에서도 기다리던 나를 생각하며 원망했을 테고, 지난한 삶에서 느껴온 노여움을 수습하느라 애를 먹었겠지.
  마지막 순간에는 요절하는 병까지 물려준 부모를 탓하진 않았을까. 그러다 모든 걸 내려놓고는, 이번 생에서의 마지막 숨을 내쉬었겠지…… 내게는 영원히 젊고 뜨거운 마린과, 낙천적이며 자애로운 여섯 번째 아내인 채로 떠났겠지.
  나는 통화연결음에 저장된 노래를 들었다. 처음에 이 노래를 들었을 때는 너무 아팠는데, 이제는 위로받는 순간들이 더 많아졌다.

  이 세상 모든 움직임이 그댄 떠났다고 하네요 / 그대 안에 내 모습 재가 되어 날려도 / 고운 손등 위에 눈물 묻지 않기를 기도합니다 /

0.7캐럿의 영혼

　아버지의 수목장을 치른 곳은 이경을 위해 샀던 강화도의 나대지 땅이었다. 단 한 그루의 나무였지만, 나름대로의 풍경도 있었다. 아버지를 그 나무에 모시고, 주변에 어린 소나무 세 그루를 더 심었다.

　성만은 돌아오는 길에 바로 옆자리에 있는 내게 문자를 보냈다. '만만아, 네가 선견지명이 있나 봐. 이 땅 사기당한 거.'

　진도식당 앞에서 엄마가 내렸다. 내가 같이 들어가려 하자, 엄마는 손을 내저었다.

　"나두 피곤하다……"

　"같이 정리해드릴게요."

　엄마는 단호하게 손사래를 치며 말했다.

　"정리는 어차피 혼자 하는 거여."

식당 문을 열고 들어가는 엄마의 등에서 눈을 뗄 수가 없었다. 잔병치레가 많았던 우리 형제를 버스도 타지 않고 업어 날랐던 등이었다. 매일 벌어지던 놀림과 손가락질에 방패가 돼준 것도 엄마의 억센 입이었다. 단순히 남편이 없는 게 아니라, 치명적인 죄목으로 교도소에 있다는 건 어떤 동정도 받을 수 없는 위치를 말했다. 그런 아버지를 대신해서 더 강인하고 독해질 수밖에 없었던 엄마의 어깨는 우리 세 부자의 유일한 안식처였다.

이경이 해준 보상은 엄마가 받아야 할 것이다.

추모공원 사이트에 편지를 올리는 사이 성만은 이경의 휴대폰을 요리조리 분석하고 있었다. 성만에게 이경의 휴대폰을 맡긴 지 며칠이 되었다. 노아의 방주에 입장하고 혼자서 지껄이는 게 성에 차지 않아서 성만에게 여섯 번째 아내로 로그인하게 만든 것이다. 녀석은 가끔 투정을 부렸다.

마린7: 안녕??
여섯 번째 아내(성만): 또 지랄이네, 안녕 못하다 왜?
마린7: 혈액형이 또 바뀌었나요? O형으로??
여섯 번째 아내(성만): 야, 나 이 짓 계속해야 되냐?
마린7: 당신은 영원한 아내니까.

여섯 번째 아내(성만): 아이 씹새 증말.

마린7: 요즘 우리 마누라 입이 거칠어졌네.

여섯 번째 아내(성만): 생활비 주면서 마누라를 시키던
가…… 양심이 있어야지.

마린7: 최근에 전 세계적으로 폐기처분된 감정이 있지~

여섯 번째 아내(성만): 뭔데??

마린7: 양심이라는…… ♡

여섯 번째 아내(성만): 너 하트 한 번 더 날리면…… 퇴장
한다ㅜㅜ

마린7: 받아랏♡♡♡♡♡

여섯 번째 아내(성만): (로그아웃)

마린, 이경 베로니카, 내 여섯 번째 아내에게

가슴이 찢어지듯 아플 때는 몸에서도 변화가 일어납니다. 질긴 천
이 찢어질 때처럼 비명이 몸 전체에서 진동하는 느낌이 들어요. 참 이
상하지. 그건 누군가를 사랑할 때도 찾아오고, 그 사랑을 놓친 순간
에도 똑같이 찾아오니 말입니다.

시간은 아랑곳없이 흘러요. 아버지를 보내드리고, 당신 유골을 스
위스로 보내고도 시간은 흘러요. 죽을 것 같은 그 순간들도 시간이
모두 데려가더군요.

당신은 이번 생에서 가까운 사람들 대부분을 먼저 보냈더군요. 그

런 당신은 외로운 영혼들을 이어주는 멋진 가상 프로그램을 만들었네요. 그렇게 나를 사랑해주고는, 잊힐 권리를 주장하는 고인들의 흔적을 지워주고 떠났어요. 그래요, 그 정도면 되었습니다. 충분히 당신 역할을 넘치도록 하고 갔어요……

얼마 전, 아버지가 떠났습니다.

혹시, 내 아버지 얼굴을 기억하겠어요? 그 답답하고도 겁먹은 얼굴.

당신이 어쩌다 내 아버지를 만나면 이 말을 전해줄래요? 엄마와 나는 괜찮다고, 아버지도 우리에겐 늘 괜찮은 사람이었다고, 확실하게 전해줘요. 그리고 내가 많이 미안해한다고 전해줘요. 부탁합니다.

아, 아버지는 당신을 모를 테니 당신이 먼저 알아봐야 할 거에요. 나를 알아보았듯.

오늘 편지를 쓰고 싶었던 건 이런 부탁을 하려는 게 아니었습니다. 티브이를 보고 무언가를 배웠거든요. 그래서 당신에게 감사를 전하고 싶었어요. 아르간오일을 생산하는 모로코의 시골 마을에 사는 여인에게서 배운 겁니다.

오일을 생산하는 중년 여인은 그 마을에서 나고 자라, 결혼을 하고 아이를 낳았다고 합니다. 글을 배운 적도 없고, 마을 밖으로 나간 적도 없다며 해맑게 웃었습니다. 그 여인에게 촬영팀이 질문을 했어요.

"남편을 먼저 보냈는데, 저 아이들이 커서 곁을 떠나고, 늙어서 혼자 남게 되면 어떻게 하실 거예요?"

그 순간, 여인이 양팔을 들어 올리며 어깨를 으쓱하고는 유쾌하게 말했어요.

"그게 자연이죠!"

순간 난 깜짝 놀랐습니다. 우리를 휩쓸고 간 죽음이라는 이 자연의 순리를 폭군으로 여겼거든요. 병으로 요절하든, 백수를 누리고 자연사하든 간에 죽음은 자연의 순리였던 겁니다!

추신:

방금 알그르단자에서 연락이 왔어요. 당신의 영혼석이 곧 탄생할 거랍니다. 당신 유골에서는 1캐럿이 안 되는 0.7캐럿 정도의 다이아가 생성될 거라고 하더군요. 체격 조건에서 중량이 나오고 생전의 식생활 습관에 따라 다이아몬드의 푸른색이 천차만별로 다르다는 겁니다. 당신은 어떤 푸른빛을 띠고 태어날까요?

당신은 살아서도 특별히 하나였고, 이제 영원히 단 하나밖에 없는 보석이 될 겁니다.

완연한 봄이 오면, 나는 스위스 도마엠스로 당신을 마중하러 갈 것입니다. 그곳은 아주 한적하고 조용한 곳이랍니다. 수많은 영혼들이 보석으로 다시 태어나는 곳이니까요.

조금만 기다려요. 우리는 곧 다시 만날 수 있습니다.

"

내비게이션이 길을 안내하듯이
마음이 감정의 갈피를 찾아가도록
안내하는 음악이 있다면 바로 이 곡일 것이다.
마치 슬픔으로 들어가는 길을 단계별로
꼼꼼하게 인도하는 듯한 선율이다.

"

라흐마니노프와 울다

이경의 영혼석이 탄생했다는 연락을 받은 날, 봄은 이미
와 있었다. 늦가을에 보낸 그녀의 유골이 유일무이한 보석으
로 거듭나는 동안 겨울이 지나갔다. 1500도의 고온과 5만
기압 이상의 압력이 정밀하게 조절된 조건에서 몇 개월을 견
딘 끝에 전혀 다른 성질로 다시 태어난 것이다. 그녀의 영혼
석은 천연 보석과 물리적, 화학적, 광학적으로 동일한 진짜
다이아몬드라고 했다.

나는 그녀가 어떤 종류의 푸른빛을 띠고 있는지 상상했다.
그러면서 어쩐지 들뜬 기분이 되어 오랜만에 카메라 가방을
찾아들고 출근을 서둘렀다.

오늘은 자동차 매장의 전면유리를 통해서 아침의 거리풍
경을 카메라에 담고 싶었다. 유리창이라는 스펙트럼을 거쳐

서 바라보는 거리가 훨씬 더 현실적일 때가 많았다. 유리창에 낙서를 하거나 전단지와 스티커 등을 붙여놓고 그것들을 무심히 화면에 담기도록 찍는 것. 그건 때로 신랄한 은유가 될 수도 있고, 이중의 볼거리를 제공하기도 한다.

스무 컷 정도를 찍을 무렵 직원들이 둘 셋씩 짝을 지어 출근했다. 나는 카메라를 가방에 넣기 전에 찍은 사진들을 다시 돌려 보았다. 그러다가 온통 낙엽 천지가 나타났다. 이전에 찍은 사진들이었다. 조리개나 화이트 밸런스도 제대로 맞추지 않은 채 그냥 눌러댄 사진들이 대부분이었다. 갑자기 낯이 뜨거웠다.

"뭘 그리 허둥지둥 감추냐?"

"만만이, 넌 꼭 이럴 때…… 출근하면 네 자리에 좀 앉아 있어라."

"하, 너 뭐 구린 거라도 있냐?"

성만은 카메라를 낚아채서 돌려보더니 점잖게 말했다.

"그러니까 사진을 찍는다는 건, 작가의 마음을 그대로 찍어서 보여주는 일이지. 작가가 뭘 보고 있는지, 혹은 뭘 보고 싶은지를 고백하는 거니까."

"만만이 너, 갑자기 미학 공부라도 한 거야?"

성만은 카메라를 돌려주며 말했다.

"미학은 개뿔, 기억 안나? 네가 한 말이잖아."

"내가?"

"너 무슨 비포 에프터 사진 찍냐? 응? 결혼 후에 너무 산만해졌어. 무슨 성형외과 광고도 아니고. 결혼 전의 윤선재는 펑, 사라진 거냐?"

나는 대답 없이 전시장 밖을 내다보았다.

그때 짙은 갈색 롱코트를 입은 남자가 자동문 앞에 서는 게 보였다. 매장 안으로 들어선 남자는 안내 데스크로 걸어갔다. 직원 조회를 시작하기도 전에 손님이 찾아오는 경우는 아주 드문 일이었다. 시간 예약을 하고 상담이 이뤄지기 때문이기도 했다.

부장과 남자 사이에 몇 마디가 오고 가더니, 부장이 남자를 앞세우고 내 쪽으로 걸어왔다.

"이 사람입니까?"

남자는 나를 보자, 손에 말아 쥐고 있던 잡지를 책상 위로 올려놓았다. 남자는 내 리뷰를 보고 마린7을 사고 싶어서 왔다고 말했다.

"정말 마린7의 심장소리를 듣고 싶더군요, 오늘은 맘먹고 시간 내서 왔습니다. 하하."

"제가 먼저 운전을 하면서 말씀을 좀 드리고, 그다음에 선생님이 직접 운전하시는 게 어떨까요?"

남자는 호기심 많은 소년 같았다. 조수석에 앉자마자 계기

판을 흘깃거리고 내비게이션 화면을 손바닥으로 가늠해보기도 했다.

"아, 이게 바로 녀석의 심장소리군요?"

"예, 선생님. 엔진에 대한 묘사가 좀 거창했던 거 같습니다."

"고객센터 전화해서 알아내길 잘했네. 이 매장 찾느라고 충남에서 아침 댓바람에 올라 왔어요. 하하."

미디어에서는 라흐마니노프 피아노 협주곡 2장 18번이 흘러나왔다. 내비게이션이 길을 안내하듯이 마음이 감정의 갈피를 찾아가도록 안내하는 음악이 있다면 바로 이 곡일 것이다. 마치 슬픔으로 들어가는 길을 단계별로 꼼꼼하게 인도하는 듯한 선율이다.

"저, 선생님, 미리내 성지 쪽으로 가도 되겠습니까?"

남자는 대답 대신 고개를 끄덕이며 대답했다.

"거, 자꾸 선생님, 선생님 하지 말아요. 난 과수원 하는 사람이요."

"예, 선생님……"

여섯 번째 아내를 태우고 미리내 성지로 시승을 가던 날이 떠올랐다. 휠체어를 타고 뒷자리에 앉았던 여자가 두터운 스웨터 속에 몸을 숨긴 마린이었다는 게, 두고두고 실감나질 않았다. 그날 차에서 듣던 노래를 그녀의 통화연결음으로 다시 듣게 되었을 때는 가사와 선율이 회초리가 되어 있었다. 나는 그 노래에 사정없이 두들겨 맞았다.

다시 차 안에 낮은 음이 장엄하게 들어찼다. 이 작곡가는 정말이지 울고 싶은 사람을 도와주고 있었다. 장중한 선율이 낮게 깔리면서 휘몰아칠 때는 내장까지 아파왔다. 그다음에는 머리가 휘둘리고 명치를 녹이는 듯한 서글픔이 찾아왔다. 이런 음표를 어떻게 조합했을까. 아마도 작곡가는 죽을 만큼 아파본 사람인 게 틀림없었다.

이 피아노곡은 마린이 추천해준 곡이었다.

어느 날 포스트잇에 '슬플 때는 이 음악과 함께 아래로 아래로 내려가 그 슬픔 속에서 침잠하다 보면, 다시 나오는 길이 보일 것'이라고 쓰여 있었다.

가을이 오기 전에 죽음을 통보받은 사람이 듣는다면 어땠을까. 계절과 주 단위로 죽는 시점을 전해 들으면서 이 음악을 듣는다면……

"잠깐, 잠깐, 나 여기서 내려줘요."

잠자코 있던 남자가 갑자기 소리쳤다.

"아, 선생님. 지금 막 시내를 벗어나려는 참인데요."

"지금 그럴 때가 아닌 거 같은데?"

"아니, 무슨 말씀을 하시는……"

남자가 손가락으로 나를 가리키며 고개를 좌우로 흔들었

다. 나는 남자를 설득하려고 애썼다.

"저, 선생님, 좀 더 챙겨 드리고 싶은데 괜찮으시겠어요?"

"어후, 거, 선생이나 잘 챙기시구……"

나는 비상등을 켜고 갓길로 정차했다. 남자는 재빨리 차에서 내리더니 다시 검지로 나를 가리키며 말했다.

"그 얼굴이 다 설명했잖아요. 안 그래요? 나는 슬프다, 사는 게 진짜 힘들다 뭐, 그런 뜻 아니오?"

"선생님, 제가 무슨 실수를 했나 봅니다. 다시……"

"아, 됐어요. 어쨌든 선생이 쓴 리뷰는 혹하는 데가 있었으니까."

남자는 손사래를 치며 차 문을 닫고 돌아섰다.

나는 갑작스런 사태를 수습할 엄두가 나지 않았다. 시트에 머리를 기대고 두 손으로 얼굴을 쓸어내리다가 흠칫 놀랐다. 손에 물기가 흥건하게 묻어 있었다. 나도 모르는 사이에 눈물을 흘렸다는 말인가. 그 순간, 항의하던 남자가 그토록 황망히 떠나버린 이유를 깨닫고 헛웃음이 나왔다.

마중 가는 길

공항까지는 성만이 데려다주었다.

"별 3개짜리 호텔로 예약했어. 내가 주는 선물이다, 선재 야."

"그건 좀 과분한데?"

"두 개짜리로 하려다가 신혼여행이라 별 한 개 더 썼다. 파 리에서 스위스로 곧장 넘어갈 거지?"

"그래야지."

성만은 갑자기 차선을 4차선으로 바꾸더니 속력을 줄였다.

"선재야, 어제 아침에 온 그 고객, 사기꾼이야. 처음엔 시승 차를 가지고 농협 앞으로 오라더라. 거기서 대출을 받으려는 수작이었던 거지. 고가의 외제차에 기사까지 있다, 뭐 그런 식이겠지?"

"요즘 서류 없이 무슨 대출을 한다고 그래. 네가 예민한 거 아냐?"

"아니라니까. 아침에는 농협으로 오라 그러더니, 오후에는 국민은행으로 오라더라니까. 사기꾼이 아니면 하루에 몇 번씩이나 시승차를 은행 앞으로 출동시키는 게 정상이냐? 너도 조심해."

성만은 출국장 앞에 도착할 때까지 사기꾼 대처에 관한 각종 시나리오를 읊어댔다.

"성만아, 나 부탁 하나만 하자. 시간 날 때 우리 형 데드라인 좀 지워주라. 네 손으로."

"왜? 이젠 지워도 돼?"

"사실 어제 지우려고 갔다가 차마 못하고 그냥 왔어. 네가 나 대신 잘 지워줘라. 단팥빵 대신 꽃 한 송이 놔 주던가……"

나는 차에서 내려 재빨리 캐리어를 꺼냈다.

"그리고 너 이경 휴대폰 잘 간직하고 다녀라. 로그인 상태 잊지 말고."

"봐라, 여기. 지금도 로그인 상태에 배터리 만땅이다. 언제고 노아의 방주에 입장해 있고, 됐냐?"

"아, 화초 물주는 것도 네 몫이네……"

*　*　*

입국장의 긴 줄에 섰을 때 엄마에게서 전화가 왔다.

"내 통장에 무슨 돈이 이리 많이 들어왔냐? 얼만지 세다가 지치것다, 응?"

"엄마 돈이에요. 온전하게, 모두 엄마 돈. 엄마가 보낸 세월에 대한 보상으로는 턱없이 부족하지만, 모자라는 부분은 제가 차차 갚아드릴게요."

게이트로 가는 도중에도 엄마는 다시 전화를 했다. 엄마를 안심시키고 이해시키는 데에는 많은 시간이 걸렸다. 엄마는 끝내 이해는 했지만 받아들일 수는 없다고 했다.

"내가 이 나이에 무슨 돈이 필요하다고 그러냐? 이제까지 내 힘으로 잘 살아왔는데……"

"엄마, 고양이 잘 데리고 계세요. 두 녀석이 많이 달라서 심심하진 않으실 거예요."

나는 휴대폰 전원을 껐다.

세상과의 채널을 닫고 나니, 오롯이 그녀만 내 곁에 남았다. 이런 시간이 요즘 내가 누리는 최고의 사치였다. 공항에 울려 퍼지는 모든 안내방송이 그녀의 목소리로 들렸다. 나는 언제라도 그녀의 메시지 중에서 되새기고 싶은 구절들을 선택해서 들을 수 있었다.

당신 앞에 투우사로 나타날 거예요. 당신은 황소가 되어 내 붉은 천으로 돌진해야 해요.

내가 다시 오는 날에는, 사랑을 나누는 동안 내 귀에 시를 읽어주세요.

마린에게 중독되었던 시간들이 이루 말할 수 없이 그리웠다. 마린의 냄새마저 코끝으로 스쳐가는 듯하더니 이내 몸이 반응했다. 이 씁쓸하고도 달콤한 맛이라니!

나는 그때 엄청나게 많은 시집을 사들였다. 전위적인 젊은 시인들의 시와 내가 좋아하는 격정적인 중견 여자 시인의 시집과 외국 문학상을 받은 작가의 유명 시집까지 사들이면서 얼마나 설레었던지! 그러나 막상 사랑을 나눌 때 속삭여줄 수 있는 시를 찾는 건 쉽지 않았다.

나는 서점 구석에 앉아 표지 제목으로 쓰인 〈끝과 시작〉이라는 시를 찾아 읽었다.

모든 전쟁이 끝날 때마다 / 누군가는 청소를 해야만 하리. / 그럭저럭 정돈된 꼴을 갖추려면 / 뭐든 절로 되는 것은 없으니. / (중략)

사진에 근사하게 나오려면 / 많은 세월이 요구되는 법, / 모든 카메라는 이미 / 전쟁터로 떠나버렸건만, / (중략)

이곳에서 무슨 일이 일어났는지 / 분명히 알고 있는 사람들은 / 이제 서서히 이 자리를 양보해야만 하리, / 아주 조금밖에 알지 못하는, / 그보다 알지 못하는, / 결국엔 아무것도 모르는 이들에게, /

원인과 결과가 고루 덮인 / 이 풀밭 위에서 / 누군가는 자리 깔고 벌렁 드러누워 / 이삭을 입에 문 채 / 물끄러미 구름을 바라보아야 하리.

'원인과 결과가 고루 덮인' 서점의 그 구석 자리에서, 결국 내가 선택한 시는 노벨문학상을 수상한 폴란드 시인의 것이었다. 그 당시에는 우리의 유희에 그 시를 이용했다는 죄의식이 있었지만, 이제는 그 시인에게 감사할 뿐이다. 그 지적인 은유로 가득 찬 시 안에서 뜨겁게 폭발하던 우리가 있었기에, 그 상이 세상을 이롭게 하는 데에 이바지한 사람들에게 주는 상이라는 게 입증된 셈이니까.

마레나호텔에 도착하니 밤이었다. 별 세 개짜리 호텔치고는 현관이나 객실 규모도 작았고 왠지 쓸쓸해 보였다. 모던함보다는 오래된 것에 더 점수를 준 모양이었다.

현관을 들어서니 직원 한 명이 보였다. 남자 직원은 프런트 앞 의자에 앉아서 다리를 떨고 있었다. 남자는 예약을 확인하러 프런트로 들어갔다. 그 순간 남자의 얼굴이 전혀 생각나지 않았다.

　남자가 내게 302호 키를 내주었다. 정말이지 며칠을 함께 지낸다 해도 전혀 기억할 수 없는 외모였다. 그의 무릎을 제외하고는.

　남자는 아까의 그 의자에 다시 앉아 다리를 떨기 시작했다. 내가 엘리베이터를 찾아 두리번거리다가 그를 바라보니, 그제야 층계를 손짓해 보였다. 엘리베이터가 없다는 뜻이었다.

　나는 캐리어를 들고 삐걱대는 나무 층계를 올라갔다. 룸에 들어서면서 불을 켰다. 불빛 때문인지 창문만 보이고 밖은 전혀 보이지 않았다. 그 순간 출처 없는 서글픔이 와락 달려들었다.

　나는 침대 위에 엉덩이를 겨우 걸치고 앉았다. 객실 전화기가 눈에 들어왔다. 조심스럽게 수화기를 들고 귀에 대보았다. 누군가에게서 연락이라도 온 것처럼. 아무런 소리도, 어떤 신호음도 들리지 않았다. 나는 수화기를 내려놓고 바라보았다.

　잠시 후 다시 수화기를 들어 귀에 댔다. 고요했다. 멀뚱히 방을 둘러보다가 냉장고를 열어보았다. 그조차도 전원이 꺼져 있는 걸 확인했다. 프런트에 연락하려고 무심결에 수화기를 들었다가 한숨을 쉬며 내려놓았다. 갑자기 파리의 구석방에 버려진 느낌이 들었다.

나는 층계를 내려갔다. 직원은 내가 호텔에 들어올 때의 자세로 앉아 있었다.

"302호 전화가 안 되네요?"

남자는 고민하는 표정도 없이, 잠시 후 대답했다.

"……고장."

"그럼 냉장고는요?"

"고장."

남자는 여전히 오른쪽 다리를 떨었다. 내 눈길이 느껴졌는지 왼손으로 자신의 다리를 지그시 눌렀다.

"그래요? 그럼 전화기가 고장인가요? 전화 라인이 불통인 건가요?

"고장."

"그럼, 저 컴퓨터 좀 사용합시다."

그의 입에서 또 "It doesn't work"가 발음됐고, 나는 기다렸다는 듯 쏘아댔다.

"그럼 이 호텔에서 일하는 건 누구야? 당신도 다리만 신경 쓰고 있잖아? '고장'이라는 말 외에 다른 말을 해봐요."

남자는 제 의지와 상관없이 떨고 있는 오른쪽 다리에 왼손을 가져다댔다. 다리와 손의 싸움으로 보였다.

"난 내일 아침에 호텔 옮길 거야."

남자의 이마에 살짝 땀이 맺혔을 뿐 대답은 없었다.

"예약 취소라고. 오케이?"

남자는 그제야 고개를 끄덕였다.

잠이 깼을 때는 새벽이었지만, 객실 창문은 훤히 밝아 있었다. 거침없이 창가로 간 나는 새벽을 밝히는 빛의 정체를 보았다. 주변의 현란한 네온 간판들 가운데 물랭루주의 빨간 풍차 간판이 밤의 태양처럼 둥실 떠 있었던 것이다. 커튼을 치고 다시 잠을 청했지만, 잠이 올 리가 없었다.

마레나호텔에서는 아침도 먹지 않고 나와서 택시를 탔다.

몽마르트르호텔 앞에서 몇 걸음 올라가니, 부산한 거리가 나타났다. 상점들의 자동셔터가 올라가고 카페 밖으로 탁자와 의자들이 나오기 시작했다. 파리의 아침이 열리는 중이었다. 이경이 말한 몽마르트르의 아침 냄새가 이런 것인가.

조금 더 걸어가자, 아베스역이 나타났다. 무조건 언덕으로 올라가면 몽마르트르가 나타날 것이다. 조금 더 올라가자, 눈앞에 남색의 대형 칠판이 나타났다. 잠시 서 있다가 그 대형 칠판의 정체를 알아냈다. 이경이 내게 숙제처럼 남긴 '사랑해' 벽이었다.

나는 그 앞에서 3분쯤 서 있다가 '사랑해' 외에 두 개의 한글을 더 찾아냈다. '나 너 사랑해'와 '나는 당신을 사랑합니다'. 이유는 모르겠지만, '나는'이라는 단어는 거꾸로 쓰여 있었다.

올라가는 도중에 홀린 듯 발을 멈추었다. 성당 안에서 들려오는 성가소리 때문이었다. 종교도 믿음도 없는 내 귀에 그 순간 들려온 수녀들의 합창소리는 어딘지 마음을 끄는 데가 있었다. 이경의 세례명 때문일까.

그때 성만에게서 문자가 들어왔다.

'선재야, 형님 잘 보내드렸다.'

곧이어 사진 한 장이 올라왔다.

그걸 본 순간 웃고 말았다. 형의 데드라인을 지운 자리에 국화꽃 사진 스티커 한 장이 붙어 있었다. 성만이 다운 액션이었다.

나는 계속해서 이어지는 돌길을 올라갔다. 오래지 않아 광장 중심에 둥그렇게 자리 잡은 화가들이 보였다. 나는 그 자리에서 멈췄다. 바로 내 옆 오른쪽에 담장처럼 이어진 몇 개의 철판이 있었고, 그 위에 고흐의 그림이 있었다.

이경은 바로 이 앞에서 '요절하는 젊음보다는, 늙어가는 게 낫지 않을까'라는 생각을 했다. 그때의 그녀는 건강했는데……

나는 광장 중심부로 시선을 옮겼다. 다양한 피부색의 사람들이 화가 앞에 앉아 나름의 포즈를 취하고 있었다. 손님을 앉히고 초상화를 그리는가 하면 서성이는 사람들을 보며 홍

정을 건네는 이도 있었다. 그들 뒤에 둘러쳐진 긴 끈에는 초상화들이 매달려 있었다. 나는 천천히 그곳으로 걸었다.

내가 생각한 것보다는 훨씬 창의적인 공간이었다. 화가들이 모두 초상화를 그리는 건 아니었다. 각자의 개성을 가진 그림 형식을 가지고 그것을 팔고 있었다. 그래서인지 사진을 못 찍게 하는 작가도 있었다.

초상화를 그리는 화가는 많지 않았지만, 이경의 초상화를 그렸다는 늙은 화가를 찾는 건 쉽지 않았다. 그녀의 얼굴을 오래 바라보며 특징을 관찰했을 나이가 들어 보이는 얼굴을 찾아다녔다. 세 명 정도가 눈에 뜨였는데, 그중에서 가장 나이 든 사람은 구별되지 않았다.

나는 다시 그 세 명의 화가 주변을 맴돌았다. 그러다가 줄에 매달린 초상화 한 장이 눈에 들어왔다. 살짝 빛이 바랜 그 초상화는 자꾸만 바람에 나부꼈다. 나는 이미 그 앞에 멈춰 서 있었다. 두 손으로 초상화 아랫부분을 잡았을 때부터 내 심장은 단호하게 뛰기 시작했다.

여자의 초상화였다. 허공을 바라보는 눈에는 물기가 어려 있었고, 빛나는 이마와 깊은 인중으로 인해 더욱 총명해 보였다. 그리고 얼핏 마린의 웃음이 보였다. 나만이 누릴 수 있도록 독점적인 특허를 내고 싶었던 미소가 거기에도 있었다.

누군가 내게 말을 걸었다. 손에 연필을 든 화가였다. 그는 나를 빤히 바라보더니 손으로 초상화를 뒤집어보라는 제스처를 했다. 나는 초상화 뒷면을 보았다. 거기에 연필로 쓰인 글씨가 있었다.

50€ × 2.

화가는 다시 불어로 말을 걸어왔다. 나는 재빨리 번역기를 사용해 그에게 물었다.

"이 초상화는 언제부터 여기에 있었나요?"

화가는 알았다는 듯 고개를 끄덕이더니, 내 휴대폰 마이크에 입을 가까이 대고 말했다.

"그 초상화 주인을 아시오?"

이경의 다이어리에서 초상화를 그렸다고는 했는데, 찾아가지 않았다는 말은 없었다.

"제가 아는 사람 같습니다."

"혹시, 그 동양인이 당신이오?"

"예, 제가 그 사람 같습니다."

화가는 초상화를 담아주는 동그란 그림통에서 뭔가를 꺼내어 내게 건넸다. 바둑무늬의 메모지였다.

"그 초상화 주인이 준 겁니다. 백 유로와 함께."

"이런 걸, 오래 보관하셨네요?"

"오래 살면, 뭐든 버릴 수가 없어요."

두 번 접힌 메모지를 애써 천천히 펼쳤다. 마린의 문체를 불어로 보게 되다니……

S'il y a un ble homme asiatique, il lui demande son portrait.

불어로 쓰여 있었지만, 나는 그 문장을 정확하게 외우고
있었다.

언젠가 근사한 턱을 가진 동양남자가 오면, 그의 초상화를 부탁
드립니다.

늙은 화가는 내 초상화를 그리기 시작했다.
나는 휴대폰을 검색해서 알고르단자 홈페이지를 열었다.
이제 보니, 알고르단자는 스위스 고유어로 '추억'이라는 뜻
을 가지고 있었다. 그곳에서 하는 일이 알고르단자를 가공한
다는 뜻인 것 같았다. 추억 그 자체는 단호하고 잔인하며 힘
이 넘치는 날것이니까.
추억은 어떤 굴절을 통해 왜곡되어야 아름다울 수 있는 게
아닐까 싶었다. 좋은 원석도 가공을 거치고 세팅이 된 후에
보석으로 거듭나듯이……
"릴렉스, 유아 프리."
화가는 검지를 자기 코에 대고 외쳤다. 그의 눈에는 내가

편안하지도 자유롭지도 않은 듯했다. 나는 어색한 미소를 짓다가 말했다.

"그냥 편안하고 자유롭게 그려주세요. 부탁합니다."

그러자 그가 영어로 소리쳤다.

"지금, 바로 그 얼굴이야!"

20분쯤이 지나자, 화가가 내게 다가왔다. 그러고는 내 휴대폰 번역기에 대고 말했다.

"이번에도 안 찾아가면, 백 유로의 벌금을 물릴 거요."

초상화가 완성되는 동안 나는 카페의 야외테이블에 앉아 있었다.

여섯 번째 아내의 초상화를 앞에 놓고, 그녀가 바꿔놓은 풍경들을 생각했다. 그녀를 만난 후 안 보이던 것들이 보였고, 거리와 사진이 바뀌었고, 세상으로 통하는 길마저 바뀌었다. 지금 이 시간과 앞으로 이어질 내 생의 지도조차 그녀로 인해 변경된 것이다.

이제 리옹에서 바젤역으로, 그렇게 도마엠스로 가는 여정 끝에 그녀가 기다리고 있다.

우리는 곧 다시 만날 것이다. 서로에게 수줍은 악수를 건네면서.

/

작가의말

/

이 소설은 한 남자와 한 여자의 사랑 이야기이자 동시에 세 사람의 사랑 이야기이다.

나는 '사랑'을 보고 싶었다. 죽은 사람마저도 지독히 사랑할 수 있는 듬직한 감정이 그리웠다. 그것이 애정이든 우정이든 전우애든 간에, 사람 사이에 존재하는 사랑이라는 감정을 모두 맛보고 싶었다. 《40일의 발칙한 아내》를 소설로 쓰고자 했던 건 그런 갈증 때문인지도 모른다.

나는 궁금했다. 죽은 연인을 언제까지 어떤 식으로, 진심을 다해 사랑할 수 있을까? 이 소설은 그 질문에서부터 시작되었다.

우선, 여주인공 '이경'이 사랑할 수 있는 사람이 필요했다. 죽은 그녀를 변치 않고 사랑해줄 필연성을 가진 남자여야 했고, 현실에서의 결혼이 힘든 사람이어야 했다. 이 대한민국에서 간첩의 자식으로 삼십 년을 살아온 '윤선재'는 그렇게 해서 태어났다.

이경은 죽고 난 다음에서야 선재 앞에 나타나는데, 그녀의
마지막 여정은 호스피스 병동이다. 그래서 나는 2015년 봄
에 호스피스 교육을 받았고, 길병원의 완화병동에서 봉사활
동을 시작했다. 호스피스병동에서 내가 베푼 것은 환자의 부
은 손발을 주무르며 아로마 오일 향기 요법으로 마사지를 해
주는 정도였다. 그러나 내가 받아온 건, 살아 있는 매 순간에
대한 감사였다.

어느 날 간호사 스테이션에서 나를 불렀다. 어려운 일이라
면서 한 여자 환자의 마사지를 부탁해왔다. 환자는 오래전부
터 마사지를 받고 싶어 하는데, 무슨 바이러스 때문에 다들
꺼려한다는 것이었다. 그래서 그 환자는 햇살방 바로 앞 1인
실에 머물고 있다고 했다. 다만, 환자의 몸에서 나오는 배설
물이나 기타의 것을 만지지만 않으면 전염되지 않을 거라고
나를 안심시켰다. 거절할 수 없었다.

나는 오일을 새로 담고, 물수건을 데워서 그 병실 문을 열었
다. 환자는 자그마한 몸을 일으켜 내게 인사를 했다. 크고 맑은
눈에 반듯하게 빛나는 이마를 가진 젊은 여인이었다. 발과 다리
모두 붓기가 상당 부분 진행돼 있었다. 나는 아주 천천히 다른
환자들에게 해주는 시간의 세 배를 들여서 마사지를 끝냈다.

내가 막 병실을 나오려 할 때 잠들었던 여인이 상체를 일
으켰다. 크고 맑은 눈에 감사를 가득 담고서 또랑또랑한 목

소리로 고맙다고 말했다. 그런데 내 이기심은 그 진심 어린 감사를 얼마나 빨리 씻어버렸는지 모른다.

간호사가 말했던 '전염'이라는 단어가 내 머릿속에 들어앉았던 것이다. 수건을 힘주어 빨면서 헹굼 물에 얼핏 보인 이물질에도 화들짝 놀랐다. 그날 퇴근하기까지 병원에 널린 소독 젤을 손과 팔에 바르고 씻어내기를 반복했다. 그리고 화요일, 나는 그 여인의 침상이 비어 있는 것을 보았다. 그날 받은 환자들의 명단에도 여인의 이름은 없었다.

여인은 내게 진심 어린 감사를 전한 이틀 후에 죽었다고 한다. 그토록 예의 바르고 명석해 보이던 얼굴이 하루아침에 감쪽같이 세상에서 사라지고 말았다. 그 선량한 죽음 앞에서 내가 부린 이기심이라니! 그 후로도 죽은 여인의 빛나는 이마와 맑은 눈은 내게서 떠나지 않았고, 그 모습은 결국 《40일의 발칙한 아내》의 초상화가 되었다.

나는 두 사람이 만날 수 있도록 인터넷 세상을 열었다. '결혼은 연애의 시작'이라는 가상결혼 사이트를 만들고 홈페이지의 디테일을 확보했다. 그리고 윤선재의 리얼리티를 살리기 위해서 현실에서의 윤선재인 석권호 씨를 찾아갔다.

석권호 씨는 1980년 8월에 간첩 누명을 쓰고 18년간 수감되었던 석달윤 씨의 아들이다. 사실 처음 인터뷰를 시작할 때는 간첩의 아들로 살아온 것에 대한 배경을 얻으려는 생각

뿐이었다. 그러나 그의 조용하고 차분한 목소리에 묻어 있는 조심스러움을 보았을 때 마음을 바꾸었다. 그의 작은 음성이 간첩의 자식으로 살아오면서 어쩔 수 없이 체득한 세상에 대한 경계와 피로에서 비롯된 것이 아닐까 싶었다. 나는 그의 삶 전체를 경청할 수밖에 없었다. 미친 세상에 대한 분노로 눈물과 한숨을 흘리면서. 소설에 등장하는'재판'에서의 증언 장면은 석달윤 씨의 재판기록에서 일부 발췌한 것이다.

처음 소설 구상을 할 때는 두 사람의 목소리를 교차시키면서 진행하려고 했다. 그래서 여주인공 '이경'의 일기를 먼저 쓰기 시작했다. 그러면서 몇 번이나 울컥했는지 모른다. 혼자 남은 이경이 엄마의 젖처럼 뽀얀 콤비플렉스라는 액체를 주사 받는 장면을 떠올리면 가슴이 먹먹했다.

아마도 나는 소설을 쓰는 동안 이경과 선재에게 빙의되었던 듯하다. 그런 시간들을 거치면서 이야기는 발효되고 앞으로 나아가고 있었다. 지독하고 듬직한 사랑이 보고 싶었던 내 열망은 이렇게 한 권의 책으로 세상에 던져지게 되었다.

바람이 있다면, 사랑을 노래하고 그리는 이 책이 세상의 많은 사람들을 따뜻하게 안아주기를, 그리하여 사랑이 없다 탄식하는 세상에 그래도 우리는 사랑을 믿겠노라 다시 한 번 결심하게 만들어줄 수 있기를…….

40일의 발칙한 아내

1판 1쇄 | 2018년 3월 22일
1판 3쇄 | 2018년 5월 30일

지은이 | 한지수
펴낸이 | 임지현
펴낸곳 | (주)문학사상
기획 | 고래방(최지은)
주소 | 서울특별시 송파구 중대로 38길 17(05720)
등록 | 1973년 3월 21일 제1-137호

전화 | 02)3401-8540
팩스 | 02)3401-8741
홈페이지 | www.munsa.co.kr
이메일 | munsa@munsa.co.kr

ⓒ 한지수, 2018. Printed in Seoul, Korea

ISBN 978-89-7012-983-9 03810

이 도서의 국립중앙도서관 출판예정도서목록(CIP)은 서지정보유통지원시스템 홈페이지(http://seoji.nl.go.kr)와 국가자료공동목록시스템(http://www.nl.go.kr/kolisnet)에서 이용하실 수 있습니다. (CIP제어번호 : CIP2018004415)